Tim Berger

Mord am Spieß



PIPER

Zu diesem Buch

»Alles wirkte ruhig, aufgeräumt und leer, nicht ungewöhnlich für eine Grillbude um diese Uhrzeit. Dann hatte Sadik ihn so weit in das Bistro geführt, dass Peppino den übergroßen Grillspieß sehen konnte.
›Ach du Scheiße!‹, entfuhr es ihm.
Mit Kabelbinder aus Plastik war eine Mann an dem Drehspieß fixiert. Ein toter Mann.«

*Tim Berger* ist das Pseudonym eines SPIEGEL-Bestsellerautors, der sich mit zahlreichen Projekten in der Spannung etabliert hat. Nun nimmt er sich des Themas »Foodtrends« mit Humor und cosy Atmosphäre in kulinarischen Krimis an.

Tim Berger

# MORD AM SPIESS

Kriminalroman

PIPER

*Mehr über unsere Autorinnen, Autoren und Bücher:*
*www.piper.de*

Wenn Ihnen dieser Krimi gefallen hat, schreiben Sie uns unter Nennung des Titels »Mord am Spieß« an *empfehlungen@piper.de*, und wir empfehlen Ihnen gerne vergleichbare Bücher.

Von Tim Berger liegen im Piper Verlag vor:
*Die kulinarischen Fälle von Camilla und Peppino:*
Band 1: Ein Häppchen Mord
Band 2: Mord am Spieß



Unser Versprechen für mehr Nachhaltigkeit
• Klimaneutrales Produkt
• FSC®-zertifiziertes Papier
• Hergestellt in Europa

FSC
www.fsc.org
MIX
Papier | Fördert gute Waldnutzung
FSC® C021394

Originalausgabe
ISBN 978-3-492-31962-1
Mai 2024

Redaktion: Kerstin von Dobschütz
Umschlaggestaltung: FAVORITBUERO, München
Umschlagabbildung: Bilder unter Lizenzierung von Shutterstock.com genutzt
Satz: psb, Berlin
Gesetzt aus der Swift
Gedruckt von ScandBook in Litauen
Printed in the EU

Die beiden jungen Männer wirkten irritiert, und Azi, der seinen Chef begleitete und nicht weniger verwirrt war, bedeutete ihnen mit einer strengen Kopfbewegung, dass sie wie er gefälligst anderswo hinschauen sollten. Sadik, der Albaner, zeigte Gefühle, und als er zärtlich mit den Fingerspitzen über die auf Hochglanz polierten Metallflächen der neuen Profiküche strich und den Blick zu dem imposanten Drehspieß hob, schimmerten seine Augen vor Rührung. Dann sah Azi aus den Augenwinkeln, wie ihm der Chef ein Zeichen gab und zwei Schritte zur Seite trat.

»Okay, Jungs«, sagte er daraufhin zu den beiden Köchen. »Ihr wisst Bescheid. Wir öffnen morgen um fünf Uhr, und bis zwanzig Uhr teilt ihr euch den Tag in zwei Schichten auf. Habt ihr alles verstanden, oder gibt es noch Fragen?«

»Keine Fragen«, antwortete der Ältere.

Sein Deutsch war besser als das seines jüngeren Bruders, aber einen harten albanischen Akzent konnte auch er nicht verbergen. Das war Sadik auch ganz recht. Er hatte sein neues Lokal *Shqipëria* genannt, nach dem albanischen Namen seines angeblichen Heimatlandes, und der Zusatz *Sadiks Bistro & Grill* sollte dafür sorgen, dass niemand auf die Idee kam, vom *Shqipëria* womöglich noch Schutzgeld zu fordern.

Sadik musste grinsen, als er daran dachte, dass einer

der anderen Clanchefs seine Handlanger hierherschicken könnte, um abzukassieren. Das würde in einem Laden, der Sadiks Namen trug, niemand wagen. Oder würde es zumindest bitter bereuen.

Ein albanisches Grillbistro, Sadik war ganz begeistert von seiner neuesten Geschäftsidee. Vor ein paar Wochen hatte er als Dankeschön für seine Hilfe einige Leckerbissen aus dem veganen Restaurant der Engländerin Camilla Brown und aus der Trattoria der Familie Sensoni bekommen. Selten zuvor hatte er so gut gegessen, und das gemeinsame Mahl mit Azi und einigen anderen seiner Mitarbeiter hatte ihn auf Anhieb für die Gastronomie begeistert. Da war es nicht mehr weit bis zur Entscheidung, das Bistro & Grill zu eröffnen.

Ein geeignetes Lokal war schnell gefunden, und der alte Betreiber nahm Sadiks Ablösesumme schon deshalb gern entgegen, weil er ohnehin bald hätte schließen wollen. Die Einrichtung wurde herausgerissen, und der Lieferant der neuen Küche überschlug sich vor Begeisterung und bot seinem Kunden einen besonders günstigen Preis sowie eine besonders kurze Lieferzeit. Das hatte zwei Gründe. Zum einen kannte der Küchenhändler Sadik als zahlungskräftigen Kunden. Zum anderen wusste er vage, womit Sadik einen Teil seines Geldes verdiente, und er war schlau genug, sich einen solchen Mann nicht zum Feind zu machen.

Und so war das *Shqipëria* in Rekordzeit umgebaut worden.

Wenn es morgen, am Samstag, eröffnete, konnten es sich gut ein Dutzend Gäste auf den modernen Sitzbänken und weitere sechs auf den Hockern an der Bar gemütlich machen. Und natürlich konnten alle Speisen auch zum Mitnehmen bestellt werden.

Sadik sah sich noch einmal um. Alles war sauber. Alles war schön. *Sadiks Bistro & Grill* würde einen Start nach Maß hinlegen. Der Chef lächelte, nickte den beiden Köchen zu und verließ beschwingt das Lokal nach einem weiteren Blick in die Runde.

# 1

Albert »Al« Poner schlief seit Jahren nicht mehr gut. Aber wenn er dann mal eingenickt war, träumte er oft von den alten Zeiten. Als er noch jünger war und dünner, als er besser geschlafen hatte und als er nicht allein auf diesem Hausboot lebte, sondern meistens weibliche Gesellschaft hatte.

Pia zum Beispiel, an die er schöne, aber leider nicht nur gute Erinnerungen hatte. Er sah sie vor sich, attraktiv, clever und zärtlich. Und wie er so dalag in seinem Bett, hatte er das Gefühl, sie wiege ihn wieder wie damals in ihren Armen. Hin und her, und hin und her, ganz langsam und sachte.

Ein Lächeln breitete sich auf seinem Gesicht aus, und er schnupperte, ob er in diesem Traum wohl auch ihren herrlichen Duft riechen konnte. Doch was ihm in die Nase stieg, war eine unangenehme Mischung aus Brackwasser und Schiffsdiesel.

Das Schaukeln wurde stärker, er blinzelte, öffnete die Augen … und sah draußen vor dem gekippten Fenster einen dieser verdammten Lastkähne vorbeifahren, die seit einiger Zeit wieder das Terminal vier in seiner Nachbarschaft ansteuerten, das so lange verlassen gelegen hatte.

An diesem Morgen stand Sadik früher auf als sonst. Kurz nach vier Uhr wälzte er sich aus dem Bett, brühte einen starken Kaffee auf und schlüpfte ungeduldig in die ersten Klamotten, die ihm in die Finger kamen. Seinen Mitarbeitern hatte er nichts gesagt. Heute würde ihn niemand chauffieren, die ersten Minuten seines Bistro & Grill wollte er allein erleben. Kurz überlegte er, welchen Wagen er nehmen solle, doch dann entschied er sich, zu Fuß zum *Shqipëria* zu gehen. Die halbe Stunde an der noch halbwegs frischen Stadtluft würde ihn vollends wach werden lassen, und nach einem kleinen Spaziergang würde ihm vielleicht sogar schon etwas Deftiges schmecken.

Auf dem Weg durch die Straßen ging er in Gedanken die Speisekarte seines Lokals durch, das ausschließlich albanische Spezialitäten beinhaltete – bis auf Kebab vom Drehspieß, zu dem ihm der Küchenhändler aber dringend geraten hatte, um auch die Laufkundschaft anzulocken. Sadik hätte den Spieß nicht gebraucht, aber er war bisher immer gut damit gefahren, auf Experten zu hören. Er selbst dagegen wollte sich lieber an die traditionellen Gerichte des Landes halten. Ob er wohl einen Byrek nehmen würde, den die türkischen Dönerläden als Börek anboten? Oder eine Suxhuk mit Eiern und Fladenbrot? Doch als er sich vorstellte, wie die scharfe Wurst seinem Magen so früh am Morgen zusetzen würde, strich er diese Möglichkeit von seiner Liste. Vermutlich würde er sich doch lieber für einen Teller Oshmare Korçe entscheiden, etwas deftiger als bayrischer oder österreichischer Schmarrn, aber gut geeignet für ein handfestes Frühstück.

Sadik lächelte, als er sich die Speisen vorstellte, die er in Kürze vor sich sehen würde, von seinen eigenen Köchen zubereitet, in seinem eigenen Bistro & Grill serviert. Er hatte die albanische Küche genau studiert, als er vor Jahren begonnen hatte, sich als Albaner auszugeben. Zu Sadik war er damals geworden, weil er befürchtet hatte, als Alexander Wiedemann aus Detmold weniger leicht in der Unterwelt dieser großen Stadt Fuß zu fassen. Die falsche Identität hatte sich bewährt, und bis auf einige Polizisten, die im Gegenzug für Informationen über sein Doppelleben schwiegen, war ihm bisher niemand auf die Schliche gekommen. Damit das so blieb, pflegte er die Marotte, mit niemandem zu reden, sondern seine Mitarbeiter mit Gesten und Textnachrichten am Handy zu kommandieren. Und damit niemand merkte, dass er das Albanische nur sehr rudimentär verstand, bestand er darauf, dass in seiner Umgebung ausschließlich Deutsch gesprochen wurde.

»Schließlich machen wir unsere Geschäfte in Deutschland«, erklärte er dazu per Textnachricht – wenn nötig. »Da gebietet es die Höflichkeit, dass wir auch die deutsche Sprache benutzen.«

Inzwischen war ein solcher Hinweis so gut wie nie mehr notwendig, und falls sich doch jemand überrascht zeigte, dass immer andere für Sadik sprachen, erklärten es Assistenten wie Azi, manchmal unterstützt von einem schmerzhaften Griff, mit dem der andere fixiert wurde, bis er verstanden und akzeptiert hatte.

Das funktionierte gut, und nur sehr selten musste Sadik einen Tadel verteilen. Er war zufrieden mit seinen Leuten, und wenn er darauf achtete, alle nur da einzusetzen, wo sie ihre Fähigkeiten beweisen konnten und ihre Schwächen nicht zutage traten, würde das auch so bleiben.

Die beiden jungen Albaner jedoch, die um fünf Uhr das

*Shqipëria* öffnen sollten, würde er noch einmal belehren müssen. Die Tür des Lokals war verschlossen. Sadik schaute erneut auf die Uhr. Es war schon fünf nach fünf. Auf dem Gehweg hastete ein Mann heran, und als er nur noch ein paar Meter entfernt war, hob Sadik beruhigend die Hand.

»Keine Sorge, wir öffnen sofort«, sagte er. »Geht gleich los.«

Der Mann schaute Sadik verblüfft an, eilte aber an ihm vorbei, ohne auch nur seine Geschwindigkeit zu vermindern. Das war wohl kein potenzieller Kunde für den heutigen Morgen gewesen.

Sadik drückte die Klinke der Eingangstür, dann holte er seinen Ersatzschlüssel hervor und sperrte auf. Ihn empfingen keine Grillaromen, kein Duft nach gebratenem Gemüse, warmem Spinat oder gebackenem Blätterteig, nur ein schwacher, unangenehmer Geruch, den er nicht sofort zuordnen konnte. Nicht einmal Tee war offenbar bisher aufgesetzt worden, und als er sich weiter umschaute, sah er auch, dass noch keines der Küchengeräte eingeschaltet war.

Dann fiel sein Blick auf den Drehspieß, der etwas weiter hinten im Bistro eingebaut war, damit das *Shqipëria* nicht schon von außen einer Dönerbude ähnelte. Er brauchte einen Moment, bis er verstand, was er vor sich sah. Dann tippte er die Notrufnummer, besann sich anders, löschte die Eingabe, bevor er angerufen hatte, und wählte stattdessen die Telefonnummer eines Mannes, der ihm vielleicht diskreter helfen konnte als die Polizei.

Der Klingelton des Smartphones schnitt scharf durch die Stille, aber Peppino Sensoni begann trotzdem erst während des dritten Läutens nach dem Telefon zu fingern. Es läutete noch zweimal, bevor er es sich schließlich schlaftrunken ans Ohr hielt.

»Sensoni, ich brauche deine Hilfe.«

Peppino blinzelte. Die Stimme kannte er, konnte sie aber erst nach einem Moment zuordnen, denn so aufgeregt hatte Sadik, der Albaner, selten geklungen.

»Kannst du bitte kurz in mein neues Bistro kommen?«

»Hatte ich sowieso vor«, antwortete Peppino. »So gegen halb zehn. Sind Sie heute auch dort?«

»Ja, ich bin auch dort, aber halb zehn habe ich nicht gemeint. *Jetzt* wäre gut.«

Peppino nahm das Handy vom Ohr und las die Uhrzeit vom Display ab.

»Tut mir leid«, brummte er dann, »aber um kurz nach fünf ist es mir noch nicht nach Döner.«

»Du sollst hier auch nichts essen. Ich brauch dich als Ex-Polizisten.«

»Ich bin kein Ex-Polizist, ich bin nur beurlaubt, weil ich meinen Eltern ...«

Peppino unterbrach sich und lauschte.

»Sadik? Hallo?«

Der andere hatte aufgelegt. Peppino legte missmutig das Handy weg, setzte sich auf und gähnte. Zehn nach fünf. Was konnte Sadik da von ihm wollen? Hatte jemand in seinem neuen Bistro Mist gebaut? Und was wollte er dann von ihm? Peppino war im Moment kein Kripokommissar, sondern Koch der Trattoria seiner Familie. Und es war noch nicht ausgemacht, dass er wieder ins Polizeipräsidium zurückkehren würde. Eingesprungen war er im *Salento*, weil sich die Demenz seines Vaters verschlimmert hatte. Toto Sensoni fiel deshalb als Koch und Padrone der Trattoria aus, und seine Frau Gina konnte ebenfalls nicht mehr helfen, weil sie alle Hände voll zu tun hatte, ihren Mann heil durch den Tag zu bringen. Was er noch konnte wie all die Jahre zuvor, war vor dem Lokal unter der großen Linde zu sitzen und Vino und Grappa zu trinken, doch davon war die Arbeit in der Küche nicht getan.

Während er darüber nachdachte, worum es Sadik, dem Albaner, gehen mochte, hatten ihn seine Beine schon ins Bad getragen. Ein Schwall kalten Wassers weckte ihn leidlich, und ein paar Minuten später schwang er sich in der Garageneinfahrt seines Elternhauses auf das alte Mofa. Er musste das Pedal zwei-, dreimal treten, bevor der Zweitakter schnarrend ansprang. Den Helm hatte er schon auf dem Weg hinunter aufgesetzt, und nun knatterte er so schnell, wie es das alte Gefährt eben zuließ, zum *Shqipëria*. Sadik hatte ihm zuletzt sehr geholfen, da konnte er sich jetzt nicht einfach so aus der Affäre ziehen.

Das Mofa war laut, noch lauter war Peppinos Fluch gewesen, als er das alte Ding nicht gleich zum Laufen brachte. Camilla Brown schlief seit dem Tod des Gastes vor einigen Wochen nicht mehr besonders gut. Manchmal musste sie sich zweimal in einer Nacht an den Küchentisch setzen und zu einem Glas Wasser darauf warten, dass die Müdigkeit groß genug wurde und sie wieder einschlafen konnte. Und manchmal, wie heute, wurde sie schon vor Sonnenaufgang wach und durfte gar nicht mehr darauf hoffen, noch einmal in den Schlaf zu finden.

Wo wollte Peppino denn um diese Zeit hin? Ihr Handy zeigte Viertel nach fünf, und wenn er einen zeitigen Einkauf für das *Salento* hätte erledigen wollen, würde er ja wohl kaum das Mofa nehmen. Camilla beugte sich noch ein wenig weiter aus dem Fenster, das sie schon vor einer Stunde geöffnet hatte. Peppino war bereits um die nächste Straßenecke verschwunden, sie würde ihn später fragen müssen, was so früh so eilig gewesen war.

Am Gebäude der Trattoria wurde nun ebenfalls ein Fenster geöffnet. Nicht in der Wohnung der Sensonis über dem Lokal, wo Peppino derzeit in seinem einstigen Jugendzimmer schlief, um nachts nicht noch in seine Wohnung fahren zu müssen, die ein paar Kilometer entfernt in einem anderen Viertel der Stadt lag. Das Fenster schwang in der kleinen Dachwohnung auf, und Donatella, die Bedienung des *Salento*, die dort logierte, schaute verschlafen heraus. Ihre zerzausten Locken verdeckten ihr schönes Gesicht, als sie auf die Straße hinunterblickte. Und als sie den Kopf wieder hob, sich die Haare teilten und Donatella über die Straße hinweg auch Camilla am Fenster stehen sah, nickte die ihr nur kurz zu und zog sich dann ins Zimmer zurück.

Sadik wartete vor seinem neuen Lokal. Er knetete nervös die Finger, und das überzeugte Peppino vollends vom Ernst der Lage. Er konnte kaum das Mofa abstellen, da zerrte der andere ihn schon ins Innere des *Shqipëria*. Alles wirkte ruhig, aufgeräumt und leer, nicht ungewöhnlich für eine Grillbude um diese Uhrzeit. Dann hatte Sadik ihn so weit in das Bistro geführt, dass Peppino den übergroßen Grillspieß sehen konnte.

»Ach du Scheiße!«, entfuhr es ihm.

Der Drehspieß war mit einer männlichen Leiche bestückt, die furchtbar verrenkt an dem sonst leeren Metallstab in der Mitte befestigt war. Peppino trat näher. Wenigstens war der Tote nicht wirklich aufgespießt worden, Kabelbinder aus Plastik fixierten ihn in seiner unnatürlichen Haltung. Aus einer Wunde am Hinterkopf war Blut durch die kurz geschorenen Haare bis auf die Schultern gesickert. Das Blut glänzte nur noch an manchen Stellen und war größtenteils bereits getrocknet. Doch der Winkel, in dem der Kopf auf dem Hals saß, deutete eher darauf hin, dass ihm jemand das Genick gebrochen hatte. Vermutlich war das Opfer schon tot gewesen, als es auf dem Boden aufgeschlagen war und sich die Wunde am Hinterkopf zugezogen hatte.

»Kennen Sie den Toten?«

»Das ist Sevian, einer meiner beiden Köche. Er soll das *Shqipëria* zusammen mit seinem jüngeren Bruder Bekim führen.«

Sadik räusperte sich.

»Er *sollte*«, fügte er hinzu.

Peppino beäugte die Leiche von allen Seiten, so gut es die Einfassung des Drehspießes zuließ, dann musterte er die Schränke, Arbeitsflächen und den Fußboden um den Fundort herum.

»Sie haben nichts angefasst, hoffe ich.«

»Natürlich nicht.«

Sadik klang fast ein bisschen beleidigt.

»Mit Polizeiarbeit kenne ich mich schließlich aus.«

Peppino konnte ein kurzes Schmunzeln nicht unterdrücken. In diesem Punkt war Sadik nicht zu widersprechen. Als einer der führenden Clanchefs der Stadt war er mit dem Vorgehen der Polizei mehr vertraut, als ihm lieb war.

»Und warum haben Sie mich angerufen und nicht meine Kollegen?«, fragte Peppino schließlich.

»Na ja, es ist immer etwas heikel, wenn die Polizei in meinem Umfeld ermittelt. Und da dachte ich …«

Sadik verstummte und grinste ihn an.

»Sie dachten … was?«

Sadiks Grinsen erlosch.

»Ich dachte, dass du dich dieser Sache persönlich annehmen könntest. Schließlich habe ich noch etwas gut bei dir, schon vergessen?«

Peppino seufzte.

»Nein, ich habe nicht vergessen, dass Sie mir sehr geholfen haben, als es um die beiden Toten im *Camilla's* und im *Salento* ging. Und ich weiß, dass das mit dem Essen, das wir Ihnen danach spendiert haben, nicht ausgeglichen ist. Aber …«

Sadiks Augenbrauen gingen nach oben. Dessen Mitarbeiter hätten das als letzte Warnstufe verstanden, bevor ihr Chef sie maßregelte oder ihnen Schlimmeres antat. Doch Peppino arbeitete nicht für Sadik, und wenn er sich vor der Wut eines Ganoven fürchten würde, wäre er der Kripo in all den Jahren keine große Hilfe gewesen.

»Das hier können Sie nicht einfach vertuschen, Sadik«, sagte er deshalb ruhig. »Ihr Koch hat sich ja wohl nicht selbst erschlagen und an diesem Drehspieß befestigt. Und Mord muss nun mal die Kripo untersuchen.«

»Schade, ich dachte …«

»Natürlich werde ich auch persönlich Erkundigungen einziehen, und wenn Sie mir Tipps geben, wo ich da am ehesten fündig werde, kann das sicher nicht schaden. Ich kann meinen Kollegen davon auch erzählen, und vielleicht gehen Sie manchen Spuren, um die ich mich kümmern kann, zunächst nicht selbst nach. Meine Kollegen sind, glaube ich, im Großen und Ganzen ganz zufrieden damit, wie das im Fall der vergifteten Salsicce gelaufen ist. Gut möglich, dass sie sich auch diesmal darauf einlassen, mich ein bisschen mitermitteln zu lassen, aber versprechen kann ich Ihnen nichts.«

Sadik schien zu dem Schluss zu kommen, dass er auf keine andere Lösung hoffen durfte, und als Peppino sein Handy hob und ihn fragend ansah, wirkte er schon recht zufrieden mit diesem Angebot und nickte.

Peppino wählte die Handynummer von Hanns Fehsen, dem dienstältesten Kommissar der hiesigen Kripo. Fehsen hob ab, doch statt seines Namens brachte er nur ein heiseres Husten hervor.

»Hanns, ich bin's, Peppino. Scusi, dass ich dich um diese Zeit anrufe, aber es gibt Arbeit.«

Kurz darauf wimmelte das *Shqipëria* vor Polizisten. Uniformierte kontrollierten, dass niemand die Absperrungen missachtete, Männer und Frauen in weißen Ganzkörperanzügen nahmen Fingerabdrücke, sammelten DNA-Spuren, stellten nummerierte Täfelchen auf und machten Fotos. Fehsen sah fürchterlich aus. Offenbar hatte er am Abend zuvor oder in der Nacht mehr getrunken als sonst, und er war schon an normalen Tagen Wein und Bier sehr zugetan. Mit Pfefferminzpastillen hatte er es geschafft, dass sein Atem kaum mehr nach Alkohol roch, aber die rot geränderten Augen und die tiefen Ringe darunter sprachen Bände. Auch Kriminalhauptkommissar Jochen Maigert war nicht sehr fotogen in *Sadiks Bistro & Grill* eingetroffen, aber er schlief einfach zu wenig, aß zu viel, kleidete sich sehr unvorteilhaft und hielt nicht viel von einer gründlichen Rasur. Nur Kriminalhauptkommissarin Aglaia Bommers, ihren beiden männlichen Kollegen ranggleich, ihnen aber in puncto Fitness und Disziplin haushoch überlegen, erschien wie aus dem Ei gepellt. Sie begrüßte Peppino besonders freundlich, und als er sie lächelnd zurückgrüßte, strahlten ihre Augen für einen Moment, bevor sie sich von Sadik auf den aktuellen Stand bringen ließ.

»So sah das schon aus, als ich um fünf nach fünf hier eintraf«, beteuerte er.

»Einbruchsspuren?«

»Darauf habe ich nicht geachtet. Ich war wütend, weil mein neues Bistro eigentlich pünktlich um fünf geöffnet werden sollte.«

»Warum denn schon so früh?«

»Das *Shqipëria* soll auch für Gäste da sein, die früh zur Arbeit gehen und nicht den halben Vormittag verschlafen. Mein Bistro & Grill soll Anlaufstelle für Menschen sein, die hart arbeiten und sich vor oder nach der Arbeit etwas Gutes gönnen wollen. Albanische Küche, hausgemacht, ohne Schnickschnack.«

Fehsen trat zu ihnen und hörte zu. Sadik schnupperte übertrieben, als verströme der Kommissar eine ordentliche Fahne.

»Deshalb machen wir auch um zwanzig Uhr zu. Hier soll sich niemand besaufen, alles solide und schmackhaft, kein Gesocks.«

Fehsen lächelte müde, und als Bommers ihr Gegenüber schon wegen der offensichtlichen Anspielung anschnauzen wollte, legte er ihr nur die Hand auf den Arm und schüttelte langsam den Kopf.

»Übertreiben Sie es nicht«, knurrte sie nach einer kurzen Pause und fügte leise zischend hinzu: »Alexander …«

Fehsen, Maigert und sie wussten wie Peppino von »Sadiks« Albanienschwindel, behielten es aber den meisten anderen Kollegen gegenüber für sich. Allen Seiten war bewusst, wie schnell dieses kleine Geheimnis auffliegen konnte, aber Sadik tat cool und ging nicht auf die Bemerkung ein.

»Wollten Sie den Tod Ihres Kochs mit Ihren eigenen Methoden regeln?«, fragte Aglaia Bommers.

»Eigene Methoden? Keine Ahnung, wovon Sie reden.«

»Sie werden Ihre Gründe gehabt haben, warum Sie nicht direkt die Kripo angerufen haben, sondern unseren Kollegen Giuseppe Sensoni – von dem Sie sicher wissen, dass er derzeit beurlaubt ist.«

Sadik schaute flehend zu Peppino. Ausgerechnet Fehsen sprang ihm bei.

»Sie werden wohl in der Aufregung nicht gewusst haben, was zu tun ist«, schlug er vor. »Und da ist Ihnen im ersten Moment vermutlich nur die Nummer unseres Kollegen eingefallen. Stimmt's?«

»Äh …« Sadik räusperte sich. »Stimmt genau, Herr Fehsen. Und es tut mir leid, falls ich Sie gerade …«

Fehsen winkte ab.

»Die Kriminaltechniker konnten nichts finden, was auf einen Einbruch hindeutet«, berichtete er, »weder an der Vorder- noch an der Hintertür. Es scheint aber heute früh ein Lieferwagen vor dem Hintereingang gehalten zu haben, Schuhabdrücke legen nahe, dass ein- oder ausgeladen wurde.«

»Das müsste einer unserer Lieferanten gewesen sein«, merkte Sadik an. »Wir lassen uns die Dönerspieße und das meiste Fleisch jeden Morgen frisch bringen.«

»Nur das *meiste* Fleisch frisch?«, hakte Bommers bissig

nach. Sie hatte ihm die Anspielung auf Fehsens Zustand noch nicht verziehen.

»Manches wird mariniert«, erklärte Sadik ruhig. »Das kaufen wir schon am Vortag ein, bereiten es vor und lassen es dann im Kühlschrank über Nacht durchziehen. Zumindest haben wir das gestern so gemacht, das Bistro & Grill hätte ja erst heute früh eröffnet werden sollen.«

»Wie auch immer«, brachte Fehsen das Gespräch zurück aufs Thema. »Wie viele Lieferanten kommen denn so früh am Morgen zu Ihrem ... Lokal?«

»Vor fünf nur einer. Ich nehme an, dass Sie die Adresse brauchen?«

»Es ist immer eine Freude, wenn jemand mitdenkt. Ja, die Adresse wäre wunderbar.«

Sadik flitzte in ein kleines Kabuff hinter der Theke und kam mit einem Aktenordner zurück, in dem er blätterte. Auf halbem Weg hatte er gefunden, was er suchte, und bei Fehsen angekommen, hielt er ihm den Lieferschein einer Firma hin, den der Kommissar mit dem Handy fotografierte.

»Darum kann ich mich kümmern«, sagte Maigert.

Fehsen schickte ihm die Aufnahme, und der Kollege machte sich auf den Weg. Aglaia Bommers bemerkte, dass ihr einer der Kriminaltechniker ein Zeichen gab, und ging zu ihm.

»Sie lassen uns hier am besten unsere Arbeit machen«, wandte sich Fehsen an Sadik. »Für weitere Fragen haben wir ja Ihre Handynummer.«

»Ich warte draußen«, sagte der und nickte zu Peppino. »Nachher würde ich gern noch etwas mit Ihrem Kollegen besprechen.«

»Kann ich mir gut vorstellen.«

Fehsen wartete, bis Sadik das *Shqipëria* verlassen hatte, dann ging er mit Peppino etwas vom Fundort der Leiche weg.

»Dann erzähl mal«, sagte er und grinste ihn müde an.

Peppino schilderte ihm den frühmorgendlichen Anruf Sadiks, nannte dessen Gründe dafür und seine Antwort darauf.

»Gut gemacht«, brummte Fehsen. »Und was hast du jetzt vor?«

»Ich werde mir anhören, wen er für diese Sauerei hier im Verdacht hat. Vermutlich einen anderen der hiesigen Clanchefs. Und wenn es für euch okay ist, dann gehe ich der Spur nach, die Sadik mir nennt. Ich halte euch auf dem Laufenden, und ihr treibt eure Ermittlungen in diese Richtung nicht allzu sehr voran.«

Fehsen wiegte den Kopf und grinste.

»Wir haben ohnehin nie genug Leute, um allen Spuren gleichzeitig nachzugehen.«

»Und wenn Polizeirat Wallis dich fragt, hast du das natürlich nie gesagt«, versetzte Peppino mit einem Augenzwinkern.

»So ist es. Ich wünsche dir auf jeden Fall viel Glück, und vielleicht läuft deine ehrenamtliche Mitarbeit auch diesmal wieder so gut wie im Fall der vergifteten Salsicce.«

Er tätschelte ihm lächelnd die Schulter und wandte sich ab. Peppino sah ihm einen Moment lang nach, dann ging er vor die Tür, wo Sadik nervös auf und ab ging und immer wieder ungeduldig durch das Schaufenster seines Bistros schaute.

Aus reiner Gewohnheit hatte Camilla ihr Restaurant inspiziert, hatte in der Küche nachgewischt, im Gastraum die Tischdecken zurechtgezupft und den Zustand von Besteck, Geschirr und Gläsern überprüft. Das *Camilla's* war noch immer geschlossen, und auch wenn die Polizei längst keine Einwände mehr dagegen hatte, dass sie das Lokal wieder öffnete, hing vor dem Eingang noch immer das Schild mit der Aufschrift »Vorübergehend geschlossen«. Für Camilla war die fürchterliche Geschichte um den Gast, der an ihren veganen Salsicce gestorben war, allerdings noch längst nicht vorüber. Sie schreckte nachts auf, der Todesfall drängte sich in ihre Träume, und manchmal verharrte sie am helllichten Tag plötzlich mitten im Schritt und sah den Mann, wie er zuckend und röchelnd im *Camilla's* starb, in Gedanken vor sich.

Ihr Vermieter Horst Schachner, dessen frühere Schlachterei sie zum Restaurant umgebaut hatte, erließ ihr seit dem Zwischenfall die Miete. Und auch wenn er es nie ansprach, wenn sie sich auf der Straße oder gegenüber in der Trattoria trafen, irgendwann würde sie mit den monatlichen Zahlungen wieder beginnen müssen. Dafür würde sie ihr Restaurant wieder in Betrieb nehmen, würde alten und neuen Gästen gegenübertreten müssen, die natürlich von dem Zwischenfall wussten. Die sie mustern würden, und manche von ihnen würden sogar nur aus Sensationslust zum Essen kommen.

Durch die gekippten Fenster hörte sie das alte Mofa der Trattoria heranknattern. Sofort nahm sie die Hand vom Tischtuch und beeilte sich, den Gehweg vor dem Restaurant zu erreichen, bevor Peppino wieder in seinem Elternhaus verschwunden war. Die Haustür ließ sie offen stehen, und sobald sie in Sichtweite ihres Nachbarn kam, setzte sie ihre Schritte betont langsam, als schlendere sie so kurz nach sechs Uhr morgens ganz zufällig die Straße entlang.

Peppino Sensoni bemerkte sie zunächst nicht. Er kurvte mit dem Mofa in die Garageneinfahrt, schwang sich vom Sitz und schob das Gefährt auf den kleinen Platz zwischen der Garage und der Einhausung für die Mülleimer. Er zog das klapprige Ding auf den Ständer, auf dem es noch ein-, zweimal etwas wacklig hin und her schaukelte, nahm seinen altmodischen Helm ab und hängte ihn über den Lenker.

Camilla betrachtete ihren Nachbarn aus den Augenwinkeln. Wo er wohl gewesen war um diese Uhrzeit? Nein, sie war nicht eifersüchtig, an den Besuch bei einer Frau hatte sie in diesem Moment auch nicht gedacht. Wobei, ein bisschen eifersüchtig war sie manchmal schon. Etwa wenn die hübsche Bedienung Donatella ihn zuckersüß anlächelte oder wenn Kripokommissarin Bommers zu Besuch in die Trattoria kam und sich mit ihm auf einen Cappuccino oder ein Glas Wein vertraulicher unterhielt, als ihr das unter Kollegen üblich schien. Doch Donatella war seit einigen Wochen sehr interessiert an Camillas Soßenkoch: Bernie Häberling schaute zuletzt oft vor Ort vorbei, fragte seine Chefin nach ihren Plänen für das Restaurant und ging dann auffällig beschwingt hinüber zur Trattoria, die er meist erst nach Donatellas Feierabend verließ, um mit der jungen Frau noch um den Block zu spazieren. Und mit Aglaia Bommers redete Peppino zwar gern und ausgiebig, allem Anschein nach hatte er aber mehr mit ihr nicht im Sinn.

Und was war das zwischen Camilla und Peppino? Wenn sie das wüsste … Zwar hatte sie ihn geküsst, als sie ihre

Recherchen zum Mord an ihrem Gast erfolgreich zu Ende gebracht hatten, doch bisher war nichts weiter geschehen. Er hatte ihren Kuss erwidert, anschließend waren sie aber beide nach Hause gegangen. Das erste Treffen danach war etwas unbeholfen gewesen, aber sie hatten schnell zu einem unverkrampften Umgang miteinander zurückgefunden, und auch die Frotzeleien, mit denen sie sich zuvor bedacht hatten, flogen inzwischen wieder zwischen ihnen hin und her. So richtig wusste Camilla nicht, was sie davon halten sollte. Einerseits fand sie diese Zurückhaltung süß, und auch die backfischhafte Verliebtheit gefiel ihr im Grunde – andererseits war sie eine erwachsene Frau, die sich mit dem attraktiven Nachbarn durchaus mehr vorstellen konnte als Gespräche.

Camilla blieb stehen und seufzte.

»So schlimm?«

Sie schreckte aus ihren Gedanken auf. Peppino stand vor ihr und grinste sie an wie ein Lausbub.

»Hab gerade gesehen, dass du hier rumspazierst. Lässt dich die Sache mit dem Gast noch immer nicht gut schlafen?«

»Nein, ich … äh … ja, genau.«

Sie blinzelte, und als sein Grinsen noch etwas breiter wurde, wusste sie nicht, ob sie erleichtert sein sollte, weil er ihr das Gestammel ohne Kommentar durchgehen ließ, oder sich ärgern, weil er so viel souveräner mit der Situation umging als sie.

»Ich schlafe tatsächlich noch immer schlecht«, sagte sie nach einer kleinen Pause. »Und vorhin habe ich mitbekommen, dass du mit dem Mofa weggefahren bist.«

»Oh, habe ich dich geweckt? Das tut mir leid, das blöde

Ding war das erste Gefährt, das mir auf die Schnelle in den Sinn gekommen ist.«

»Nein, ich war schon wach. Aber wo musstest du denn so dringend hin um diese Uhrzeit?«

»Sadik hat mich angerufen. In seiner neuen Grillbude gab es einen Toten.«

Camilla riss die Augen auf.

»Aber nicht schon wieder irgendwas mit vergiftetem Essen, oder?«

»Nein, diesmal nicht. Einer von Sadiks Köchen hing tot im Dönerspieß.«

Sie verzog das Gesicht, und er beeilte sich, sie zu beruhigen.

»Nicht aufgespießt, er war da nur mit Kabelbindern befestigt. Aber tot war er trotzdem.«

»Warum hat Sadik dich angerufen und nicht die Polizei?«

»Er hat wohl gehofft, das ließe sich regeln, ohne dass die Kripo die Nase in seine Geschäfte steckt. Zum Glück konnte ich ihm diese Idee ausreden, aber …«

»Aber?«

»Ich musste ihm versprechen, ebenfalls Nachforschungen anzustellen. Nachdem er uns zuletzt geholfen hat, bin ich ihm ja noch etwas schuldig.«

»Nicht nur du.«

Peppino zuckte mit den Schultern.

»Meine Kollegen von der Kripo«, fuhr er fort, »sind einverstanden, dass ich mich in dieser Sache ein bisschen umhöre. Ich muss sie natürlich auf dem Laufenden halten, aber sie lassen mich einstweilen machen.«

»Schön«, sagte Camilla. Ihre betrübte Miene strafte sie Lügen.

Er sah sie prüfend an, und als sie sich gerade abwenden und zu ihrer Wohnung zurückgehen wollte, legte er ihr eine Hand auf die Schulter.

»Magst du mir helfen?«, fragte er.

Durch das Lächeln, das sich in diesem Moment auf ihr Gesicht legte, wurde ihm ganz warm.

»Na, dann komm mal mit ins *Salento.* Ich mach uns einen Kaffee und erzähl dir alles, was ich bisher weiß.«

Im Gastraum der Trattoria war es noch dämmrig, und Camilla erschrak, als sie Peppinos Vater Toto im Pyjama am Stammtisch sitzen sah. Er hatte kein Weinglas vor sich, wenigstens das nicht, aber mit seinen wirren Haaren, der fahlen Gesichtsfarbe und dem leeren Blick wirkte er im ersten Moment wie ein Geist. Peppino setzte sich neben seinen Vater und drehte behutsam dessen Kopf zu sich.

»Guten Morgen, papà.«

Er sprach ihn mit sehr sanfter Stimme an, und in den Augen des Alten begann es zu glimmen, als werde ganz weit hinten ein schwacher Funken geschlagen.

»Sitzt du schon lange hier?«, fuhr Peppino fort.

»Nein, natürlich nicht. Erst seit die anderen Gäste …«

Er machte eine fahrige Geste, die das ganze Lokal umfasste, dann sah er sich um und stellte fest, dass außer ihm, seinem Sohn und der Engländerin niemand anwesend war. Toto Sensoni verstummte, seine Augen schimmerten. Peppino wartete einen Moment, und als der Vater den Blick senkte und die Schultern hängen ließ, griff er vorsichtig nach seinem Oberarm.

»Komm, papà, ich bring dich ins Bett.«

Toto ließ sich aufhelfen, und dann trottete er neben

seinem Sohn aus dem Gastraum. Camilla hörte sie auf der Treppe nach oben gehen, Peppino mit festem Schritt und leise und beruhigend auf seinen Vater einplaudernd, der Alte schlurfend und schweigend.

Als Peppino kurz darauf wieder ins Lokal kam, hatte Camilla schon zwei Kaffee aus der Maschine gelassen.

»Danke«, sagte er und ließ sich auf einen Stuhl sinken.

Camilla nippte von ihrem Espresso und beobachtete ihn. Die Szene mit seinem Vater setzte ihm erkennbar zu. Darüber wurde sein Kaffee lauwarm, aber sie wartete geduldig, und schließlich, nach einigen Minuten, hob Peppino den Kopf, lächelte sie wehmütig an, trank den Espresso in einem Schluck und setzte das Tässchen mit säuerlicher Miene wieder ab.

»Wir können uns wegen des Toten in der Grillbude gern auch nachher noch einmal treffen«, bot Camilla an.

»Nein, nein, das passt schon. Meinen Vater muss ich immer mal wieder irgendwo auflesen. Ich bin ja schon froh, dass er diesmal im Haus geblieben ist.«

Er lächelte dünn, stand auf und hantierte an der Kaffeemaschine.

»Auch noch einen?«

Sie nickte, und kurz darauf saßen sie sich wieder gegenüber. Diesmal kippte er den Espresso sofort, schmeckte ihm ein wenig nach, schloss die Augen und räusperte sich, bevor er ihr alles erzählte.

»Und wen hat Sadik im Verdacht?«, fragte sie, nachdem sie sich seinen Bericht angehört hatte.

»Eigentlich will er nicht glauben, dass der Mord mit ihm zu tun hat.«

»Schon klar, Ermittlungen wären schlecht fürs Geschäft

und so weiter. Aber hat er dich nicht genau darum gebeten?«

»Das schon, aber er ist überzeugt davon, dass es in der Stadt keiner wagt, sich mit ihm anzulegen.«

»Ach du meine Güte«, seufzte Camilla. »Hältst du ihn auch für so bedeutend wie er sich selbst?«

»Schwer zu sagen, aber wenn ihm jemand mit dem toten Koch schaden wollte, würde Sadik das irgendwann herausfinden, und am Ende wären beide Clans, die sich deswegen in den Haaren liegen würden, geschwächt. Davon hätte keiner der beiden wirklich etwas. Am ehesten würden die unbeteiligten Clans von einer solchen Auseinandersetzung profitieren.«

»Dann wäre es also möglich, dass einer von Sadiks Widersachern den Koch auf dem Gewissen hat, einem anderen Ganoven die Schuld unterschiebt und in aller Ruhe zuschaut, wie sich die beiden Konkurrenten die Köpfe einschlagen?«

»Etwas weit hergeholt, vielleicht, aber möglich, ja.«

»Wen könnte dieses Lokal sonst noch so sehr stören, dass er dafür einen Mord begeht?«

»Keine Ahnung. Die Übernahme des Bistros scheint friedlich abgelaufen zu sein. Der Vorpächter wollte ohnehin aufhören, und Sadik hat ihm eine gute Ablöse bezahlt, soweit ich das einschätzen kann.«

»Und mit Lieferanten kann er wegen offener Rechnungen oder reklamierter Ware eigentlich noch keinen Ärger gehabt haben, er wollte ja erst heute eröffnen.«

»Sehe ich auch so.«

»Ist Sadik mit seiner Grillbude einem Gastronomen in der Nachbarschaft auf die Füße getreten?«

»Das *Shqipëria* liegt an einer Straße, die aus der Innenstadt zum Bahnhof führt. Nicht gerade die schickste Lage, aber es kommt reichlich potenzielle Laufkundschaft vorbei. Gasthäuser gibt es dort nicht, aber über die Straße verteilen sich eine Hähnchenbraterei, ein Dönerladen, eine Bäckerei mit kleinem Cafébereich und ein Stück entfernt eine Metzgerei mit Imbiss.«

»Dann wären das unsere ersten Anlaufstationen, richtig?«

»Ja, und der Lieferant, der früh am Morgen im *Shqipëria* Ware abgeladen hat.«

»Hast du nicht gesagt, dass Sadik der Kripo dessen Adresse gegeben hat?«

Peppino grinste.

»Das schon, und natürlich werden die Kollegen mit ihm reden, vielleicht inzwischen schon geredet haben.«

»Aber?«

»Sadik hat angedeutet, dass der Lieferant nicht gern mit der Polizei zu tun hat. Er wird ihnen also vielleicht nicht alles erzählen, was er weiß, sondern nur das Nötigste.«

»Dann wollen wir mal«, sagte sie und stand auf. »Aber wir müssen nicht das Mofa nehmen?«

Peppino fischte den Autoschlüssel aus einer Schublade hinter der Theke, folgte ihr lachend hinaus, sperrte das Lokal hinter sich zu und ließ das Garagentor aufschwingen. Doch darin stand kein Fahrzeug.

»Ist was?«, fragte Camilla.

»Ich habe den Wagen gestern in der Garage abgestellt.«

Er zuckte mit den Schultern.

»Na ja, da wird ihn wohl danach noch jemand gefahren haben. Das alte Ding ist als Familienauto für jeden da, der es gerade braucht.«

Er schloss die Garage wieder und blickte die Straße entlang. Vor dem Nachbarhaus entdeckte er den Kombi der Sensonis, er stand etwas schräg am Straßenrand und blockierte so, wie er geparkt war, zwei Stellplätze. Peppino runzelte die Stirn und ging zur Fahrertür. Auf dem Weg dorthin strich er beiläufig über die Motorhaube, was ihn für einen Moment überrascht mitten in der Bewegung verharren ließ.

Camilla beobachtete ihn, sagte aber nichts. Und als sie auf der Beifahrerseite selbst die Fingerspitzen kurz auf die Haube legte, fühlte sich das Metall so warm an, als sei erst vor Kurzem noch jemand mit dem Wagen gefahren.

# 2

Das Büro von Ügal Enterprises befand sich im Souterrain eines alten Fabrikgebäudes, hatte einen eigenen Zugang und eine asphaltierte Rampe hinunter zu einem geschlossenen Rolltor. Neben dem Haupteingang des Gebäudes hing ein Metallschild, auf dem eine beeindruckende Anzahl von Firmennamen zu lesen war. Einige der ursprünglichen Namen waren mit provisorischen Täfelchen überklebt, die auf die neuen Mieter hinwiesen. Fast alle Unternehmen hatten sich großspurige Bezeichnungen zugelegt, obwohl jedem einzelnen in diesem Haus kaum mehr als ein, zwei Räume zur Verfügung stehen konnten. Auch der Name »Ügal Enterprises« war wohl etwas dick aufgetragen. Die Stufen hinunter zur zerkratzten Eingangstür waren schmutzig, überall lag Müll herum, und ein kurzer Blick durch das Fenster neben der Tür zeigte zerschlissene Büromöbel und zwei Männer, die sich lautstark stritten.

Camilla und Peppino wollten gerade die Tür öffnen, da flog sie auch schon auf und donnerte scheppernd gegen die Mauer. Im nächsten Moment torkelte einer der beiden streitenden Männer rückwärts zur Treppe, stolperte über die untersten Stufen und schlug der Länge nach hin. Der Schmerzensschrei des Mannes ging im Gebrüll unter, das der andere ihm hinterherschleuderte, und als der Brüllende die Ärmel hochkrempelte und bedrohlich auf den anderen zukam, rappelte sich der Gestürzte eilends auf und humpelte hastig davon.

»Und wenn noch einer von euch Aasgeiern hier auftaucht, kommt er nicht so glimpflich davon wie du!«

Schwer atmend blieb der Brüllende stehen und starrte dem anderen hinterher, der sich die Knochen rieb, bis er hinter der nächsten Ecke verschwunden war. Kurz darauf heulte ein Motor auf, und ein älterer Kleinwagen flitzte vorüber, am Steuer saß der Verletzte, und raste schlingernd vom Gelände.

»Herr Ügal?«

Peppino hatte kurz überlegt, ob sie vielleicht doch lieber noch ein bisschen warten sollten, bis sie den Mann ansprachen, aber sein Zorn wirkte nicht, als sei er bald verraucht. Also konnten sie es genauso gut gleich jetzt hinter sich bringen.

»Und von welchem Schmierblatt kommt ihr?«, schnauzte Ügal ihn an.

Der Mann war untersetzt, eher füllig als muskulös, und seine nach hinten gekämmten Haare ließen Platz für eine Halbglatze, auf der im Moment einige Schweißtropfen glänzten.

»Wir sind keine Reporter.«

Ügal musterte Camilla, dann Peppino. Die Inspektion beendete Ügal mit einem Schnauben.

»Bist du ein Bulle?«

»Eigentlich schon, aber derzeit außer Dienst.«

»Und was willst du hier?«

»Sadik schickt mich.«

Peppino deutete auf Camilla und sich.

»Schickt *uns*.«

Ügal blinzelte überrascht, dann atmete er noch ein-, zweimal tief ein und aus, schließlich zuckte er mit den Schultern und trampelte in sein Büro zurück. Camilla und Peppino folgten ihm. Ügal fegte Papiere vom einen Stuhl und eine Wolldecke vom anderen, deutete auf die beiden frei gewordenen Sitzgelegenheiten und ließ sich auf den Sessel hinter seinem Schreibtisch fallen.

»Dann bin ich also meinen Auftrag fürs *Shqipëria* wieder los?«, brummte Ügal.

»Das weiß ich nicht«, antwortete Peppino. »Sadik möchte, dass wir Ihnen noch ein paar Fragen zu heute früh stellen.«

»Deine Kollegen von der Kripo waren schon hier, denen habe ich schon alles erzählt. Am besten fragst du dort nach, ich muss mich jetzt wieder um meine Geschäfte kümmern. Der Reporter eben hat mir schon genug Zeit gestohlen.«

»Sadik vermutet, dass Sie der Kripo nicht alles erzählt haben.«

»Wie kommt er darauf?«

Peppino grinste.

»Er wird wissen, um welche Geschäfte Sie sich kümmern. Und daraus leitet er vermutlich ab, dass Sie genauso ungern mit der Polizei zu tun haben wie er selbst.«

Ügal nahm seine Besucher noch einmal genauer in den Blick.

»Und deshalb schickt er mir ausgerechnet einen Kripokommissar?«

»Wie gesagt: derzeit außer Dienst. Wir beide hatten unlängst mit Sadik zu tun. Er hat uns geholfen, und nun wollen wir uns revanchieren.«

»Wie heißt du?«

»Giuseppe Sensoni.«

Ügal dachte nach, dann zuckte ein Lächeln um seine Mundwinkel.

»Der von der Trattoria? Der Sohn von Toto Sensoni?«

»Sie kennen meinen Vater?«

»Nur aus den alten Geschichten.«

Ügal sah zwischen den beiden hin und her, sein Lächeln wurde zu einem breiten Grinsen.

»Dann seid ihr beide die Wirte mit den Giftwürsten?«

»Vergiftet waren nur meine Salsicce«, warf Camilla ein.

»Sie sind diese Veganerin, oder?«

»Ich führe ein veganes Restaurant.«

Ügals Miene verzog sich einen Moment lang, dann grinste er wieder.

»Na, wer's mag«, kommentierte er schließlich gnädig. »Ich schlage vor, wir gehen rüber in meinen Kühlraum. Dort könnt ihr mir eure Fragen stellen.«

Damit stand er auf und steuerte auf eine Stahltür zu. Die Klinke in der Hand blieb er stehen, bis Camilla und Peppino zu ihm getreten waren. Dann riss er die Tür auf, drückte einen Lichtschalter und ahmte eine galante Handbewegung nach.

»Bitte schön, die Herrschaften, nach euch.«

Peppino sah im Kühlraum einige Neonröhren aufflammen, und als er sich vergewissert hatte, dass eine zweite Tür aus dem Raum führte und diese eine Klinke aufwies, mit der sie auch von innen geöffnet werden konnte, trat er ein. Als auch Camilla im Kühlraum stand, zog Ügal die Tür hinter ihnen zu und breitete die Arme aus.

»Ihr könnt euch gern erst mal in Ruhe umsehen.«

Camilla seufzte. Das Klischee, dass Veganer kein rohes Fleisch sehen können, nervte sie seit Jahren, aber sie tat ihm den Gefallen. Gemächlich schlenderte sie zwischen den aufgehängten und in Folie verpackten Fleischpaketen hindurch. Darunter standen Kisten auf dem Boden, die mit grob zerteilten Stücken von Fleisch und Innereien oder mit Knochen gefüllt waren. Zum Ende des Raums hin wurde der Geruch etwas stechender. Camilla hob den Deckel einer hüfthohen Metalltonne und sah hinein, bevor sie den Deckel wieder auflegte. Als sie sich umdrehte, bemerkte sie seinen Blick gespannt und belustigt auf ihr ruhen.

»Das Zeug in der Tonne ist hoffentlich nur als Zutat für Tierfutter gedacht«, sagte sie. »Das meiste von Ihrer sonstigen Ware könnte ich gut in der Küche verwenden, aber wie Sie ja wissen: In meinem Restaurant wird nur vegan gekocht.«

Ügal hatte wohl erwartet, dass sie sich ekeln und sich womöglich sogar übergeben würde. Nun war er halb enttäuscht und halb beeindruckt.

»Können wir dann mal reden, oder haben Sie noch ein paar solcher Spielchen auf Lager?«, fragte Camilla.

Er hob entschuldigend die Hände.

»Schon gut, schon gut. Was wollt ihr wissen?«

»Wann war Ihr Fahrer im *Shqipëria*, und was hat er dort vorgefunden?«

»Nichts.«

»Wie, nichts?«

»Mein Fahrer war gar nicht dort, zumindest muss ich davon ausgehen.«

»Mir ist es hier etwas zu kalt«, wandte Peppino ein. »Vielleicht können wir doch wieder rüber ins Büro?«

Kurz darauf saßen sie erneut um Ügals Schreibtisch herum. Er hatte Mokka gekocht, und seine Besucher nippten an dem starken Gebräu. Camilla trank den Kaffee schwarz und ungesüßt, Peppino rührte zweimal Zucker unter, bis er davon kostete.

»Normalerweise liefern meine Fahrer aus, und nach jeder Station, zu der sie geliefert haben, haken sie in einer App, die wir dafür nutzen, den jeweiligen Kunden ab. So weiß ich immer, wo meine Leute gerade waren und wohin sie unterwegs sind. Es kommt ab und zu vor, dass sich Kunden beschweren, dass sie ihre Lieferung nicht rechtzeitig bekommen hätten. Manche haben ihren Laden nicht im Griff, manche wollen einfach den Preis drücken – und wenn ich denen dann auf die Minuten genau sagen kann, wann die Lieferung bei ihnen abgeladen wurde, bin ich in aller Regel aus dem Schneider.«

»Ich rate jetzt mal«, sagte Camilla. »Nach der Lieferung im *Shqipëria* wurde das nicht in der App bestätigt.«

»Genau, und auch keine der folgenden Lieferungen wurde abgehakt. Inzwischen haben sich diese Kunden auch alle schon telefonisch oder per Mail beschwert. Einer der Kunden hat gerade angerufen, als die Kripo hier war. Und in der Aufregung darüber, dass meine Firma im Zusammenhang mit einem Toten ins Visier der Polizei geraten ist, habe ich mich dem Kunden gegenüber verplappert. Ich könnte mich jetzt noch dafür ohrfeigen. Denn der Typ ist komplett ausgerastet, hat mich angeschrien und mir auch gleich mit dem Anwalt gedroht, weil er jetzt ohne Dönerfleisch dastehe. Ich wollte ihm noch versprechen, dass ich gleich einen anderen Wagen losschicke, der ihm einige Spieße bringt – aber da hatte der schon aufgelegt. Und offenbar hat er direkt danach die Zeitung angerufen, was immer er sich davon versprach. Der Typ vorhin war der Reporter, den das Blatt mir auf den Hals gehetzt hat. Und jetzt muss ich damit klarkommen, dass die Bullen …«

Er warf Peppino einen kurzen Blick zu.

»Entschuldigung, ich meine, dass *die Polizei* in meinen Geschäften rumschnüffelt. Und dass sich die Presse für mich interessiert.« Ügal schnaubte.

»Der Kunde, der mir das eingebrockt hat, kann schauen, wo er künftig sein Fleisch herbekommt. Der kriegt keinen Knochen mehr von mir!«

»Was davon haben Sie der Kripo erzählt?«

»Alles. Mehr oder weniger.«

Peppino runzelte die Stirn. Ügal wand sich etwas, bevor er fortfuhr.

»Das mit der App und dem fehlenden Häkchen habe ich deinen Kollegen erzählt. Und dass sich Kunden über die ausbleibenden Lieferungen beschwerten, haben sie teilweise live mitbekommen. Ich habe ihnen auch gesagt, dass mein Fahrer und sein Lieferwagen bisher nicht wiederaufgetaucht sind.«

»Und was haben Sie verschwiegen?«

Ügal räusperte sich. Peppino beugte sich vor.

»Wenn das, was Sie uns jetzt erzählen, nicht direkt mit dem Tod von Sadiks Koch zu tun hat, muss es die Kripo nicht erfahren.«

»Ich … ich habe den Kommissaren nicht erzählt, dass ich weiß, wo sich der Lieferwagen jetzt befindet. Ich habe in die Fahrzeuge meiner Mitarbeiter kleine GPS-Tracker einbauen lassen, damit ich die Fahrer im Auge behalten kann. Wenn sie zwischendurch etwas dazuverdienen, macht mir das nichts aus, aber es soll halt nicht ausarten. Deshalb die Tracker.«

»Und warum haben Sie das der Kripo gegenüber verschwiegen?«

»Eine der nicht erledigten Lieferungen besteht nicht aus Dönerspießen und Fleischstücken.«

»Sondern?«

»Nun ja, ich … ich bin noch in anderen Bereichen tätig.«

»Drogen zum Beispiel?«

»Kommt vor, aber heute ging es um eine Palette mit … mit gefälschten Markenklamotten.«

»Gefälschte Kleidung? Und deshalb lassen Sie die Kripo im Dunkeln tappen, was Ihren Lieferwagen angeht?«

»Nur bis die Palette ausgeladen ist, natürlich. Der Kunde weiß Bescheid und müsste …«

Ügal sah auf seine protzige Armbanduhr.

»Er müsste seine Ware inzwischen abgeholt haben. Ich warte nur noch auf seine Bestätigung, dann melde ich der Kripo sofort, wo die Karre steht.«

»Hat der Kunde denn einen Schlüssel für den Lieferwagen?«, fragte Camilla.

»Nein, aber das ist eigentlich noch besser«, erwiderte Ügal, und in diesem Moment schaute er sehr pfiffig drein. »Wenn der Lieferwagen aufgebrochen ist, kann ich meinen Schaden der Versicherung melden.«

»Sie melden den Diebstahl von gefälschter Markenkleidung?«

»Natürlich nicht. In den Papieren sind die Klamotten als Originale verzeichnet. Da kommt dann mit einer Palette schon ein bisschen was zusammen.«

Peppino schüttelte grinsend den Kopf, was Ügal stirnrunzelnd aufnahm.

»Ich muss auch sehen, wo ich bleibe«, knurrte er.

»Schon recht, Herr Ügal«, winkte Peppino ab. »Und wo steht der Lieferwagen jetzt?«

Er nannte ihm Straße und Hausnummer.

»Eine ziemlich öde Gegend«, fuhr Ügal fort. »Fast nur Bürogebäude, da ist so früh am Morgen nichts los. Aber mein Kunde muss sich beeilen, damit er die Palette fortgeschafft hat, bevor die Leute dort zur Arbeit kommen.«

Er schüttelte genervt den Kopf.

»Immer hat man irgendwelche Umstände!«

»Sie Armer«, ätzte Peppino und stand auf. »Und was ist mit Ihrem Fahrer?«

»Keine Ahnung. Brot ist ein freier Mitarbeiter.«

»Brot?«

»Ja, so nennen ihn alle. Eigentlich heißt er Bernd, Bernd Brodtbeck, irgendwann hat ihm ein Witzbold seinen Spitznamen verpasst, der hat sich gehalten. Brot kommt morgens hierher, bekommt die App mit der Fahrtstrecke und auch gleich seinen Tageslohn in bar. Mehr habe ich mit dem nicht zu tun. Wenn er allerdings das nächste Mal kommt, verrechne ich alles, was er nicht ausgeliefert hat, mit dem Lohn für die nächste Tour.«

»Und wann erwarten Sie ihn wieder?«

»Übermorgen. Der fährt nur dreimal die Woche für mich.«

»Können Sie uns bitte seine Adresse geben?«

»Ungern.«

»Dann eben ungern«, sagte Peppino und streckte die Hand aus, bis Ügal die gewünschte Information auf einen Zettel gekritzelt und ihm das Papier gegeben hatte.

Camilla und Peppino hatten das Büro von Ügal Enterprises noch nicht verlassen, als auf dessen Handy eine Nachricht einging.

»Mein Kunde ist fertig mit Ausladen«, rief er ihnen nach. »Jetzt kann ich der Polizei sagen, wo der Lieferwagen steht.«

Tatsächlich wählte er eine Nummer und gab den Standort durch.

Camilla und Peppino grinsten sich an und gingen zum Familienkombi der Sensonis.

Die Wohnung von Ügals verschwundenem Fahrer war eine üble Bude. Die beiden Zimmer befanden sich im dritten Stock eines Hinterhauses. Das Schloss der Haustür war so eingestellt, dass sich die Tür problemlos aufdrücken ließ, und die Wohnungstür hielt Peppino keine zwei Minuten auf.

»Sollen wir da jetzt echt rein?«, fragte Camilla, während sie sich im muffigen Treppenhaus umsah. Alles war vollgestellt mit Fahrrädern und Kinderspielzeug, aber niemand beobachtete sie. Und die beiden Jugendlichen, die ihnen auf dem Weg hinauf entgegengekommen waren, hatten sich nicht für sie interessiert.

»Da ich beurlaubt bin, muss ich nicht auf einen Durchsuchungsbeschluss warten«, erwiderte Peppino grinsend, und schon war er durch die Tür nach innen geschlüpft. Camilla folgte ihm, aber wohl war ihr nicht dabei.

Die Wohnung stank nach Essensresten und alter Wäsche, auch die Toilette, deren Tür halb offen stand, hätte mal wieder eine gründliche Reinigung vertragen. Das Wohnzimmer hatte eine Essecke, neben der eine billige Küchenzeile angebracht war. Zwischen zerschlissene Sitzmöbel, einen Tisch und zwei Wandregale hatte der Fahrer einen Wäscheständer gequetscht, auf dem fadenscheinige Shirts und eingerissene Jeans hingen. Camilla sah darunter die gebrauchte Unterwäsche liegen. Der Mann setzte offenbar die falschen Prioritäten.

Und während Peppino das Schlafzimmer inspizierte, stöberte sie in den Papier- und CD-Stapeln im Wohnzimmer, ohne recht zu wissen, wonach sie suchen sollte. Peppino wollte nach Hinweisen fahnden, wo sie den verschwundenen Fahrer womöglich antreffen konnten – bei einer Freundin, in einer Stammkneipe, an einem weiteren Arbeitsplatz –, um mit ihm über das zu reden, was er im *Shqipëria* gesehen hatte.

Nach gut zwanzig Minuten ließen sie sich auf zwei Stühlen nieder und zogen Bilanz. Peppino hatte einen Ordner mit Kontoauszügen gefunden. Auf allzu großem Fuß lebte der Fahrer nicht. Er bezog Arbeitslosengeld, überwies einigermaßen regelmäßig kleine Geldbeträge auf ein Konto, das auf den Namen einer Frau lief.

»Unterhaltszahlungen?«, schlug Camilla vor.

Die Beträge variierten, entweder waren die Zahlungen freiwillig, oder er kam aus Geldnot oder Schlamperei seiner Pflicht nur ungenügend nach.

Ebenfalls im Schlafzimmer hatte Peppino eine Holzkiste gefunden, in der sich unter privaten Fotos und ein paar USB-Sticks Bargeld befand. Es handelte sich um zweimal zweihundert Euro in Fünfern, Zehnern und Zwanzigern, die mit schmalen Papierstreifen zu provisorischen Bündeln zusammengefasst waren, dazu noch weitere einzelne Scheine im Gesamtwert von achtzig Euro.

Unter Camillas Fundstücken befanden sich Visitenkarten einer Bar in der Innenstadt, eines Laufhauses am Stadtrand und einer chemischen Reinigung in dessen Nähe. Die Bar hatte um diese Zeit vermutlich noch geschlossen, auf einen

Besuch im Bordell hatte Camilla keine Lust, blieb noch die Reinigung als mögliche Anlaufstelle – vielleicht hatte er für sie ebenfalls Lieferfahrten erledigt.

Von der Straße her war das Knattern eines schweren Motorrads zu hören. Das Fahrzeug wurde gestoppt und röhrte kurz darauf wieder davon. Dann Schritte, und als Camilla vorsichtig durchs Fenster nach unten spähte, sah sie einen Mann mittleren Alters über den Hof laufen, der sich im Gehen den Hinterkopf rieb.

»Könnte er das sein?«, fragte sie, als Peppino neben sie trat.

»Werden wir gleich erfahren.«

»Dann aber erst mal nichts wie raus hier.«

Camilla hatte schon die Türklinke in der Hand, als sie bemerkte, dass Peppino ihr nicht folgte. Stattdessen hatte er sich wieder auf den Stuhl gesetzt, lässig nach hinten gelehnt, die Arme verschränkt und den Blick auf die Tür gerichtet.

»Was wird das jetzt?«, entfuhr es Camilla. »Wir sollten zusehen, dass er uns nicht in seiner Wohnung erwischt!«

»Im Gegenteil«, widersprach Peppino grinsend. »Wir beide hier in seiner Bude, das wird ihn vielleicht so aus der Fassung bringen, dass er uns mehr erzählt, als er es sonst tun würde. Und notfalls könnte es helfen, wenn wir Sadiks Namen erwähnen.«

Camilla zögerte, dann trat sie kopfschüttelnd zur Seite. Die Tür würde sie im ersten Moment vor dem Mann verbergen.

Lange mussten sie nicht warten. Mit schweren Schritten näherte sich Bernd Brodtbeck, er schloss auf und schien nichts von Peppinos Manipulation am Schloss zu bemerken.

Die Tür schwang beinahe bis zu Camilla, die sich starr an die Wand drückte und die Luft anhielt. Der Mann hängte seine Jacke auf, streifte die Schuhe ab, und erst als er zur Küchenzeile gehen wollte, fiel ihm Peppino auf. Wie vom Donner gerührt blieb er stehen. Im ersten Reflex machte er Anstalten, gleich wieder aus der Wohnung zu flüchten, aber Camilla hatte die Tür inzwischen zugeschoben. Aschfahl blickte der Mann zwischen Peppino und ihr hin und her, und dass er offenbar angestrengt darüber nachdachte, was ihm jetzt blühte und wie er dem vielleicht doch noch entkommen konnte, verstärkte seine Kopfschmerzen. Erneut rieb er über seinen Hinterkopf.

»Tut noch weh, was?«, sagte Peppino, ohne aufzustehen.

»Ja, ich … äh …«

Noch ein Blick zu Camilla, ein weiterer auf Peppino, dann mischte sich Ärger in seine leidende Miene.

»Was macht ihr beiden hier? Was habt ihr in meiner Wohnung zu suchen?«

Er deutete auf die Fundstücke, die noch auf dem Tisch lagen.

»Und warum wühlt ihr in meinen Sachen herum?«

»Wir haben Sie gesucht. Herr Ügal vermisst Sie.«

Der andere lachte.

»Ganz sicher nicht. Dem ist es scheißegal, dass ich eins auf die Rübe bekommen habe. Solange ich alles ausliefere …«

»Haben Sie ja leider nicht. Das *Shqipëria* war ihre letzte Station heute früh, richtig?«

»Wer seid ihr, verdammt noch mal?«

»Wie gesagt, wir kommen direkt von Herrn Ügal.«

Brot wirkte nicht sehr beeindruckt, vom ersten Schrecken hatte er sich erholt. Also legte Peppino nach.

»Und zu Herrn Ügal hat uns Sadik geschickt.«

Jetzt blies Brodtbeck die Backen auf und ließ die Luft zischend entweichen.

»Setzen Sie sich doch«, lud Peppino ihn ein.

Sadiks Name hatte Brot so erschreckt, dass er sich gar nicht darüber empörte, dass der ungebetene Gast ihm in der eigenen Wohnung einen Platz anbot. Schwer ließ er sich auf einen freien Stuhl fallen. Camilla wartete noch einen Moment, dann setzte sie sich neben Peppino, nun hatten sie den Mann beide vor sich und saßen ihm außerdem für eine Flucht im Weg.

»Sie können sich vorstellen«, sagte Peppino, »dass Sadik gern wissen möchte, was heute früh in seinem Bistro geschehen ist.«

»Tja, wenn ich das wüsste ...«

Als Hanns Fehsen mit seinen Kripokollegen Aglaia Bommers und Jochen Maigert an der genannten Adresse eintraf, war um den Lieferwagen herum schon ein Bereich mit Absperrbändern versehen. Uniformierte Polizisten baten die zahlreicher werdenden Passanten, doch bitte weiterzugehen und nicht die Arbeit der Kriminaltechniker zu behindern. Doch die meisten, die die Flatterbänder passiert hatten, waren in einem der umliegenden Bürogebäude angestellt und begannen ihren Arbeitstag damit, aus den Fenstern zu beobachten, was die Polizei mit dem Lieferwagen anstellte.

Einer der Kriminaltechniker saß auf dem Fahrersitz und sicherte Spuren auf dem Armaturenbrett, am Lenkrad und an der Innenseite der Wagentür. Fehsen trat zu ihm.

»Na, schon was gefunden?«

Der Kollege deutete auf einige Plastiktütchen, die er auf

dem Beifahrersitz abgelegt und in denen er Fundstücke für die weitere Untersuchung verpackt hatte.

»Aber inwiefern uns das weiterbringt, muss die weitere Untersuchung ergeben. Bis auf dieses Ding hier«, sagte er und hob eines der Tütchen hoch. »Daraus können wir sofort Schlüsse ziehen.«

Darin befand sich ein kleiner Gegenstand aus schwarzem Plastik.

»Ein GPS-Tracker«, erklärte der Techniker und grinste. »War versteckt angebracht, aber wenn man weiß, wo man danach suchen muss ...«

»Damit hat Ügal wohl seinen Fahrer kontrolliert. Vermutlich ohne dessen Wissen. Schöne Methoden.«

»Nur dass der Lieferwagen weder diesem Ügal gehört noch auf ihn angemeldet ist. Als Halter haben wir einen gewissen Bernd Brodtbeck ermittelt.«

»Dann hat er den Tracker heimlich im Fahrzeug seines freien Mitarbeiters versteckt? Tolle Branche.«

»Was aber auch einen Schluss zulässt: Ügal wusste die ganze Zeit über, wo der Transporter steht, und nicht erst, seit er es euch verraten hat.«

Fehsen nickte.

»Da musste wohl noch schnell was verschwinden, bevor wir auf der Bildfläche erscheinen.«

»Genau.«

»Irgendeine Vermutung, was das gewesen sein könnte?«

»Nö, aber schau dir mal die Ladefläche genauer an. Hinten rechts muss eine Palette gestanden haben, und die ist verschwunden.«

Camilla und Peppino sahen Bernd »Brot« Brodtbeck überrascht an.

»Ich habe keine Ahnung, was im *Shqipëria* oder drum herum vorgefallen ist. Zu meiner Lieferung in Sadiks neuen Laden bin ich heute früh gar nicht mehr gekommen.«

»Dann erzählen Sie mal, was Ihnen passiert ist.«

»Ich bin morgens mit meinem Transporter zu Ügal gefahren und habe dort alles eingeladen, was er für mich bereitgestellt hat. Die Tour hatte er mir schon auf meine App gespielt, da muss ich immer alles abhaken, was ich geliefert habe und …«

»Das wissen wir schon, vielen Dank. Und weiter?«

»Das *Shqipëria* war die dritte Station auf meiner heutigen Tour. Die Lieferung war für kurz vor vier Uhr angekündigt, und ich kam überpünktlich dort an. Aber die Zufahrt zu Sadiks Bistro war blockiert. Ein alter Kombi stand echt blöd geparkt quer vor der Gasse, die zum Hintereingang führt. Also habe ich meinen Transporter zwei Häuser weiter abgestellt …«

»Ich kenne das von Lieferwagen eher so, dass die kreuz und quer genau dort stehen bleiben, wo sie ihren Kram abladen wollen.«

»Würde ich ja gern, aber der Transporter ist mein eigener, und alle Strafzettel gehen an mich. Da überlegst du dir zweimal, ob du deinen Wagen im Halteverbot oder in zweiter Reihe abstellst.«

»Aber ich bitte Sie, morgens um vier!«

Brot lachte freudlos auf.

»Die Straßen um das *Shqipëria* sind das Revier von Klaas Pöhlmann. Der genießt es richtig, Leuten Strafzettel hinter die Scheibenwischer zu klemmen – wobei das ja inzwischen auch keine richtigen Strafzettel mehr sind, das läuft ebenfalls über eine Handy-App. Aber egal, manchmal habe ich das Gefühl, Pöhlmann schläft nie.«

»Gut, dann sind Sie also ein Stück weit weggefahren, um ordentlich parken zu können. Und dann?«

»Dann wollte ich zum *Shqipëria* gehen und dem Parkkünstler ordentlich Bescheid stoßen. Ich meine, so dämlich muss man seine Karre ja wirklich nicht in den Weg stellen. Aber dazu kam ich nicht mehr. Ich bin raus aus dem Transporter und konnte gerade noch zwei, drei Schritte gehen, da wurde es mir schwarz vor Augen.«

»Jemand hat Sie niedergeschlagen?«

»Nehme ich mal an. Und als ich wieder aufgewacht bin, lag ich unter einem Busch zwei Kreuzungen vom *Shqipëria* entfernt. Mein Kopf dröhnte, und mein Wagen war verschwunden. Ich wollte erst noch zu Sadiks Bistro hin, um wegen meines Transporters zu fragen, aber als ich aus der Entfernung die Polizei dort stehen sah, habe ich mich lieber verdrückt.«

»Das heißt, Sie waren eineinhalb Stunden lang bewusstlos?«

»Kommt ungefähr hin.«

»Und dann?«

»Dann bin ich nach Hause gelaufen. Als ich schon eine ganze Weile unterwegs war, kam ein alter Kumpel vorbei, der hat mich auf seinem Motorrad mitgenommen. Sonst würde ich vermutlich jetzt noch durch die Gegend latschen.«

»Schade, dass Sie nicht mitbekommen haben, was heute früh im *Shqipëria* vorgefallen ist«, murmelte Peppino.

Aber Camilla fiel noch etwas ein.

»Können Sie denn Genaueres über das Auto sagen, das Ihnen die Zufahrt zum Hintereingang des Bistros versperrte?«

Brot zuckte mit den Schultern.

»Ein alter Kombi eben.«

»Marke?«

»Opel, glaube ich.«

»Farbe?«

»Unauffällig. Grau, würde ich sagen. Ja, der Wagen war grau lackiert, silbergrau heißt das, glaube ich. Die Karre sah schon ein bisschen ramponiert aus. Macken, Kratzer, Rostflecken, der Kombi müsste schon einige Jahre auf dem Buckel haben.«

»Das Kennzeichen haben Sie sich nicht gemerkt, nehme ich an?«

»Ich hab die Nummernschilder nicht mal sehen können. Der Wagen stand ja quer vor der Einfahrt, und ich hab dann sofort nach einem Parkplatz gesucht. Ügal plant die Touren immer sehr straff, da hab ich keine Zeit, noch ...«

»Schon gut«, unterbrach ihn Camilla. »Einen Fahrer haben Sie nicht gesehen?«

Brot schüttelte den Kopf.

»Oder sonst jemanden, der sich hinter dem *Shqipëria* oder in direkter Nachbarschaft befand?«

»Nein, da war niemand.«

»Okay, vielen Dank.«

Camilla musterte ihn und deutete dann auf seinen Kopf.

»Sollen wir Sie zum Arzt bringen?«

»Nein, das wird nicht nötig sein. Ich würde jetzt gern ein bisschen schlafen, und dann muss ich überlegen, wie ich wieder an meinen Lieferwagen komme.«

»Das können wir Ihnen sagen«, meldete sich Peppino zu Wort. »Die Polizei hat ihn gefunden.«

Er nannte ihm die Adresse des Gebäudes, vor dem das Fahrzeug abgestellt worden war.

»Die Polizei hat ihn gefunden?«

Das schien Brodtbeck nicht zu gefallen, Sorgen furchten seine Stirn.

»Falls Sie sich Sorgen wegen der Palette mit Klamotten machen, die Sie hätten ausliefern sollen: Die waren nicht mehr im Transporter, als die Polizei ihn fand.«

»Äh … nicht?«

»Nein. Herr Ügal hat dafür gesorgt, dass die Ware vorher herausgeholt wurde.«

»Herausgeholt? Aber …«

»Was ist Ihnen lieber: ein geknacktes Schloss oder Ärger, weil Sie gefälschte Markenkleidung im Wagen haben?«

»Blöde Frage.«

»Eben«, sagte Peppino und stand auf. »Und da Herr Ügal die Polizei informiert hat, wo der Lieferwagen steht, werden die Beamten annehmen, dass auch Sie einen Anruf von ihm bekommen haben. Deshalb schlage ich vor, dass Sie sich gleich auf den Weg zu Ihrem Transporter machen.«

»Da haben Sie recht, mach ich.«

Er erhob sich ebenfalls, griff nach seinem Wohnungsschlüssel und deutete auf die Tür.

»Nach Ihnen, bitte. Oder möchten Sie es sich hier noch ein bisschen gemütlich machen?«

Peppino grinste.

»Nein danke«, winkte er ab.

Camilla meldete sich zu Wort. »Aber wir könnten Sie hinbringen.«

»Könnten Sie, das stimmt«, erwiderte Brot und nahm dankend an.

Peppinos Grinsen war wie weggewischt.

»Sie haben doch gefragt, was das für ein Wagen war, der mir die Zufahrt zum *Shqipëria* versperrt hat«, sagte Brodtbeck und deutete auf den Familienkombi der Sensonis. »Genau so einer war das. Opel-Kombi, silbergrau und schon ziemlich ramponiert.«

Er freute sich, dass er nun doch ein wenig helfen konnte. Doch als er Peppinos finsteren Blick auffing, wurde er schnell wieder ernst.

»Also, ich meine: So ähnlich hat der Kombi ausgesehen, aber die gibt es ja wie Sand am Meer, nicht wahr?«

Die Fahrt dauerte keine zwanzig Minuten, und obwohl Brodtbeck lieber einen Block entfernt vom Fundort ausgestiegen wäre, brachten Camilla und Peppino ihn direkt zu seinem Transporter. Sie parkten hinter Hanns Fehsens Dienstwagen und stiegen unter den erstaunten Blicken der Kripokommissare aus.

»Na, ihr beiden«, rief Fehsen aus, »wen bringt ihr uns denn da?«

»Das ist Herr Brodtbeck«, sagte Peppino, »der Fahrer dieses Lieferwagens.«

»Ah, hat Herr Ügal ihm ebenfalls die Adresse durchgegeben? Oder euch? Sehr schön. Und warum kommt er mit euch hierher?«

»Ügal hat uns seine Anschrift gegeben, und dort haben wir ihn angetroffen, als er gerade nach Hause kam.«

Fehsen musterte Peppino, aber der machte keine Anstalten, mehr dazu zu sagen. Also wandte er sich an Brodtbeck.

»Und woher kamen Sie um diese Zeit?«

Brot erzählte ihm von dem falsch geparkten Kombi, dem Schlag auf den Hinterkopf und davon, dass er nach etwa eineinhalb Stunden unter einem Busch wieder zu sich kam.

»Sie müssten in Sichtweite des *Shqipëria* gelegen haben«, sagte Fehsen nach kurzem Nachdenken. »Warum sind Sie dann nicht gleich zum Bistro gekommen? Um diese Zeit waren wir von der Kripo doch schon vor Ort.«

Eben deswegen, schoss es Peppino durch den Kopf. Er konnte kaum ein Grinsen unterdrücken. Brodtbeck dagegen reagierte schnell und souverän.

»Mein Lieferwagen war ja weg, und den wiederzufinden war für mich das Wichtigste. Wissen Sie, Herr Kommissar, als freier Unternehmer muss ich vor allem darauf achten, dass mein Laden läuft, und ohne Transporter bin ich aufgeschmissen.«

Fehsen sah Brodtbeck noch einen Moment lang in die Augen, dann lächelte er.

»Das verstehe ich natürlich. Jetzt haben Sie ihn ja wieder, allerdings ...«

Brot hielt einen Moment lang die Luft an.

»Allerdings ist er ein wenig beschädigt. Das Schloss der hinteren Ladeklappe wurde aufgebrochen. Könnten Sie bitte mal nachsehen, was gestohlen wurde?«

Die beiden gingen zur Rückseite des Lieferwagens, Camilla und Peppino folgten ihnen, und während Brodtbeck die verbliebene Ladung inspizierte, ließ Fehsen ihn nicht aus den Augen. Er zählte die mit Folie verpackten Dönerportionen und deutete auf eine lange Plastikkiste mit Metallrohren.

»Auf diesen Metallrohren liefern wir das Dönerfleisch«,

sagte er schließlich. »Hier werden von den Kunden die Spieße vor dem Grillen eingeführt, die bekommen wir von den Kunden anschließend wieder zurück und …«

»Danke, so genau müssen wir das gar nicht wissen.«

»Ob von diesen leeren Rohren einer fehlt, kann ich Ihnen jedenfalls nicht sagen. Aber die Döner selbst scheinen alle noch da zu sein.«

»Ja, leider«, versetzte Fehsen.

Die Sonne hatte auch so früh am Morgen schon Kraft, durch die seit mindestens zwei Stunden offen stehende Hintertür war die Kühlkette unterbrochen, und das Fleisch roch bereits unangenehm.

»Fehlt also nichts?«

Brodtbeck zögerte, Fehsen half ihm auf die Sprünge.

»Schauen Sie mal hier«, bat er ihn und deutete auf Schleifspuren hinten rechts im Laderaum.

»Ah, stimmt«, tat Brot sehr überrascht, »die Palette! Die Palette fehlt. Entschuldigen Sie bitte, ich bin wohl noch etwas benommen von dem Schlag auf meinen Hinterkopf.«

»So wird es sein. Was war denn drauf auf der Palette?«

»Oh, da kann ich Ihnen gar nicht weiterhelfen. Das war blickdicht verpackt, und mich geht der Inhalt der Lieferungen ja auch nichts an, ich bin ja nur der Fahrer.«

»Natürlich. Und Sie haben auch keine Vermutung, was das für eine Ware gewesen sein könnte?«

»Nein, so gar nicht. Da müssten Sie bitte …«

»… Herrn Ügal fragen, schon klar.«

»Kann ich den Wagen dann gleich mitnehmen? Ich muss ja noch das Schloss reparieren lassen, und wenn ich morgen früh nicht pünktlich bei Ügal auf der Matte stehe, schmeißt er mich womöglich raus.«

»Soweit ich weiß, steht Ihre nächste Tour erst …«

Er wandte sich an Maigert, der inzwischen neben ihn getreten war.

»Übermorgen«, sagte Maigert.

»Genau, erst übermorgen steht Ihre nächste Tour an. Ihr Fahrzeug muss zunächst gründlich von der Kriminaltechnik untersucht werden. Mit etwas Glück können Sie Ihren Transporter morgen Vormittag bei uns abholen.«

Er zückte seine Visitenkarte und reichte sie Brot.

»Und jetzt wollen wir Sie auch nicht länger aufhalten, Herr Brodtbeck. Soll einer der Kollegen Sie nach Hause bringen? Oder zum Arzt, wegen Ihrer Beule?«

»Nein, nein, das ist nicht nötig. Ich nehme den Bus, vielen Dank.«

Damit machte er sich auf den Weg, und Fehsen sah ihm grinsend nach, bis er zügig um die nächste Straßenecke verschwunden war.

»Und ihr beide habt also auch schon mit ihm gesprochen?«, fragte er Peppino.

»Ja, aber nur kurz. Er hat uns dasselbe erzählt wie euch. Keine große Hilfe, was?«

»Nein, leider nicht. Und wen wollt ihr jetzt befragen?«

Peppino zuckte mit den Schultern.

»So geht's uns auch«, versetzte Fehsen. »Hoffen wir, dass sich das bald ändert.«

»Ja, hoffen wir's«, sagte Peppino und ging zu seinem Kombi zurück.

Er wirkte nachdenklich, und als er vor dem Einsteigen zu Camilla hinüberschaute, die neben der Beifahrertür stand und ihn musterte, senkte er den Blick und glitt auf den Fahrersitz.

Fehsen stand noch eine Weile da und schaute Peppino und der Engländerin hinterher. Er kannte seinen Kollegen seit Jahren, aber so ernst und verschlossen hatte er ihn selten erlebt. Machte er sich Sorgen um seinen dementen Vater? War da etwas zwischen ihm und Camilla Brown? Oder machte ihm etwas im Zusammenhang mit dem Toten in Sadiks Imbiss zu schaffen?

»Hoffentlich baust du keinen Mist«, murmelte er.

»Was meinst du?«, fragte Maigert.

»Ach, nichts, ich habe nur laut gedacht.«

»Sollen wir diesen Brodtbeck im Auge behalten? Aglaia ist ihm unauffällig gefolgt und könnte an ihm dranbleiben.«

»Der bringt uns, glaube ich, nicht weiter. Gehen wir zunächst mal davon aus, dass er wirklich nichts gesehen hat und dass er auch nicht weiß, wer ihn niedergeschlagen und ins Gebüsch geschafft hat. Er könnte uns wahrscheinlich sagen, was es mit der verschwundenen Palette auf sich hat, aber das wird wohl nicht direkt mit unserem Fall in Verbindung stehen. Aglaia kann also gern abbrechen.«

Maigert zückte das Handy und gab der Kollegin die Order weiter.

»Danke, Jochen«, sagte Fehsen. »Und wir hoffen, dass unsere Kollegen hilfreiche Spuren sichern können.«

»Und was können wir sonst noch machen, außer auf die Laborergebnisse warten?«

Fehsen beschrieb mit dem ausgestreckten Arm einen Kreis.

»Nachbarn befragen, Hausmeister, Passanten. Die übliche Fleißarbeit. Und rund um das *Shqipëria* sind wir auch noch längst nicht mit allen möglichen Zeugen durch.«

Maigert seufzte.

»Im Fernsehen sieht unser Job immer viel spannender aus.«

»Dafür haben wir mehr Zeit als neunzig Minuten.«

# 3

Peppino spürte Camillas Blick auf sich ruhen, aber er hatte im Moment keine Lust, mit ihr über das zu reden, was ihm durch den Kopf ging.

»Können wir uns für die nächsten Befragungen aufteilen?«, fragte er deshalb.

»Du brauchst ein bisschen Ruhe, stimmt's?«

Er schaute sie überrascht an.

»Ist das so offensichtlich?«

Sie nickte und lächelte.

»Okay, danke. Außerdem kommen wir natürlich auch schneller voran, wenn sich jeder von uns eine Zeit lang allein umhört.«

»Natürlich, das auch. Und wen soll ich befragen?«

»Wie wär's mit den anderen Gastronomen in der Nähe des *Shqipëria*? Die wollten wir doch ohnehin abklappern.«

»Kann ich gern übernehmen. Bringst du mich noch hin?«

Er ließ sie etwa einhundert Meter von *Sadiks Bistro & Grill* entfernt raus, schräg gegenüber der Hähnchenbraterei, die man auf dem Fußweg von der Innenstadt zum Bahnhof als Erstes erreichte.

»Danke«, sagte sie, »und dir viel Glück für das, was du jetzt klären musst.«

Damit war sie raus und er einstweilen froh, dass er sich wirklich um etwas sehr Privates kümmern konnte. Erst nach ein paar Minuten fiel ihm ein, dass Camilla ihn gar nicht gefragt hatte, was er jetzt zu klären hatte. Ob sie es ohnehin schon wusste? Gut möglich. Sie schien ihn besser zu kennen, als er ahnte.

Jetzt, um kurz vor neun, kam in die ersten Imbissbuden allmählich Leben. Vor dem *Shqipëria* standen nach wie vor die Fahrzeuge der Polizei, der weiße Transporter der Kriminaltechnik, die Streifenwagen und einige zivile Autos der Kripobeamten. Einzelne Schaulustige verharrten an den Absperrbändern, aber den Blick ins Innere von Sadiks Bistro verwehrten Stoffbahnen, die einige Beamte vor die Fenster des *Shqipëria* gehängt hatten.

Der Mann, der in der Hähnchenbraterei die Geschäfte führte, hatte keine Zeit, sich darum zu kümmern. In mehreren Lagen übereinander drehten sich blasse Vögel müde vor den Grillelementen, die auf volle Leistung gedreht waren und in dem kleinen Raum ordentlich Hitze verbreiteten. In einer Fritteuse bereitete er gerade zwei Portionen Pommes zu, und Camilla wartete geduldig, bis er dem Kunden die Papiertüten mit den frittierten Kartoffelstäbchen überreicht und abkassiert hatte.

»Schönen Tag noch, und was hätten Sie gern?«

Camilla hatte bisher noch nichts gegessen, und obwohl ihr am Morgen noch nicht nach etwas so Deftigem zumute war, bestellte sie eine kleine Portion Pommes.

»Ohne alles, bitte«, sagte sie noch.

»Aber Salz darf schon drauf, oder?«, fragte der Mann hinter der Theke, als er wenig später die Pommes aus dem Fett hob und in eine Metallschale schüttete.

»Ein bisschen, ja.«

Er füllte die Papiertüte und hielt sie ihr hin.

»Darf ich sie auch gleich hier essen?«, fragte Camilla.

Der Mann deutete auf zwei Barhocker.

»Gern, aber bezahlen müssen Sie trotzdem.«

Er lachte, nahm Camillas Geldschein und gab ihr ein paar Münzen zurück. Sie setzte sich.

»Noch etwas zu trinken?«

»Im Moment nicht, aber wenn ich Ihnen ein paar Fragen stellen dürfte?«

»Oje, sind Sie Reporterin?«

»Nein, ich erkundige mich für einen Bekannten. Ich habe versprochen, ihm ein bisschen zu helfen.«

Der Mann zuckte mit den Schultern und lehnte sich erwartungsvoll auf den Tresen.

»Haben Sie mitbekommen, was drüben im *Shqipëria* heute früh passiert ist?«

»*Shqipëria?*«

Er sah sie ratlos an.

»Das neue Grillbistro, hundert Meter die Straße runter.«

»Ach so, das. Nein, dazu kann ich nichts sagen. Als ich heute früh hier ankam, stand dort die Polizei, aber ich hatte keine Zeit, mich drum zu kümmern. Mein Chef kann ziemlich unleidig werden, wenn die ersten Hähnchen nicht rechtzeitig fertig sind.«

»Was halten Sie denn davon, dass in Ihrer Nähe jetzt noch ein Lokal aufgemacht hat?«

»Mir ist das schnurz, und meinen Chef lässt es auch eher kalt, soweit ich das mitbekommen habe. Unser Laden läuft seit Jahren gut, und Hähnchen gibt es dort nicht, oder?«

»Nein.«

»Sehen Sie, warum sollten wir uns Sorgen machen?«

»Kennt man sich hier in der Straße? Ich meine, so unter Gastronomen?«

»Gastronomen?«

Der Mann lachte.

»Das ist aber nett, dass Sie uns so nennen. Aber wissen Sie, ich grille Hähnchen, der Kollege ein Stück weiter schneidet Dönerfleisch vom Drehspieß, und die Bäckerei und die Metzgerei machen ihren Imbiss nur so nebenbei, um noch etwas Laufkundschaft abzugreifen. Gastronom, das ist dann doch noch etwas anderes, finden Sie nicht auch? Aber zu Ihrer Frage: Man kennt sich natürlich, ab und zu holt man sich bei den Kollegen eine Kleinigkeit zu essen. Die Frau des Dönerverkäufers kommt manchmal bei mir vorbei und holt zwei, drei Hähnchen für die Familie – vermutlich können sie an solchen Tagen keinen Döner mehr sehen. Und wenn ich Ihnen Tipps geben darf: In der Metzgerei gibt es ganz herrliche Frikadellen, und die Bäckerei macht meiner Meinung nach die besten Vanilleschnecken der Stadt.«

»Vielen Dank«, sagte Camilla, steckte sich die letzte Pommes in den Mund und rutschte vom Barhocker.

»Das war schon alles?«, fragte der Mann.

»Ja, eigentlich schon.«

»Und wobei soll das Ihrem Bekannten helfen?«

»Ach, ich …«

Der Mann wirkte nun etwas misstrauischer.

»Wer ist denn Ihr Bekannter?«

»Er wollte heute das *Shqipëria* eröffnen.«

Der Mann dachte kurz nach.

»Der Name des Bistros war mir nicht bewusst, als Sie vorhin danach gefragt haben, aber ich weiß natürlich, wem der Laden gehört.«

Camilla hatte schon die Klinke der Tür in der Hand.

»Dann ist dieser Sadik Ihr Bekannter?«, fragte der Mann.

»Ja«, antwortete sie nach kurzem Zögern.

»Puh«, machte er. »Dann passen Sie mal lieber gut auf sich auf.«

Er war kurz erschrocken, dann stahl sich schon wieder ein Grinsen auf sein Gesicht.

»Und ich hoffe natürlich, dass Ihnen meine Pommes geschmeckt haben. Nicht, dass sich Sadik noch beschweren kommt.«

»Keine Sorge, die waren lecker.«

Damit trat sie auf die Straße und machte sich auf den Weg zu ihrer nächsten Station.

In der Trattoria war es noch ruhig. Die ersten Gäste würden erst in gut zwei Stunden eintreffen. Donatella war in der Küche mit Vorbereitungen beschäftigt, und Gina Sensoni ging ihr zur Hand.

»Hallo, ihr beiden«, begrüßte Peppino die Frauen, als er durch den Hintereingang hereinkam. »Kurze Frage, war jemand von euch beiden heute sehr früh mit unserem Kombi unterwegs.«

Beide schüttelten den Kopf.

»Okay, danke. Mamma, kann ich dich kurz sprechen?«

Er ging mit ihr in den Gastraum. Sie setzten sich an den Stammtisch.

»Papà schläft?«

»Ja, endlich. Er war ganz unruhig, als du ihn nach oben gebracht hast. Vor gut einer halben Stunde hatte ich ihn endlich so weit, dass er eingeschlafen ist.«

»Kannst du dir erklären, warum er so unruhig war?«

»Nein. Vielleicht hat er schlecht geträumt, oder er …«

Sie verstummte und wirkte plötzlich selbst sehr müde.

»Oder es ist ihm durch irgendetwas wieder bewusst geworden, dass er nach und nach alles vergessen wird.«

Gina Sensoni ließ den Kopf hängen, sie kämpfte mit den Tränen. Peppino legte eine Hand auf ihren Unterarm, nach einer Weile begann er sie behutsam zu streicheln. Schließlich ging ein Ruck durch ihren Körper, und sie richtete sich wieder auf. Ihre Augen glänzten noch, aber es spielte schon ein dünnes Lächeln um ihren Mund.

»So ist es eben. Damit müssen wir zurechtkommen, dein papà und ich.«

»Wir alle müssen damit zurechtkommen. Und wir schaffen das auch.«

Sie nickte, zog ein Taschentuch aus der Tasche und tupfte sich damit Nase und Augen.

»Als ich vorhin den Kombi nahm, stand er nicht in der Garage, wo ich ihn gestern abgestellt hatte.«

Sie zuckte mit den Schultern.

»Und heute früh fühlte sich die Motorhaube noch ganz warm an. Ganz so, als sei noch kurz zuvor jemand mit dem Wagen gefahren.«

Nun sah sie ihn angespannt an.

»Und als ich euch gerade gefragt habe, ob jemand von euch beiden damit heute früh gefahren ist, habt ihr beide das verneint.«

Ihre Stirn legte sich in Falten.

»Ich habe den Kombi, wie gesagt, gestern am späten Nachmittag in der Garage geparkt, und danach bin ich kurz nach sechs Uhr heute früh zum ersten Mal wieder in den Wagen gestiegen. Dazwischen muss jemand mit dem Kombi unterwegs gewesen sein, und wir drei waren es nicht.«

Gina Sensoni seufzte.

»Wann hast du Vater gestern Abend zum letzten Mal gesehen?«

»Er ist um halb zehn ins Bett gegangen. Ich habe dir noch bis kurz vor elf in der Küche geholfen, wie du weißt. Danach habe ich mich schlafen gelegt, und heute früh bin ich davon aufgewacht, dass du papà ins Schlafzimmer gebracht hast.«

»Er könnte also zwischen elf, halb zwölf gestern Abend und heute früh um sechs Uhr sonst wo gewesen sein.«

»Jetzt hör aber auf, Giuseppe! Papà saß an diesem Tisch im Pyjama. Wieso sollte er irgendwo anders gewesen sein?«

»Gute Frage.«

»So ein Blödsinn, Giuseppe!«

Gina Sensoni stand abrupt auf. Sie sah sehr verärgert aus. Entweder hielt sie seine Theorie tatsächlich für Quatsch, oder er hatte damit eine Befürchtung getroffen, die sie insgeheim ebenfalls umtrieb.

»Wenn du es sagst, mamma.«

Im *Antakya Grill* roch es schon würzig nach Dönerfleisch, aber es war noch kein Kunde da. Camilla drückte die Eingangstür auf. Eine Klingel ertönte irgendwo im hinteren Bereich, und im nächsten Moment erschien ein junger Mann hinter dem Tresen.

»Herzlich willkommen«, sagte er und strahlte über das ganze Gesicht. »Was darf's denn sein, die Dame?«

Er deutete auf drei sehr stattliche Fleischgebilde, die sich hinter ihm vor dem Feuer drehten und außen schon recht knusprig aussahen.

»Hackfleisch, Rindfleisch, Pute«, zählte er auf und wartete lächelnd auf ihre Bestellung.

Nach den etwas fett geratenen Pommes aus der Hähnchenbraterei hatte sie eigentlich keinen Hunger mehr, aber vermutlich würde es auch hier nicht schaden, ihre Fragen zu stellen, während sie eine Kleinigkeit aß. Aber nach gegrilltem Fleisch verlangte es sie im Moment wirklich nicht.

»Könnte ich denn auch einen Döner ohne Fleisch bekommen?«

Der junge Mann blinzelte.

»Äh ... wie, ohne Fleisch?«

Camilla deutete auf die Theke, wo hinter Glas die sonstigen Zutaten eines Döners standen.

»Nur Tomaten, Zwiebeln, Krautsalat und so. Ginge das?«

»Äh ... ja, natürlich. Aber ... aber ich kann Ihnen den Döner deshalb nicht billiger geben.«

»Das ist schon in Ordnung, vielen Dank.«

Er röstete die Brottasche und packte sie dann mit allem voll, was die Schüsseln hergaben. Am Ende quollen Zwiebeln, Tomaten und Krautsalat aus dem Brot, obenauf steckten ein paar scharfe Peperoni, und bevor sie sich dagegen hätte wehren können, hatte der Verkäufer aus einem großen Plastikspender schon kräftig Spezialsoße über alles gepumpt.

»Und dürfte ich Ihnen auch noch ein paar Fragen stellen?«, meinte Camilla, während er ihr die Riesenportion über den Tresen reichte.

»Oh, Fragen ... Das ist schlecht. Fragen kann ich keine

beantworten. Aber ich könnte meinen Vater holen oder meine Mutter. Worum geht's denn?«

»Ihre Mutter, das wäre schön, vielen Dank«, wich Camilla aus, und bevor er nachhaken konnte, biss sie herzhaft in ihren vegetarischen Döner und machte so deutlich, dass von ihr in den nächsten Minuten keine verständliche Antwort zu erwarten war.

Der junge Mann verschwand nach hinten, sie hörte ein kurzes Gespräch in türkischer Sprache, dann kam eine Frau von etwa fünfzig Jahren zu ihr und musterte sie misstrauisch.

»Ja, bitte?«

»Haben Sie mitbekommen, was drüben im *Shqipëria* passiert ist?«

Die Frau runzelte die Stirn, und Camilla beeilte sich hinzuzufügen: »Ich bin keine Reporterin, ich ...«

Erst jetzt fiel ihr ein, dass der Name Sadik vorhin nicht so gut aufgenommen worden war. Wie sollte sie hier am besten erklären, wer sie war und für wen sie hier ihre Fragen stellte.

»Hier würden Sie als Reporterin auch nichts erfahren«, schnitt die Frau ihr das Wort ab. »Wir wissen aus Prinzip nichts, und in die Angelegenheiten unserer Nachbarn stecken wir unsere Nasen auch nicht. Schmeckt Ihr Döner?«

»Ja, er ist sehr gut.«

»Sie hätten ihn mit Fleisch nehmen sollen, dann wäre er noch besser.«

»Nun ja, ich esse meistens vegan.«

Die Frau sah den großen Klecks Spezialsoße und lächelte mitleidig.

»Daran konnte ich Ihren Sohn nicht mehr hindern, er war zu schnell.«

Camilla nickte zu den drei gefüllten Drehspießen hin.

»Ich wundere mich ohnehin ein bisschen, dass Sie heute früh überhaupt Fleisch bekommen haben. Der Fahrer von Herrn Ügal, der das *Shqipëria* beliefern sollte, kam nicht bis zum Imbiss, und danach war sein Transporter weg und er konnte seine Liefertour nicht fortsetzen. Stehen Sie denn vor dem *Shqipëria* auf der Liste?«

»Wir kaufen unser Fleisch nicht von Herrn Ügal. Wir beziehen unsere Döner direkt vom Hersteller. Für die Mengen, die wir einkaufen, brauchen wir keinen Zwischenhändler, der auch noch daran mitverdienen will.«

Wieder ein Blick auf die nicht vegane Spezialsoße.

»Soll ich Ihnen einen neuen machen? Tut mir leid, wenn mein Sohn nicht aufmerksam genug war.«

»Nein, lassen Sie nur. Es schmeckt auch so sehr lecker. Wissen Sie, nach den Pommes eben war mir einfach nicht nach Fleisch und …«

Jetzt stemmte die Frau ihre Fäuste in die Hüften. Ihr Tonfall wurde etwas schroffer.

»Sind Sie sicher, dass Sie keine Reporterin sind? Die Pommes hatten Sie bei *Hähnchen-Joe*, richtig? Jetzt hier der Döner, und dann klappern Sie vermutlich noch den Bäcker und den Metzger ab, stimmt's? Falls ich Ihnen Tipps geben darf: Der Metzger hat tolle Frikadellen, und der Bäcker glänzt vor allem mit seinen Vanilleschnecken. Und tschüs.«

»Hätten Sie zum *Shqipëria* denn auch einen Tipp?«

»Wie denn? Die wollten doch erst heute aufmachen.«

»Und Ihnen Kunden wegnehmen.«

»Das sollen sie mal versuchen. Wir sind eines der alteingesessenen Dönerlokale in der Stadt, da gräbt uns so ein Bistro mit albanischen Spezialitäten ganz sicher nicht das

Wasser ab. Und falls es Sie beruhigt: Eigentlich hatten wir heute Mittag vor, mal rüberzugehen und ein paar der Speisen zu probieren. Wir empfinden uns hier nämlich nicht als Konkurrenten, sondern als Kollegen. Das werden Sie bei *Hähnchen-Joe* nicht anders gehört haben. Und jetzt raus hier!«

Sein Vater schlief, und diese Ruhepause hatte Toto Sensoni auch nötig, ob er nun in der vergangenen Nacht nur lange in der Trattoria gesessen oder sich doch anderswo herumgetrieben hatte. Mit ihm würde Peppino also erst später sprechen können. Doch vielleicht hatte jemand in der Nachbarschaft etwas beobachtet, das ihm weiterhalf. Camilla gehörte leider nicht dazu, ihr war offenbar als Erstes aufgefallen, dass er mit dem alten Mofa davongefahren war. Er würde sie später zur Sicherheit noch einmal konkret dazu befragen, aber er versprach sich nichts davon. Vielleicht war es einstweilen auch besser, wenn sie nicht wusste, dass der Familienkombi der Sensonis heute Nacht gefahren worden war und er einen bestimmten Verdacht hatte, von wem.

Seine erste Anlaufstelle war das *Café Conny*. Die aktuelle Pächterin hatte das Eckbistro vor ein paar Jahren nach sich benannt, und dort schaute Horst Schachner am Morgen gewöhnlich auf einen Kaffee und drei Croissants vorbei. Er wohnte direkt ums Eck und hatte weder Lust, sich selbst einen Kaffee zu brauen, noch darauf, allein zu frühstücken. Conny versammelte den ganzen Vormittag über eine bunte Gesellschaft in ihrem Bistro. Da saßen Handwerker für einen Kaffee oder ein Bier zwischendurch, der Postbote legte für einen Espresso und ein bisschen Tratsch hier eine Pause ein, Angestellte ließen sich Kaffeebecher zum Mitnehmen über den Tresen reichen, und wer bis in die Morgenstunden in den Clubs unterwegs gewesen war, bestellte einen Cocktail als Absacker oder einen extrastarken Mokka – je nachdem, ob es danach ins Bett oder ins Büro ging.

Peppino traf Schachner auf seinem Stammplatz hinten im Eck an. Seine Tasse war noch etwa zur Hälfte gefüllt, und die Brösel auf dem leeren Teller deuteten darauf hin, dass er die Croissants schon vertilgt hatte. Daneben standen ein Bier und ein Kurzer, denen sich Ole widmete, der kaum zum Trinken kam, weil er in einem fort auf Schachner einredete. Als die beiden Peppino eintreten sahen, winkte Schachner ihn zu sich.

»Guten Morgen, Peppino«, begrüßte Schachner ihn, und er wirkte etwas genervt. »Kannst du als Gastronom meinem Tischnachbarn bitte mal erklären, dass man den Tag nicht mit Bier und Schnaps beginnt?«

»Der Mensch muss frühstücken«, versetzte Ole fröhlich, prostete den beiden anderen zu und kippte seinen Kurzen.

Schachner schaute kopfschüttelnd zu und nippte an seinem Kaffee.

»Das einzig Gute daran, dass Ole so etwas schon um diese Uhrzeit trinkt, ist, dass er mir in diesen wenigen Sekunden nicht das Ohr abkauen kann.«

»Aber hör mal, es ist doch spannend, wenn so etwas fast vor unserer Haustür passiert!«

Ole war ganz aufgedreht und schaute Peppino an.

»Hast du schon gehört, was in Sadiks neuem Bistro passiert sein soll?«

»Nicht nur gehört«, erwiderte Peppino und bat Conny per Handzeichen um einen Espresso.

»Ach so? Wie aufregend! Erzähl!«

Ole war ganz gebannt von der Aussicht, hier mehr über den Toten im *Shqipëria* zu erfahren. Schachner schien ebenfalls interessiert, aber er stellte es nicht so schamlos zur Schau. Conny brachte den Espresso, Peppino bestellte noch eine kleine Auswahl an Pastéis de nata, die sich die Wirtin voriges Jahr von einer portugiesischen Kollegin abgeschaut hatte. Dann erzählte er in groben Zügen, warum die Polizei in Sadiks neuem Lokal Spuren sicherte.

»Na, das würde ich mich nicht trauen«, sagte Ole lachend, »diesem Sadik eine Leiche in den Dönergrill hängen …«

Die Pastéis kamen, und Peppino schob den Teller ein Stück zu Ole hin.

»Wenn du hier schon frühstücken willst, dann iss lieber so was. Komm, nimm dir ein Teilchen, bevor dir noch der Schnaps auf nüchternen Magen zu schaffen macht.«

Ole griff zu, und ehe Peppino den Teller wieder wegziehen konnte, war eine der kleinen süßen Pasteten in Oles Mund verschwunden, und eine zweite lag schon in seiner Hand bereit.

»Du auch?«, fragte er Schachner.

»Nein, drei Croissants reichen erst mal«, winkte der Fleischermeister im Ruhestand lächelnd ab. »Aber was du erzählt hast, klingt ganz danach, als würdest du wieder mitermitteln.«

Peppino zuckte mit den Schultern.

»Sadik hat mich darum gebeten, und ich schulde ihm ja noch was.«

Der Schlachter nickte und sah sein Gegenüber nachdenklich an.

»Camilla ermittelt übrigens mit«, sagte er. »Sie befragt

gerade die Betreiber der anderen Imbissbuden in der Nachbarschaft des *Shqipëria.*«

»Das ist gut«, sagte Schachner. »Sie wirkt noch ziemlich bedrückt wegen dieser Sache mit dem toten Gast. Vielleicht bringen sie solche Nachforschungen auf andere Gedanken.«

»Das hoffe ich auch. Ihr würde es sicher auch guttun, wenn sie ihr Restaurant wieder öffnen würde.«

»Davon bin ich auch überzeugt, aber bisher …«

Er trank von seinem Kaffee, und er sah aus, als ginge ihm das Schicksal seiner Mieterin wirklich zu Herzen.

»Hast du inzwischen deinen Frieden damit gemacht, dass sie ausgerechnet in deiner alten Fleischerei vegan kocht?«

Schachner lachte.

»Ich finde es klasse, dass sie sich das getraut hat. Und sie hatte ja auch wirklich viel Erfolg damit. Hoffen wir, dass sie daran bald wieder anknüpfen kann.«

»Aber etwas anderes«, wechselte Peppino das Thema. »Hat jemand von euch heute früh oder gestern Nacht unseren Familienkombi irgendwo herumfahren sehen?«

»Ich nicht«, antwortete Schachner.

»Aber ich«, krähte Ole, »und um ein Haar hätte mich eure alte Karre von der Straße gefegt.«

Peppino war ganz Ohr, aber Oles Blick machte deutlich, dass er für weitere Infos ein weiteres Pastetchen opfern musste. Er nickte, der Alte griff blitzschnell zu, und Peppino wartete, bis er das süße Teilchen geschluckt hatte.

»Es war gestern kurz vor Mitternacht. So ganz genau kann ich es nicht sagen, aber gegen zwölf war ich daheim, und eurem Kombi bin ich drei Straßen vorher begegnet, dazwischen müssten so um die zwanzig Minuten vergangen sein.«

»Du wohnst doch direkt hier ums Eck«, gab Peppino zu bedenken, »und für drei Straßen braucht man nicht mal mit der alten Ape zwanzig Minuten. Oder warst du zu Fuß unterwegs?«

»Zu Fuß? Um Gottes willen!«

Ole schüttelte sich, als würde ihm allein die Vorstellung Gänsehaut verschaffen, mehr Schritte als zwingend nötig zu machen.

»Ich war mit meinem rasenden Dreirad auf dem Heimweg von einem kleinen Umtrunk. Und wie ich ums Eck düse, kommt mir euer Kombi entgegen. Der fuhr mitten auf der Straße, und ich konnte gerade noch ausweichen. Da bin ich erst mal an den Gehweg gefahren und habe auf den Schreck einen Kräuterlikör gekippt. Dann ging's wieder, dachte ich. Aber als ich eine Viertelstunde später von einem Passanten angetippt wurde, fiel mir auf, dass ich wohl kurz am Steuer eingeschlafen war. Dann bin ich lieber nach Hause gefahren und habe mich ein bisschen hingelegt.«

»Mensch, Ole, du solltest entweder fahren oder trinken.«

»Das wär blöd, da käme ich ja kaum mehr zum Fahren.«

Ole machte dazu ein so ernstes Gesicht, dass Schachner über die treuherzige Miene seines Kumpels lachen musste.

»Und wer hat am Steuer des Kombis gesessen?«, fragte Peppino.

»Kann ich dir gar nicht sagen«, gab Ole zerknirscht zu. »Wie gesagt, ich kam von einem kleinen Umtrunk, und ich hatte alle Hände voll zu tun, den Zusammenprall mit eurer Karre zu vermeiden. Außerdem sehe ich seit einiger Zeit nicht mehr so gut.«

»Du fährst also betrunken und ohne eine Brille, die du eigentlich tragen solltest?«

Ole zuckte mit den Schultern.

»In der Regel bin ich ja nur dort unterwegs, wo ich mich gut auskenne. Da muss ich doch nicht jeden Tag alles noch einmal ganz genau sehen, oder?«

Peppino schüttelte den Kopf, aber dann stimmte er doch in Schachners anhaltendes Lachen ein.

Als Camilla ihre Tour hinter sich gebracht hatte, wusste sie: Wer hier Essen oder einen Imbiss anbot, neidete den anderen keinen Kunden, war selbstbewusst genug, keine Konkurrenz zu fürchten, und überhaupt waren alle eine große Familie – oder taten zumindest ihr gegenüber so. Und selbst wenn die Freude über das neue albanische Bistro im Kiez nicht so groß war wie behauptet: ein Mordmotiv zum Beispiel aus geschäftlichem Interesse hatte keiner von ihnen.

Camilla allerdings hatte nun ordentlich Bauchschmerzen. Den Pommes von *Hähnchen-Joe* und dem vegetarischen Döner waren ein Frikadellenbrötchen gefolgt und eine sehr leckere, aber leider auch riesige Vanilleschnecke. Sie hatte extra einen Umweg gemacht und war zuerst zum weiter entfernten Metzger marschiert, damit sie das süße Teil als Nachtisch genießen konnte. Doch die Reihenfolge änderte nichts daran, dass es einfach zu viel war.

Peppinos Anruf kam ihr deshalb gerade recht. Sie nahm das Gespräch noch kauend entgegen, und nachdem er sich gemeldet hatte, war ihr Mund leer genug, um ihm kurz zu berichten, dass keiner der anderen Gastronomen als Mörder infrage kam.

»Hast du sonst noch was rausgefunden?«

»Die Pommes sind fett, die Frikadellen lecker, die Spezialsoße ist sehr mächtig und die Vanilleschnecke eine Wucht, aber leider viel zu groß.«

»Hä?«

»Kannst du mich abholen? Neben der Bäckerei gibt es eine Bank, da warte ich auf dich.«

Eine Viertelstunde später kurvte Peppino ums Eck. Er hatte diesmal nicht den Familienkombi genommen, sondern seinen sportlichen Kleinwagen. Camilla sah er auf der Bank eher liegen als sitzen, sie war offenbar bemüht, keinen unnötigen Druck auf ihren Bauch auszuüben.

»Warum isst du auch so viel so früh am Tag?«, sagte er, als sie sich auf den Beifahrersitz gewuchtet hatte.

»Ich dachte, das würde die Gespräche mit den Verkäufern besser in Schwung bringen.«

»Hat's denn wenigstens geklappt?«

»Geht so.«

Lautes Klopfen aufs Autodach erschreckte beide bis ins Mark. Neben der Fahrertür stand ein Mann, der sich langsam zu ihnen herunterbeugte. Peppino ließ das Fenster herunter.

»Sie wissen schon, dass Sie hier nicht in der zweiten Reihe stehen bleiben können, nicht wahr?«

Der Mann hatte eine schnarrende Stimme und einen verkniffenen Zug um den Mund. Am Gürtel seiner Uniformhose hing ein Futteral, in dem ein Handy steckte.

»Ich habe nur meine Bekannte abgeholt. Ihr ist nicht gut.«

»Kann ich mir vorstellen. Mir wäre auch schlecht, wenn ich um diese Uhrzeit so viel durcheinanderessen würde.«

»Hören Sie mal!«, fuhr Camilla empört auf. »Haben Sie mich etwa beobachtet?«

Peppino legte ihr die Hand auf den Arm und erwiderte den Blick des anderen.

»Sind Sie Klaas Pöhlmann?«

»Ja, wieso?«

»Das ist gut. Mit Ihnen wollten wir ohnehin reden.«

Peppino zog die Handbremse fest und stieg aus.

»Aber Sie können hier nicht …«

»Nur ganz kurz. Mein Name ist Giuseppe Sensoni, ich bin Kriminalhauptkommissar und ermittle im Zusammenhang mit dem Mord im *Shqipëria*.«

Er nickte zu *Sadiks Bistro & Grill* hinüber, und Pöhlmann wäre um ein Haar stillgestanden, als Peppino seinen Dienstrang nannte. Camilla fiel noch auf, dass er diesmal seine vorübergehende Beurlaubung unerwähnt ließ, aber sie sagte nichts, sondern stieg ebenfalls aus und gesellte sich zu den beiden Männern.

»Dazu kann ich leider nichts sagen. Ich bin ja auch nur von der Ortspolizeibehörde.«

»Spielen Sie Ihre Bedeutung bitte nicht so herunter. Wir Polizisten wissen durchaus, was wir an Ihnen und Ihren Kollegen haben.«

Peppino schmierte dem Mann Honig um den Mund, ohne dabei rot zu werden. Und Pöhlmann stand mit jedem Halbsatz noch ein bisschen gerader als ohnehin schon.

»Mir wurde gesagt, dass Sie hier zu allen möglichen Uhrzeiten unterwegs sind und dass Falschparker sich hier auch nachts nicht sicher fühlen dürfen.«

»Natürlich nicht. Das Verbrechen schläft nie, das wissen Sie ja selbst.«

»Allerdings. Mich würde ein Parkvergehen von heute Nacht sehr interessieren. So gegen halb vier, vier müsste das gewesen sein.«

Über Pöhlmanns Miene huschte ein Schatten.

»Heute Nacht zwischen drei und vier, ausgerechnet …«

»Warum?«

»Wie Sie schon sagten, bin ich zu den unterschiedlichsten Uhrzeiten auf der Jagd, und dass sich das unter Falschparkern herumgesprochen hat, freut mich natürlich sehr. Doch irgendwann muss selbst ich mal Pause machen – und die ist ausgerechnet auf heute Nacht gefallen. Kurz nach Mitternacht war ich noch hier in der Straße unterwegs, danach habe ich mich für ein paar Stunden hingelegt, und als ich jetzt vor Kurzem meine Runde wieder begonnen habe, standen Ihre Kollegen schon vor dem *Shqipëria*. Ich bin noch gar nicht dazu gekommen, länger mit ihnen zu sprechen. Ich biete mich ihnen natürlich gern als Zeuge an, aber genau zum fraglichen Zeitraum … leider, leider …«

Er schüttelte den Kopf und wirkte tatsächlich untröstlich.

»Machen Sie sich doch bitte keine Vorwürfe«, redete Peppino ihm gut zu. »Es war nur ein Versuch, wir kommen schon noch zu unseren Informationen.«

»Aber sagen Sie, hilft Ihnen vielleicht ein Parkvergehen, das ich gestern Abend geahndet habe?«

»Vermutlich nicht, nein.«

»Direkt vor dem *Shqipëria* hatte jemand seinen Wagen besonders schlecht abgestellt. Dass einer zwei Stellplätze blockiert, weil er nicht einparken kann und seine Karre ohne Rücksicht auf andere sehr ungeschickt in den Weg stellt, dagegen kann ich leider nichts unternehmen. In diesem Fall stand aber ein Vorderrad erkennbar außerhalb der markierten Parkzone, und ein Hinterrad befand sich sogar auf dem Gehweg. Das habe ich natürlich sofort als Ordnungswidrigkeit aufgenommen. Ich kann Ihnen auch gleich das Kennzeichen geben, warten Sie einen Moment.«

Pöhlmann zückte sein Handy wie eine Waffe und navigierte sich emsig durch die Vorgänge der vergangenen Stunden. Unterdessen war Jochen Maigert aus dem *Shqipëria* getreten, hatte sich umgesehen und Peppino erkannt, der sich mit dem Ortspolizisten unterhielt. Nun schlenderte er auf die beiden und Camilla zu. Sie sah ihn kommen und versuchte Peppino darauf aufmerksam zu machen, doch der hatte nur Augen für das Display von Pöhlmanns Handy, das der ihm gerade hinhielt.

»Wollen Sie sich das Kennzeichen notieren?«, bot Pöhlmann an.

»Nein danke, das kann ich mir merken, kein Problem.«

»Respekt, Herr Kriminalhauptkommissar.«

»Außer Dienst«, ergänzte Maigert grinsend, als er die kleine Gruppe erreicht hatte.

»Wie meinen?«

Pöhlmann sah verwirrt zwischen den beiden Männern hin und her. Maigert zeigte ihm seinen Dienstausweis und nannte Name und Dienstrang.

»Angenehm, Pöhlmann, Klaas Pöhlmann. Aber was meinen Sie damit, dass Ihr Kollege außer Dienst sei?«

»Kollege Sensoni hat sich beurlauben lassen, um in der Trattoria seiner Familie als Koch auszuhelfen.«

Pöhlmanns Miene verfinsterte sich. Er deutete fuchtelnd auf das regelwidrig abgestellte Auto.

»Dann steht dieser Wagen nicht im Rahmen von dringenden polizeilichen Ermittlungen hier?«

»Nicht im engeren Sinne«, bestätigte Maigert.

Pöhlmann lief rot an, er schnaubte, stellte sich dann breitbeinig hinter Peppinos Fahrzeug und begann auf seinem Handy herumzutippen.

»Vielen Dank auch, Jochen«, ätzte Peppino.

Maigert quittierte das mit einem breiten Grinsen.

»Gern geschehen. Hat dir unsere Politesse etwas Interessantes erzählt?«

»Nein. Er ist zwar zu allen möglichen und unmöglichen Uhrzeiten hier auf der Pirsch, aber ausgerechnet gestern Nacht hat er geschlafen und kann deshalb nichts zu einem Transporter sagen, der um diese Uhrzeit zum *Shqipëria* gekommen ist.«

»Schade.«

»Du kannst ihn natürlich gern auch noch einmal selbst befragen.«

»Ach, weißt du, Herr Pöhlmann scheint im Moment gar keine Zeit zu haben, mit mir zu reden.«

Er nickte zu ihm hin. Peppino drehte sich um und sah den Ortspolizisten mit grimmiger Miene hinter dem Auto stehen. Er funkelte Peppino an und hielt triumphierend sein Handy in die Höhe.

»Der Bescheid geht Ihnen zu, Herr Kommissar *außer Dienst*«, rief er. »Und wenn ich Sie in ein paar Minuten noch immer hier stehen sehe, wird's noch teurer.«

Damit warf er sich so zackig herum wie ein Gardeoffizier auf dem Exerzierplatz und marschierte die Straße entlang, aufmerksam nach links und rechts schauend auf der Suche nach dem nächsten Falschparker.

Maigert verabschiedete sich lachend und ging zurück zum *Shqipëria*. Peppino und Camilla stiegen in den Wagen, und Peppino fuhr zügig davon. Als sie Sadiks Bistro passierten, winkte er Maigert noch einmal.

»Warum hast du deinem Kollegen nichts von dem Falschparker von gestern Abend erzählt«, fragte Camilla ihn, während er mit finsterem Blick die Autos vor sich fixierte.

»Weil der Strafzettel dafür an meine Familie geht. Das Kennzeichen, das Pöhlmann mir gezeigt hat, war das von unserem alten Kombi.«

Eine Weile sagte Camilla nichts, dann sah sie ihn an.

»Wir müssen reden.«

Peppino fuhr einen Umweg, und als er einen freien Stellplatz am Straßenrand gefunden hatte, erkannte Camilla noch vor dem Aussteigen, wo sie sich befanden. Es waren wenige Schritte zum Eingang in einen Park, der mit Wiesen, alten Bäumen und einem kleinen See zum Verweilen einlud. In diesem Park hatten sie sich vor einigen Wochen die Köpfe darüber zerbrochen, wen sie befragen konnten, um etwas über die vergifteten veganen Salsicce zu erfahren, an denen ein Gast des *Camilla's* gestorben war und dem alle anderen im Restaurant nur durch einen Zufall entgangen waren.

Camilla sah sich um. Die Bank am Seeufer, auf der sich damals ein verliebtes Pärchen aneinandergeschmiegt hatte, war leer. Und während damals die Dealer die Gegend gemieden hatten, weil für ihren Geschmack zu viel Polizei im Viertel unterwegs war, war hier deshalb jetzt noch niemand mit Tütchen voller Pulver und Tabletten unterwegs, weil die potenzielle Kundschaft erst viel später am Tag zu erwarten war.

Sie setzten sich auf eine Bank, die von einem hochgewachsenen Busch beschattet war und einen guten Blick auf den See bot. Irgendwo pfiff jemand nach seinem Hund, und ein paar Enten schnatterten im Schilf, das sich am einen Ende des Teichs ausgebreitet hatte. Es war inzwischen warm geworden, am Himmel zogen Schönwetterwolken dahin, und die Bäume ringsum und die Büsche am Parkrand hielten die Verkehrsgeräusche erfreulich gut ab und verwandelten sie in ein diffuses Rauschen.

»Worüber müssen wir reden?«

Camilla zuckte zusammen, als Peppino unvermittelt zu sprechen begann. Sie hatte aufs Wasser hinausgesehen und sich an ihr erstes Gespräch in diesem Park erinnert.

»Scusi, ich wollte dich nicht ...«

Er unterbrach sich, weil sie ihm schon so oft gesagt hatte, er solle sich nicht andauernd entschuldigen. Kurz lachten beide, dann wurden sie wieder still.

»Das fragst du nicht im Ernst, oder?«

Camilla sah ihn skeptisch an, und er presste die Lippen zusammen und brauchte einen Moment, bis er antwortete.

»Unser Familienkombi wurde heute Nacht von jemandem gefahren. Die Motorhaube war noch warm, als wir heute früh zu Ügal gefahren sind.«

»Ich weiß.«

Er seufzte.

»Meine Mutter hat den Wagen nicht genommen, Donatella ebenfalls nicht.«

»Bleibt eigentlich nur dein Vater, den wir morgens wach in eurer Trattoria angetroffen haben.«

»Und der legendär schlecht einparkt«, versetzte Peppino

mit einem traurigen Lächeln. »Eigentlich sollte er sich überhaupt nicht mehr hinters Steuer setzen. Und wenn ich alles zusammenfüge, was ich bisher über unseren Kombi gehört habe, bleibt kaum ein Zweifel, dass papà heute Nacht mit der Karre unterwegs war.«

Er erzählte ihr von Oles Beinahezusammenstoß.

»Und dazu der Strafzettel, die Beschwerde von Ügals Fahrer wegen der versperrten Zufahrt zum *Shqipëria* – ich bin mir sicher, dass mein Vater heute Nacht mit dem Wagen zu Sadiks Bistro gefahren ist. Aber ganz ehrlich: Ich habe keinen Schimmer, was er dort wollte.«

Camilla schwieg und dachte nach.

»Hältst du es für möglich, dass dein Vater irgendetwas mit dem Mord an Sadiks Koch zu tun haben könnte?«, fragte sie schließlich.

Sie hielt kurz den Atem an, ob der Verdacht Peppino aus der Fassung bringen und wütend machen würde, aber er hatte wohl selbst schon darüber nachgedacht und quittierte die Frage nur mit einem müden Schulterzucken.

»Papà baut manchmal Mist, und nicht immer wird hinterher klar, was ihn dazu verleitet hat. Aber ein Mord?«

Camilla gab ihm in Gedanken recht. Toto Sensoni war nicht der Typ dafür, jemanden zu ermorden. Nach allem, was sie bisher aufgeschnappt hatte, war Peppinos Vater in jüngeren Jahren immer wieder mit dem Gesetz in Konflikt geraten, aber dabei hatte es sich eher um Betrügereien gehandelt, nicht um Gewalttaten. Außerdem war Sensoni senior heute nicht gerade in körperlicher Topform. Er trank zu viel und rauchte, und auch seine Demenz setzte ihm immer wieder zu. Und das Wichtigste: Was hätte der alte Mann für einen Grund gehabt, einen albanischen Spezialitätenkoch zu erschlagen? Und wie hätte er es bewerkstelligen sollen, die Leiche anschließend am Dönergrill zu befestigen?

»Es könnte natürlich auch purer Zufall sein«, sagte Peppino nach einer Weile.

»Und warum stellt er euren Familienkombi erst vor dem *Shqipëria* ab und parkt dann um, direkt vor die Zufahrt zum Hintereingang des Bistros?«

»Daraus werde ich übrigens auch nicht schlau. Pöhlmann verpasst meinem Vater einen Strafzettel, und daraufhin parkt papà um. Woher weiß er denn, dass Pöhlmann ihn aufgeschrieben hat? Der klemmt ja längst keine Strafzettel mehr hinter den Scheibenwischer.«

»Vielleicht hat er gesehen, wie er aufgeschrieben wurde, konnte Pöhlmann aber nicht erweichen …«

»Das hätte Pöhlmann sicher erwähnt. Ein Parksünder, der vor ihm zu Kreuze kriecht, das tut ihm sicher gut. Aber er hat keinen Fahrer erwähnt, hat auch keinen beschrieben – in seinem Eifer, der Kripo zu helfen, hätte er mir das sicher nicht vorenthalten. Zu diesem Zeitpunkt dachte er ja noch, ich wäre im Dienst. Nein, er kann mit meinem Vater nicht gesprochen haben.«

»Dann kam dein Vater vielleicht nicht mehr rechtzeitig zu seinem Auto, hat es aber trotzdem umgeparkt, um nicht womöglich noch eine zweite oder höhere Strafe aufgebrummt zu bekommen.«

Peppino zuckte erneut mit den Schultern.

»Aber was hatte er dort zu suchen?«

»Sadik mag deinen Vater, oder?«

»Ja, er und seine alten Kumpane haben so etwas wie Welpenschutz unter den Clanchefs, und manchmal habe ich den Eindruck, dass Sadik sich ein bisschen als Beschützer aufspielt. Keine Ahnung, worin das begründet liegt.«

»In der kriminellen Vergangenheit deines Vaters, vermutlich.«

Peppino lächelte wehmütig.

»Mag sein, aber das ist alles schon sehr lange her. Abgesehen davon, dass nicht alle Stammgäste des *Salento* gern mit der Polizei zu tun haben, ist davon heute eigentlich nichts mehr übrig.«

Camilla dachte nach.

»Du hast mal von diesem Dicken erzählt, der im Stadthafen auf einem alten Hausboot lebt. War das nicht früher einer der Kumpane deines Vaters?«

»Du meinst Albert, der sich Al nennt und mir von den guten alten Zeiten vorgeschwärmt hat, als er und mein Vater und noch ein paar Gestalten in der hiesigen Unterwelt das Sagen hatten?«

Peppino lachte trocken auf.

»Davon ist garantiert die Hälfte erschwindelt, und der Rest ist die Gaunerfolklore eines alten Mannes, der gern häufiger Besuch hätte.«

»Bist du sicher?«

Er presste die Lippen zusammen, und schließlich schüttelte er zaghaft den Kopf.

»Dann lass uns doch zu diesem Al fahren. Vielleicht erzählt er dir etwas über die Vergangenheit deines Vaters, das dir weiterhilft. Vielleicht gibt es eine alte Geschichte, die mit dem Laden zu tun hat, in dem Sadik sein Bistro eingerichtet hat. Oder er kann mit deinem Vater sprechen, ihm erzählt dein Senior vielleicht mehr als dir.«

»Das kannst du vergessen. Ich glaube, Al verlässt sein

Hausboot nicht mehr. Und bei seiner Figur bin ich mir auch nicht ganz sicher, ob er überhaupt noch durch die Türen passen würde.«

»Ist doch egal, einen Versuch ist es allemal wert, oder?«

Peppino zögerte.

»Hast du eine bessere Idee?«

»Nein«, gab er zu.

»Na, dann los.«

Noch auf dem Weg zurück zum Wagen gab Peppino seiner Mutter durch, dass sie ihn heute Mittag in der Trattoria vertreten müsse. Er nannte Alberts Namen nicht, aber er hatte wohl aus Versehen den Hafen oder ein Hausboot erwähnt. Jedenfalls wurde es kurz still in der Leitung, dann war die etwas brüchige Stimme seiner Mutter zu hören.

»Grüß Albert lieb von mir.«

Weit kamen sie nicht. Camilla und Peppino hatten gerade mal vier Blocks hinter sich gebracht, als sein Handy klingelte. Peppino drückte eine Taste am Lenkrad seines Kleinwagens und meldete sich über die Freisprecheinrichtung. Fehsen war am anderen Ende.

»Habt ihr schon was rausgefunden?«, fragte er.

»Warte bitte kurz, ich fahre nur rechts ran.«

»Wohin soll's denn gehen?«, fragte Fehsen, nachdem Peppino in eine Lücke am Straßenrand gefahren war und den Motor abgestellt hatte.

»Wir …« Ein schneller Blick zu Camilla. »Wir sind gerade ein bisschen ratlos.«

»Wir? Ist Frau Brown bei dir?«

»Ja.«

»Hallo, Herr Fehsen«, meldete sie sich zu Wort.

»Geht's Ihnen denn wieder besser?«

»Besser? Wieso besser?«

»Kollege Maigert meinte, Sie sahen vorhin etwas mitgenommen aus.«

Camilla versuchte ein Lachen.

»Ich habe die anderen Imbissbetreiber in der Straße des *Shqipëria* befragt, und ich hielt es für eine gute Idee, überall eine Kleinigkeit zu essen. Das hat mir mein Magen übel genommen.«

Fehsen lachte mit.

»Hat sich denn wenigstens etwas Interessantes ergeben?«, erkundigte er sich.

»Nein, leider nicht. Dönergrill und Hähnchenbraterei, Bäcker und Metzger, niemand scheint sauer auf Sadik zu sein, dass er sein Bistro dort eröffnet hat. Die führen sich auf, als seien sie alle eine große Familie.«

»Na ja, geschenkt. Aber zum Mordmotiv reicht's tatsächlich für keinen, nehme ich an.«

»Nicht annähernd.«

»Und du, Peppino? Hast du was für uns?«

Er zögerte einen Moment und ärgerte sich sofort darüber, denn Fehsen war erfahren genug, dahinter etwas zu vermuten, das ihm sein beurlaubter Kollege verheimlichen wollte.

»Leider auch nicht. Wie gesagt, wir beide sind im Moment ratlos. Ich habe keine Ahnung, was hinter dem Mord stecken und wer uns mit Informationen weiterhelfen könnte.«

»Hm«, machte Fehsen. »Das ist schade.«

Es entstand eine kurze Pause, bevor der Kommissar weitersprach.

»Wohin seid ihr denn gerade unterwegs?«

»Zur Trattoria«, log Peppino, und diesmal kam es wie aus der Pistole geschossen. »Bald kommen ja die ersten Gäste. Und ich hoffe, Camilla geht uns ein bisschen zur Hand.«

»Kann ich gern machen«, rief sie dazwischen und zwinkerte ihm zu.

»Gut, dann weiß ich ja, wo ich euch finde, wenn ich noch Fragen habe«, sagte Fehsen. »Wir sind auch noch nicht sehr weit. Die Kollegen haben reichlich Spuren gesichert, aber es wird noch etwas dauern, bis wir sie jemandem zuordnen können. Wenn wir überhaupt etwas Passendes in der Datenbank finden. Das Einzige, was wir bisher sicher wissen: Sadiks Koch wurde mit bloßen Händen getötet, von vorn hat ihn jemand links und rechts am Kopf gepackt und ihm mit einem Ruck das Genick gebrochen. Danach ist er wohl zu Boden gestürzt und mit dem Hinterkopf auf die Fliesen geknallt – die Stelle, an der er aufgeschlagen ist, haben wir schon gefunden. Aber sonst …«

»Ich drücke euch die Daumen, dass die gesicherten Spuren etwas ergeben. Die Nachbarn haben nichts gesehen oder gehört?«

»Leider nein. In dieser Straße scheinen alle nachts sehr tief und gut zu schlafen.«

Fehsen kicherte.

»Oder sie haben gute Gründe, nichts zu sehen und zu hören.«

# 4

Peppino stellte seinen Kleinwagen ab und stieg aus. Camilla blieb noch einen Moment lang sitzen und schaute sich um. Sie befanden sich in einem Frachthafen, in dem alles alt und schmutzig war. Der Fluss war hier um einige betonierte Becken verbreitert worden, und zwischen den Frachtschiffen, die vor Anker lagen, gab es große Lücken. Entweder liefen die Geschäfte nicht mehr besonders gut, oder samstags war eben weniger los als unter der Woche. Als sie die Beifahrertür aufdrückte, drang eine wilde Mischung unangenehmer Gerüche in den Wagen. Fisch, Schweröl, manches andere konnte sie nicht recht zuordnen. Peppino wartete neben einer alten Gangway auf sie, die steil zu einem rostigen Kahn hinaufführte.

»Hattest du nicht von einem Hausboot gesprochen?«, fragte sie ihn, als sie neben ihm stand und skeptisch zu dem schwimmenden Metallsarg hinaufsah.

»Du wirst dich wundern«, sagte er und grinste. »Von außen sieht das Ding aus wie ein ganz normaler Frachter, aber drinnen gibt es einen großen Saal mit Bühne und Tresen. Allerdings solltest du dich darauf gefasst machen, dass es im Schiff noch strenger riecht als hier draußen.«

Sie verzog das Gesicht.

»Wollen wir?«

Sie nickte, und dann kraxelten sie die Gangway hinauf.

Oben führte er sie zu einer Metalltür, hinter der er vor einigen Wochen zum ersten Mal mit Al gesprochen hatte, dem Bewohner dieses Schiffes. Er hatte in Gedanken sofort wieder den Gestank in der Nase, der ihm damals entgegengeschlagen war. Männerschweiß, ungewaschene Kleidung und der allgegenwärtige Fischgeruch.

»Atme durch den Mund, sooft es geht«, riet er ihr, dann schob er die Tür auf und trat ein.

Die Metalltür schlug scheppernd hinter ihnen zu, und während sie sich noch an das Dämmerlicht gewöhnen mussten, das in dem riesigen Raum herrschte, fiel Peppino auf, dass er diesmal gefahrlos durch die Nase atmen konnte. Keine Spur von Männerschweiß, kein Geruch nach gebrauchter Kleidung, sogar nach Fisch roch es nur noch schwach.

»Ich weiß gar nicht, was du hast«, sagte Camilla. »Diese Mischung aus Reinigungsmittel und Seife ist doch gar nicht so übel.«

Sie schnupperte.

»Zitrusaroma ist übrigens auch dabei.«

»Herzlich willkommen«, donnerte eine mächtige Männerstimme von der gegenüberliegenden Seite des Raums her. »Freut mich, dass Ihnen das Putzmittel zusagt.«

Albert, der sich gern Al nennen ließ, steckte wie voriges Mal zwischen der Bank vor den Fenstern und einem der festmontierten Tische. Wie damals trug er einen Kaftan, der über seinem gewaltigen Leib spannte, auch die gemütlichen Puschen und die eng sitzenden Jogginghosen schienen dieselben zu sein. Aber neben ihm auf dem Tisch lag, fein säuberlich zusammengelegt und gestapelt, andere Kleidung.

Al winkte seine beiden Besucher mit einer seiner fleischigen Hände zu sich her. Er nickte Peppino kurz zu, nahm dann Camilla genauer in Augenschein und wiegte dann lächelnd den Kopf, als gefalle ihm, was er sah.

»Nehmt doch bitte Platz«, dröhnte er und deutete auf die beiden Stühle vor ihm.

Der Kleiderstapel bestand aus einer Hose, einem Hemd und frischer Unterwäsche, und am Griff eines der benachbarten Fenster hing ein Kleiderbügel, der ein helles Jackett von beeindruckenden Ausmaßen trug.

»Umziehen muss ich mich gegen Mittag«, plauderte Al, der die Blicke bemerkt hatte. »Früher ging es erst am Abend los, aber wir werden ja alle nicht jünger. Also feiern wir jetzt schon ab dem Nachmittag, damit hinterher auch alle rechtzeitig ins Bett kommen.«

Er lachte, vielleicht auch, weil Peppino anzusehen war, dass er kein Wort verstand. Dann wurde er unvermittelt ernst.

»Ist dein Vater schon wieder verschwunden?«

Ohne auf eine Antwort zu warten, wandte er sich an Camilla.

»Wissen Sie, meine Liebe, Toto Sensoni ist ein alter Freund von mir. Und als er vor ein paar Wochen nirgendwo aufzufinden war, bat Peppino mich um Rat.«

Ein warmes Lächeln für Camilla, dann wieder ein Blick zu Peppino.

»Damals hast du dir ganz grundlos Sorgen gemacht. Und was ist diesmal?«

Eine Tür quietschte in den Angeln, eine Frau mittleren Alters huschte in den Raum.

»Ich wäre dann fertig, Al«, sagte sie.

Er bedachte sie mit einem freundlichen Lächeln.

»Vielen Dank, Marina.«

Seine Stimme hatte einen sehr weichen, warmen Klang angenommen.

»Das Kuvert liegt neben der Tür, wie immer. Nochmals vielen Dank, ist sehr schön geworden. Dann bis nächsten Samstag. Und falls du heute doch mal kommen magst …«

Sie lachte perlend.

»Nein danke, aber ich wünsche euch viel Spaß!«

Sie winkte und war kurz darauf nach draußen verschwunden. Al lauschte noch ihren Schritten die Gangway hinunter, dann wandte er sich wieder seinen Besuchern zu.

»Also, wie kann ich helfen?«

»Haben Sie von dem Toten in dem neuen Bistro gehört?«

»Natürlich. Das wird Sadik nicht gefallen, und ich kann mir beim besten Willen nicht vorstellen, wer so blöd ist, sich diesen Mann zum Feind zu machen.«

»Wie haben Sie denn von dem Mord erfahren?«, fragte Camilla.

Sie konnte sich nicht recht vorstellen, wie dieses Monstrum von einem Mann, der hier auf seinem alten Kahn wie festgewachsen wirkte, schon jetzt von dem Zwischenfall im *Shqipëria* wissen konnte. Er sah sie grinsend an, als könne er ihre Gedanken lesen und amüsiere sich über ihre Einschätzung.

»Ich bin schon noch einigermaßen im Bild, was in meiner Stadt so vor sich geht, wissen Sie?«, brummte er gutmütig. »Auch wenn es nicht mehr im eigentlichen Sinn *meine* Stadt ist. Es ist viele Jahre her, da hätte sich keiner getraut, so etwas anzurichten, ohne sich zuvor bei mir oder einem meiner Jungs Rückendeckung zu holen.«

»Und Toto Sensoni war einer Ihrer Jungs?«

»War? Ist er denn gestorben?«, entgegnete er mit schelmischem Grinsen. »Reden Sie bitte nicht von ihm oder mir oder den anderen in der Vergangenheitsform. Es sind tatsächlich schon einige von uns nicht mehr hier, umso mehr sollten wir die Lebenden auch als solche behandeln. Aber ja, Toto ist einer dieser Jungs, und obendrein einer, der mehr als andere über die Jahre zu einem Freund wurde.«

Ein Schatten legte sich auf sein Gesicht, aber er fuhr mit einer Hand über die Stirn, und danach war es, als habe er sich die Wehmut aus der Miene gewischt. Ein Buddha, der leise lächelnd in sich ruhte.

»Mein Vater war möglicherweise heute Nacht mit unserem Familienkombi unterwegs«, unterbrach Peppino die Stille. »Und offenbar ist er kurz vor Mitternacht zum *Shqipëria* gefahren und war bis in die frühen Morgenstunden dort.«

Al stülpte seine wulstigen Lippen nach vorn und sah sehr bekümmert aus.

»Das heißt, er war vor Ort, als Sadiks Koch ermordet wurde?«

»Ich fürchte, ja.«

»Oh, Toto …«

Das Seufzen des Dicken kam tief aus seinem Brustkorb. Al senkte den Kopf und starrte auf die Tischplatte vor sich. So saß er eine ganze Weile, er schien angestrengt nachzudenken, und Camilla und Peppino wagten nicht, ihn dabei zu stören. Fünf, zehn Minuten saßen sie schweigend beisammen, dann endlich hob Al den Blick wieder.

»Das mit der Demenz«, sagte er, und seine Stimme klang hohl und traurig, »ist eine schlimme Sache. Du vergisst, was es heute zum Frühstück gab, aber du weißt noch ganz genau, wo du vor vierundzwanzig Jahren das Brötchen mit dem ranzigen Fisch erwischt hast.«

Peppino sah Camilla verwirrt an.

»Das war nur ein Beispiel«, erklärte Al und grinste schon wieder. »*Shqipëria* hat Sadik sein Bistro genannt, richtig?«

»Ja.«

»Der Name der albanischen Hauptstadt. Wie albern, da Sadik doch nicht einmal ein ...«

Er winkte ab.

»Egal. Jedenfalls war dort vor langer Zeit ein Lokal, eine Kneipe, in der man nur aß, wenn einem der Hunger wirklich keine andere Wahl mehr ließ. Diese Kaschemme war ein beliebter Treffpunkt. Dort haben wir bei Bier und Schnaps unsere Pläne geschmiedet. Der Wirt ist leider schon lange tot, war ein feiner Kerl. Vor allem hat er dafür gesorgt, dass nichts von dem, was an seinem Tresen besprochen wurde, die Runde machte. Ab und zu kamen Polizisten vorbei, die natürlich wussten, wer sich dort traf. Aber die mussten jedes Mal unverrichteter Dinge abziehen. Sie erfuhren vorher von keinem der Pläne, und hinterher konnten sie keinem was nachweisen.«

Al seufzte wieder.

»Waren eigentlich schöne Zeiten, damals.«

Am massigen Körper von Al vorbei war durch das Bootsfenster ein Lastkahn zu sehen, der sich auf dem Fluss langsam vorbeischob. Al bemerkte Peppinos Blick, drehte sich um, so gut es ging, und schüttelte dann verärgert den Kopf.

»Ist was?«, fragte Peppino.

»Ach, diese Frachter ... stören mich nachts im Schlaf. Offenbar ist der Terminal vier wieder in Betrieb. Schade, war schön ruhig hier, nachdem der alte Betreiber pleiteging.«

An Terminal vier bereiteten sich mehrere Männer darauf vor, das Schiff zu entladen, dessen Ankunft ihnen vor einer halben Stunde übers Handy angekündigt worden war. Gabelstapler standen bereit, die Tore der Lagerhalle waren geöffnet, und oben im Büro gingen zwei Männer noch einmal die Liste der Kühlwaren durch, die das Schiff ihnen heute bringen würde, und machten sich Notizen, was an wen in der folgenden Nacht ausgeliefert werden konnte.

Durch den Lastkahn, der an seinem Hausboot vorbeigeglitten war, hatte Al Poner kurz den Faden verloren. Peppino half ihm wieder auf die Sprünge.

»Und Sie meinen, mein Vater wollte in diese Kneipe gehen, zu eurem früheren Treffpunkt, weil er vergessen hat, dass es das Lokal dort schon lange nicht mehr gibt?«

»Wäre möglich.«

»Und warum mitten in der Nacht?«

»Na, hör mal, Junge, wir sind damals dort nicht gerade zur Kaffeezeit aufgekreuzt. Wir haben die Nacht zum Tag gemacht, und wenn sich die braven Bürger am Morgen zum Büro aufgemacht haben, gönnten wir uns noch eine Mütze Schlaf. Wenn er also heute Nacht den alten Treffpunkt aufsuchen wollte, war Mitternacht keine schlechte Zeit dafür.«

»Wie man's nimmt«, brach es aus Peppino hervor. »Er hat sich dort ausgerechnet zu einer Zeit herumgetrieben, als ein Mann ermordet wurde.«

Dann schluckte er, bevor er hinzufügte: »Mit dem Mord hat mein Vater doch nichts zu tun, oder?«

Al hob abwehrend die Hände.

»Das kann ich dir nicht sagen, Junge. Ich war ja nicht

dabei. Aber welchen Grund sollte dein Vater haben, Sadiks Koch umzubringen?«

Peppino zuckte mit den Schultern.

»Eben«, sagte Al. »In diesem Punkt musst du dir wohl keine Sorgen machen.«

»Aber wenn es rauskommt, dass papà vor Ort war, wird ihn die Polizei zumindest als Verdächtigen einstufen.«

»Mir wurde beschrieben, wie der Tote im Dönergrill hing. Glaubst du ernsthaft, dass dein Vater das noch hinbekommen hätte?«

»Vielleicht hatte er Hilfe, hatte einen Komplizen – so würde ich das als Kommissar für möglich halten, wenn es sich nicht um meinen Vater handeln würde.«

»Dein Vater hat schon lange keine Komplizen mehr, mein Junge. Er hat sich zur Ruhe gesetzt, da war von Demenz noch keine Rede. Er hat das Leben in der Trattoria genossen, hat gekocht, getrunken, geraucht. Und er war mit Gina zusammen ...«

Zum letzten Satz hatte Als Stimme einen schwärmerischen Tonfall angenommen, und nun saß er da, ein verträumtes Lächeln auf den Lippen. Es war nicht zu übersehen, dass der Dicke unsterblich in Peppinos Mutter verliebt war. Kein schöner Gedanke für ihn, aber er gab sich einen Ruck. Versprochen war versprochen.

»Meine Mutter lässt Sie übrigens grüßen«, brachte er schließlich hervor.

»Das ist schön, vielen Dank und Grüße zurück«, sagte er. »Hast du ihr gesagt, dass du mich besuchen willst?«

»Ich habe nur angedeutet, dass ich jemanden treffen will, der Vaters Vergangenheit kennt. Vielleicht habe ich auch den Hafen oder ein Hausboot nebenbei erwähnt.«

Al strahlte, seine Augen schimmerten vor Rührung.

»Deine Mutter hat schon immer mehr über uns alle gewusst, als wir wahrhaben wollten.«

»Dass papà heute Nacht vielleicht mit dem Wagen unterwegs war, wollte sie allerdings nicht hören. Sie scheint das schlichtweg für unmöglich zu halten.«

»Unterschätze deine Mutter nicht, Junge. Sie hält es sicher für möglich, aber sie *will* es für unmöglich halten, das ist ein Unterschied.«

Peppino war anzusehen, dass er nicht verstand, was der Mann meinte.

»Gina verzehrt sich vor Sorge um ihren Mann, deinen Vater. Unter seiner Demenz leidet sie vermutlich mehr als er selbst. Sie ist praktisch rund um die Uhr für ihn da, und sie ist dir übrigens unendlich dankbar, dass du in der Küche einspringst.«

»Haben Sie denn Kontakt zu meiner Mutter? Sie klingen, als würden Sie sich alle paar Tage mit ihr austauschen.«

»Nein, das ist leider nicht der Fall. Ich habe sie seit vielen Jahren nicht mehr gesehen, aber wir haben gemeinsame Bekannte, die mich auf dem Laufenden halten. Und ich kenne sie ziemlich gut und weiß, wie sie tickt. Wie auch immer: Wenn sie jetzt noch befürchten muss, dass Toto in einen Mord verwickelt ist …«

Peppino dachte darüber nach, was ihm dieses Gespräch bisher an Informationen eingetragen hatte. Es war einiges zur Vergangenheit seines Vaters, manches über das Wesen seiner Mutter, aber nicht viel, das ihm im Zusammenhang mit dem Mord an Sadiks Koch nützlich sein konnte.

»Jetzt fragst du dich, was dir dein Besuch hier eingebracht hat, nicht wahr?«

Al lächelte, und Peppino war nicht zum ersten Mal irritiert, weil der Dicke immer wieder Gedanken aussprach, die ihm in genau diesem Moment durch den Kopf gingen.

»Ich werde heute Nachmittag die alten Jungs treffen. Na ja, zumindest diejenigen, die noch leben.«

Sein Lächeln war etwas trauriger geworden.

»Mit denen werde ich mal über deinen Vater reden, über den Mord an Sadiks Koch und darüber, was wir in dieser Angelegenheit vielleicht unternehmen können.«

Peppino konnte sich schon vorstellen, was es ihm, seinem Vater und der Polizei helfen konnte, wenn diese alten Zauseln ihre grauen Häupter zusammensteckten und über längst vergangene Zeiten plauderten.

»Und unterschätze uns lieber nicht, Junge«, fügte Al noch hinzu. »Das hat schon manchem das Genick gebrochen.«

Grinsend hob er die Hände.

»Das ist natürlich nur so eine Redensart.«

»Was hältst du von diesem Mann?«, fragte Camilla, als Peppino den Kleinwagen aus dem Hafengebiet steuerte.

»Schwer zu sagen«, brummte er. »Entweder er ist ein Schwätzer vor dem Herrn, oder diese Leute, die er heute Nachmittag auf dem Schiff erwartet, waren wirklich einmal die Paten der Stadt.«

Er grinste.

»Das kann ich mir im Moment allerdings nur sehr schwer vorstellen.«

Zwei rote Ampeln hielten sie auf, und während sie auf Grün warteten, schwiegen beide und hingen ihren Gedanken nach.

»Hast du das übrigens ernst gemeint, dass du uns in der Küche helfen würdest?«

»Klar, mach ich gern«, antwortete Camilla. »Aber ich würde euch nur zuarbeiten, nicht dass sich noch versehentlich etwas Veganes auf eure Speisekarte schleicht.«

Sie lachten, und als er den Wagen neben der Trattoria parkte, vorbildlich zwischen den Markierungen am Straßenrand und parallel zur Gehwegkante, saß Peppinos Mutter unter der großen Linde vor dem Lokal. Sie hielt eine Tasse zwischen beiden Händen und sah ihnen gespannt entgegen.

»Und, wusste Albert etwas, das euch weiterhilft?«, fragte sie, noch bevor Peppino sich neben sie gesetzt hatte.

»Nicht wirklich. Er trifft aber wohl heute Nachmittag ein paar alte Kumpane auf seinem Schiff, was immer dabei herauskommen soll.«

Gina Sensoni grinste.

»Hat er tatsächlich *Kumpane* gesagt?«

»Nein, *Jungs* hat er sie genannt.«

Sie nickte und lächelte versonnen.

»Meinst du, diese alten Knaben können uns helfen?«, fragte Peppino.

»Früher wärst du froh gewesen, wenn du diese Leute auf deiner Seite gewusst hättest. Was sie aber heute noch ausrichten können, kann ich dir nicht sagen.«

»Was ist das überhaupt für eine Veranstaltung, für die Albert auf seinen alten Kahn einlädt?«

»Heute Nachmittag, hast du gesagt?«

Peppino nickte und musste aushalten, dass das Lächeln seiner Mutter noch ein bisschen breiter wurde.

»Früher ging das natürlich erst abends los, aber sie sind halt alle nicht mehr die Jüngsten, diese Jungs ...«

Er wartete die Pause ab, und wirklich fuhr seine Mutter nach einer kleinen Weile fort.

»Das waren meistens rauschende Partys bis weit in den Morgen. Mit Livemusik, gutem Essen und Champagner bis zum Abwinken. Für die Verpflegung haben sehr oft dein Vater und ich gesorgt. Dafür ging anschließend der Hut rum, wir haben jedes Mal unseren Schnitt gemacht. Waren schöne Zeiten damals, andererseits war ich auch froh, als Toto nicht mehr so viel mit den Jungs unternommen hat. Das waren ja immer irgendwelche illegalen Geschichten, und auch wenn sie sich geschickt angestellt haben: Ich hatte mehr als einmal fürchterliche Angst, dass die Polizei deinen Vater mitnimmt und ins Gefängnis steckt.«

»Sadik hat mich heute früh in sein neues Bistro gerufen. Er hat dort einen seiner Köche tot aufgefunden und wollte mich um Rat bitten.«

»Dieser Sadik ist einer der Typen, die im Moment in der hiesigen … wie soll ich sagen … Unterwelt das Sagen haben, richtig?«

»Ja, einer von vier oder fünf.«

»Ich kenne den Mann nicht persönlich, aber sei bitte vorsichtig. Diese heutigen Ganoven sind anders drauf, als es Albert und die anderen früher waren.«

»Er scheint mir nichts Böses zu wollen. Und papà steht offenbar unter seinem Schutz, warum auch immer.«

Gina seufzte.

»Alte Geschichten, natürlich. Wie alles, was heutzutage mit deinem Vater zu tun hat.«

»Ich wollte auf etwas ganz anderes hinaus. Kennst du den Laden, der vor vielen Jahren dort untergebracht war, wo Sadik heute seinen Grill eröffnen wollte?«

Er nannte ihr die Adresse. Sie musste nicht lange überlegen.

»Als diese Kneipe damals geschlossen wurde, war ich wirklich froh. Das war einer der wichtigsten Treffpunkte von Alberts Jungs. Die haben dort viele ihrer krummen Dinger geplant. Was haben dein Vater und ich Streit gehabt deswegen!«

»Und irgendwann hat die Polizei den Laden dichtgemacht?«

»Nun ja, nicht ganz. Eine junge Frau hatte kurz zuvor als Bedienung angefangen. Sehr hübsch, sehr ... sagen wir: offenherzig. Albert hat sich mit ihr eingelassen, und bald darauf hat er herausbekommen, dass sie sich als Polizeispitzel etwas dazuverdiente.«

»Die Polizei bezahlt keine Informanten!«, protestierte Peppino wie im Reflex.

»Schon gut, mio figlio«, versetzte Gina und grinste. »Auch damals wurde das Mädchen nicht offiziell von der Polizei bezahlt. Einer der leitenden Kommissare machte das aus seiner eigenen Tasche. Als das herauskam, ging es ganz schnell. Albert und einige seiner Jungs kamen ins Gefängnis, dein papà kam zum Glück ungeschoren davon. Die junge Frau verschwand spurlos von der Bildfläche, und der leitende Kommissar wurde in den vorzeitigen Ruhestand versetzt.«

»Wann war das?«

Gina Sensoni überschlug den Zeitraum in Gedanken.

»Vor etwa zwanzig Jahren.«

»Also nicht lange, bevor ich bei der Polizei eingestellt wurde. Habe ich den Kommissar noch gekannt?«

»Ihn vermutlich nicht, aber seinen Sohn.«

»Seinen Sohn?«

»Der Kommissar, der damals in Pension gehen musste, hieß Julius Maigert. Oder heißt er noch, ich kann dir gar nicht sagen, ob er inzwischen verstorben ist. Er ist der Vater deines Kollegen Jochen.«

Al fand das Getue zwar albern, aber er tat Sadik den Gefallen. Er rief ihn nicht einfach an, sondern schickte ihm vorher eine Textnachricht. Kaum fünf Minuten später kam der Rückruf.

»Na, hast du deine Handlanger weggeschickt, damit dich niemand reden hört?«

Albert gönnte sich dem anderen gegenüber gern einen spöttischen Tonfall, wenn es niemand außer ihnen beiden mitbekam. Und Sadik nahm die Spitzen des Dicken stets unkommentiert hin, weil er reichlich Gründe hatte, ihm für frühere Hilfe dankbar zu sein.

»Sadik, zunächst einmal mein Beileid. Das mit deinem Koch ist eine üble Sache, und ich drücke dir ganz fest die Daumen, dass das *Shqipëria* trotzdem bald öffnen kann und dass es ein Erfolg für dich wird.«

»Danke.«

»Hast du einen Verdacht, wer hinter dieser Sauerei stecken könnte?«

»Nein.«

»Ein Clankrieg?«

»Kann ich mir nicht vorstellen.«

»Bist du jemandem auf die Füße getreten?«

Sadik lachte.

»Ständig. Das ist der Kern meines Geschäftsmodells, wie Sie wissen.«

Al lachte mit, dann wurde er wieder ernst.

»Ich möchte dich bitten, heute Nachmittag bei mir vorbeizuschauen.«

Das war natürlich keine Bitte, aber Sadik war dem Dicken jedes Mal dankbar dafür, wenn er es wenigstens so klingen ließ.

»Kann ich machen. Wann denn?«

»So gegen vier Uhr wäre schön. Ich habe nachher ein paar meiner Jungs hier, und ich würde mit denen gern etwas besprechen, das mit dir zu tun hat.«

»Mit mir?«

»Mit deinem *Shqipëria*, dem toten Koch und so weiter.«

»Okay ...«

Sadik hatte das Wort so stark gedehnt, dass ihm das Nachdenken förmlich anzuhören war.

»Alles Weitere dann hier bei mir, ja?«

»Äh, ja, natürlich, Herr Poner. Kann ich jemanden mitbringen?«

»Aufs Boot bitte nicht. Wir wollen ja mit dir *reden*.«

Al gluckste vergnügt, dann legte er ohne ein weiteres Wort auf.

Camilla und Peppino waren zu dem Schluss gekommen, dass er im Gespräch mit Maigert senior mehr erfahren würde als sie. Unter anderem wollte Peppino herausfinden, wie der damalige Pächter der Kneipe hieß, in der sich Albert und seine Jungs getroffen hatten. Vielleicht lebte dieser Wirt noch, vielleicht konnte er auch mit ihm reden. Und vielleicht ergab sich aus einem dieser Gespräche irgendetwas, das ihnen im Zusammenhang mit dem Mord an Sadiks Koch half. Oder vielleicht irgendeine alte Geschichte ans Licht brachte, die Toto Sensoni so sehr umtrieb, dass er noch heute nachts zum einstigen Treffpunkt fuhr. Viermal vielleicht, aber mehr hatten sie im Moment nicht. Gespräche, die nicht allzu viel versprachen, waren immer noch besser, als nichts zu unternehmen.

Also half Camilla in der Küche der Trattoria, und er fuhr mit seinem Kleinwagen zum *Shqipëria*, wo er Jochen Maigert zu treffen hoffte. Tatsächlich lehnte der Kollege gerade vor dem Bistro an seinem Dienstwagen und trank einen Kaffee.

»Ihr seid hier bald fertig, oder?«, begann Peppino.

»Ja, eine Stunde noch, höchstens eineinhalb. Und dann heißt es wieder, aufs Labor zu warten. Das kennst du ja noch. Auch wenn du derzeit außer Dienst bist.«

Er grinste.

»Sorry übrigens wegen vorhin. Ich wollte dir keinen Strafzettel einbrocken.«

Peppino zuckte mit den Schultern.

»Wird schon nicht so teuer werden.«

Sie plauderten ein wenig über dies und das, irgendwann lenkte Peppino die Unterhaltung auf die Trattoria seiner Familie.

»Dort hilft im Moment Camilla aus, ich bin gespannt, wie sie mit unseren Fleischgerichten zurechtkommt.«

»Da schau her, eine Beinahe-Sterneköchin im *Salento*«, sagte Maigert und lachte. »Damit könntest du glatt Werbung machen.«

»Nein, das lass ich lieber, das wäre ihr sicher nicht recht. Aber ich bin ihr natürlich dankbar, dass sie uns in der Küche zur Hand geht. Hanns hat dir sicher schon erzählt, dass ich wieder ein bisschen mitermittle.«

Er nickte.

»Einmal Cop, immer Cop, was?«

»Wahrscheinlich, wobei mir das Kochen auch viel Spaß macht. Und dass ich damit meinem Vater helfen kann, ist das Allerbeste. Er war ja mit meiner Berufswahl nicht immer so glücklich, wie du weißt.«

Beide grinsten. Maigert wusste ebenso gut wie Fehsen und Bommers, dass Peppinos Vater nicht immer auf ihrer Seite des Gesetzes gestanden hatte und dass das *Salento* nach wie vor ein beliebtes Lokal für viele war, die nicht so gern mit Polizisten zu tun hatten.

»Da hatte dein Alter mehr Glück«, fügte Peppino hinzu.

Auf Maigerts Gesicht legte sich ein Schatten.

»Wie man's nimmt«, knurrte er.

»War er nicht auch bei der Kripo?«

»Das schon, aber er ist nicht ganz freiwillig … Ach, lassen wir das. Das hat mir schon genug Ärger gemacht, das kannst du mir glauben. Wir haben auch kaum noch Kontakt. Er wohnt in seinem alten Haus draußen am Stadtrand, da bin ich ausgezogen, sobald ich mein erstes selbst verdientes Geld hatte.«

Peppino ließ das Thema auf sich beruhen, sie plauderten noch ein paar Minuten, dann verabschiedete er sich von seinem Kollegen und hoffte, dass der schon bald nicht mehr an die paar Sätze denken würde, die sie über Julius Maigert gewechselt hatten.

Jochens Vater lebte also noch, er wohnte in der Stadt, und wenn die Adresse, die er im Internet finden würde, zu einem Haus am Stadtrand gehörte, konnte er gleich zu dem zwangspensionierten Kommissar fahren. Die Adresse war schnell gefunden, sie befand sich tatsächlich am Stadtrand, und auf der Fahrt dorthin fiel ihm noch eine Information ein, die ihm vielleicht helfen konnte. Über die Freisprecheinrichtung rief er Sadik an.

»Ja?«

Sadik klang weniger selbstsicher als sonst, und er war schon nach dem ersten Läuten rangegangen.

»Alles in Ordnung bei Ihnen?«, fragte Peppino.

»Ich ... äh ... ja. Was gibt's denn?«

»Könnten Sie mir Telefonnummer und Adresse des Mannes geben, der vor dem *Shqipëria* dort der Pächter war?«

»Wozu brauchst du das?«

»Wir haben im Moment noch nicht viele Ansätze für unsere Nachforschungen. Deshalb klammern wir uns an jeden Strohhalm. Vielleicht weiß Ihr Vorgänger etwas, das uns weiterhilft.«

»Okay, ich schick dir die Kontaktdaten aufs Handy.«

Damit war das Telefonat beendet. Peppino wechselte auf dem Display in der Mittelkonsole zurück aufs Navi, und als er die Straße erreichte, an der das Haus von Maigert senior stand, meldete ein Klingelton, dass eine Nachricht auf dem Handy eingegangen war.

Gina Sensoni hatte nur ein paar Minuten lang Sorge, die Veganerin in ihrer Küche würde mit den Familienrezepten nicht zurechtkommen. Bald merkte sie, dass sie Camilla Brown nur sagen musste, welche Beschaffenheit eine Soße oder ein Gemüse haben sollte, wie sehr durchgegart einzelne Gäste ihren Fisch oder ihr Fleisch haben wollten, und damit konnte sie das Kochen dieser Speisen auch schon als erledigt betrachten. Und dass die Engländerin sie immer wieder zu sich rief, damit die Seniorchefin das letzte Abschmecken übernahm, legte sie ihr nicht als Unsicherheit oder Unvermögen aus, sondern rechnete es ihr als Bescheidenheit hoch an. Es kamen auch keine Klagen aus dem Gastraum, nach einer Weile trat aber Toto Sensoni in die Küche und sah sich überrascht um.

»Haben wir eine neue Köchin?«, fragte er etwas pampig. »Und wo ist unser Sohn?«

»Peppino ist unterwegs, er muss einige Dinge klären, und Signorina Brown war so freundlich, uns für diese Zeit in der Küche zu helfen.«

Er schaute noch immer mürrisch drein, Camilla ging auf ihn zu und streckte ihm die Hand hin.

»Sagen Sie bitte einfach Camilla«, bot sie ihm an und legte ihr freundlichstes Lächeln auf. Einen Moment lang zögerte er noch, dann gewann seine Freude an schönen Menschen die Oberhand.

»Toto«, antwortete er und schüttelte ihre Hand. »Hier nennen mich alle nur Toto.«

Ein kurzer unsicherer Blick zu seiner Frau.

»Nicht wahr?«

»Ja, alle nennen dich Toto.«

Er nickte zufrieden und trat an den Herd.

»Und was kochen Sie da Schönes, Camilla?«

»Spaghetti alla puttanesca.«

Er zwinkerte ihr zu.

»Sie wissen, wie das Gericht auf Deutsch heißen würde?«

»Toto, also bitte!«, rief ihn seine Frau zur Ordnung.

Camilla lachte und winkte ab.

»Wenn die Legende stimmt, die mir mal erzählt wurde«, sagte sie unbefangen, »ist sie nach den Prostituierten benannt, die in Notzeiten auch mal in Naturalien bezahlt wurden und deshalb immer besonders viele Zutaten im

Haus hatten, um daraus eine schmackhafte Pastasoße zu kochen.«

Toto klatschte lachend in die Hände.

»Siehst du, Gina, das ist ein Mädchen nach meinem Geschmack!«

Er musterte sie noch einmal, dann beugte er sich ein wenig zu ihr hin.

»Kennen Sie meinen Sohn, Peppino? Ein schöner Mann, das kann ich Ihnen sagen. Und ein guter Kerl obendrein.«

Camilla lächelte, sagte dazu aber lieber nichts. Donatella war inzwischen hereingeflitzt, und während sie sich drei schön angerichtete Teller auflud, zwinkerte sie ihr grinsend zu.

»So, und was kann ich helfen?«, fragte Toto und schnappte sich einen Topf, noch bevor jemand hätte antworten können.

Er goss großzügig Olivenöl hinein, drehte die Flamme auf und schnitt von einer ungeschälten Zwiebel große Stücke ab. Außerdem landeten Knoblauchzehen, Tomatenstücke und Zucchiniwürfel im Topf, dann schnippelte Toto auch schon weiter. Das alles ging sehr schnell vor sich, doch als er zwei dicke Scheiben vom Parmigiano abgeschnitten und sie samt Rinde ebenfalls in den Topf geworfen hatte, blickte er etwas ratlos auf die Mischung hinunter, die da brutzelte und allmählich einen beißenden Geruch nach Verbranntem verbreitete. Gina eilte herbei, drehte dem Topf das Gas ab und führte ihren Mann zu dem Tisch, an dem sie in der Küche zwischendurch eine Kleinigkeit aßen, wenn ihnen die Zeit nicht reichte, um sich an den Stammtisch zu setzen.

Camilla löschte den Topf mit Wasser ab und begann das

Angebrannte mit einem Rührlöffel zu lösen. Dann regelte sie die Hitze ihrer eigenen Soße herunter, damit das Essen in Ruhe ein paar Minuten lang simmern und eindicken konnte, und setzte sich zu den Sensonis.

»Alles in Ordnung, Toto?«

Gina sah ihn besorgt an und knetete seine Finger zwischen ihren Händen.

»Jaja. Ich … ich habe nur für einen Moment vergessen, was ich gerade kochen wollte. Magst du es fertig machen, Gina?«

»Ma certo, wird gemacht. Da werde ich nicht mehr viel Arbeit damit haben.«

Sie sprang auf, wechselte einen kurzen Blick mit Camilla, rührte hastig im Topf mit dem gelösten Angebrannten herum und schmeckte dann die Puttanesca-Soße ab. Donatella huschte herein, Gina richtete Spaghetti und die Soße an, und dann war die junge Frau auch schon wieder draußen. Gina Sensoni blieb am Herd stehen und fuhr sich über die Augen. Kurz sah sie noch zu ihrem Mann, dann wandte sie sich ab, stützte sich mit beiden Händen schwer auf die Arbeitsplatte, senkte den Kopf, und kurz darauf begannen ihre Schultern zu beben.

»Gina macht sich immerzu Sorgen«, raunte Toto. »Sie glaubt, ich sei vergesslich geworden, und nun flattert sie ständig um mich herum, bemuttert mich wie ein kleines Kind.«

Er lachte heiser.

»Dabei bin ich …«

Toto verstummte, das Fröhliche verschwand aus seinem Gesicht, und Camilla staunte, wie schnell seine Miene zu tiefer Traurigkeit wechseln konnte.

»Alles gut, Signore Sensoni.«

»Toto, bitte.«

»Toto, sehr gern. Möchten Sie etwas trinken? An warmen Tagen wie heute soll man reichlich Flüssigkeit zu sich nehmen.«

»Ach, ist heute ein warmer Tag?«

»Ja. Ich hole Ihnen schnell ein Glas.«

Camilla ließ Wasser aus dem Hahn und stellte das zur Hälfte gefüllte Glas vor Toto auf den Tisch.

»Oh, danke, das ist aber reichlich.«

Er schaute kurz in Richtung seiner Frau, dann beugte er sich zu Camilla und kicherte.

»So viel würde mir meine Gina im Leben nicht einschenken. Salute!«

Er hob das Glas und trank. Plötzlich verzog er das Gesicht, setzte das Glas ab und knallte es auf den Tisch.

»Aber … aber das ist ja Wasser!«

»Natürlich ist das Wasser.«

»Wollen Sie mich vergiften? Ich dachte, Sie würden mir einen schönen Grappa bringen, aber dieses Zeug hier …«

Er schob das Glas angeekelt von sich weg.

»Ich kann Ihnen doch um diese Uhrzeit noch keinen Grappa bringen.«

»Warum denn nicht? Wie viel Uhr ist es überhaupt?«

»Halb zwei.«

»Und da soll noch kein Grappa serviert werden? Sie sind keine Italienerin, oder?«

»Ich bin Engländerin.«

»Na, dann eben keinen Grappa, aber einen Vino werden Sie mir wohl einschenken können, oder?«

Sie stand auf und warf Gina Sensoni einen Blick zu. Die

hatte sich die Augen trocken gewischt, lehnte nun an der Arbeitsplatte und betrachtete ihren Mann. Camilla sah sie fragend an, die Seniorchefin zuckte nur mit den Schultern, und kurz darauf stellte Camilla ein volles Weinglas vor Toto Sensoni ab.

»Ah, sehr schön«, freute er sich, hob das Glas, trank es in einem Zug leer und hielt es ihr grinsend hin. »Wie Sie schon sagten, an einem so warmen Tag soll man reichlich Flüssigkeit zu sich nehmen.«

Camilla holte die Flasche und schenkte nach.

»Haben Sie gut geschlafen, Herr ... ich meine: Toto?«

Diesmal nahm er nur einen kleinen Schluck.

»Sehr gut, danke der Nachfrage. Aber ich habe ziemlich wirr geträumt.«

»Oh, ein Albtraum?«

»Teils, teils.«

»Wollen Sie mir davon erzählen? Das hilft manchmal.«

Er sah sie erstaunt an.

»Doch, ehrlich«, bekräftigte sie. »Wenn ich mal schlecht träume und kann hinterher mit jemandem darüber reden, hilft mir das, die schlimmsten Bilder aus dem Kopf zu bekommen.«

Toto grinste und beugte sich zu Camilla.

»Das müssen Sie unbedingt mal mit meinem Sohn machen. Morgens neben ihm aufwachen und ihm dann sofort Ihren Traum erzählen.«

»Also bitte, Toto!«

Der empörte Ruf seiner Frau ließ ihn hochschnellen, einen Moment lang saß er kerzengerade und erschrocken, dann spielte schon wieder ein Lausbubenlächeln um seine Lippen.

»Aber gut«, sagte er schließlich. »Wir können es ja mal ausprobieren. Haben Sie denn so viel Zeit? Ich meine, wenn Sie hier kochen?«

»Erzähl ihr ruhig von deinem Traum«, sagte Gina. »Die Gäste haben alle was zu essen auf dem Tisch, und was jetzt noch reinkommt, schaffe ich auch allein.«

Zugleich spitzte sie die Ohren und war gespannt, ob ihr Mann sich auch an eine nächtliche Spritztour erinnern und sie als Traum erzählen würde.

Kai Semmler saß allein an einem kleinen Tisch am Fenster. Er hatte einen schönen Blick auf die große Linde vor dem Haus, aber wer ihn auch nur kurz beobachtete, merkte sofort: Er hatte nur Augen für die hübsche Bedienung, die im *Salento* hin und her flitzte, allen ein Lächeln schenkte und sehr aufmerksam nachfragte, sobald ein Getränk zur Neige ging oder sich ein Gast satt nach hinten lehnte und den leeren Teller von sich schob.

Donatella hieß sie, das hatte er inzwischen aufgeschnappt, und er freute sich. Wie schön, dass es Aufträge gab, die nicht nur finanziell, sondern auch in anderer Hinsicht großen Gewinn versprachen.

Jetzt sah sich die schöne junge Frau im Gastraum um, er hob den Finger, sie erkannte es sofort und eilte mit einem Lächeln zu ihm. Kai Semmler wurde es ganz warm, und als er ihr Lächeln erwiderte und sie daraufhin ein wenig verlegen wirkte, wusste er, dass er auf einem guten Weg war.

# 5

Das Haus von Julius Maigert war eher ein Häuschen. Überall links und rechts der Straße sahen die Gebäude neu erbaut oder zumindest renoviert und erweitert aus, nur das Elternhaus seines Kollegen Jochen wirkte noch weitgehend unverändert. Peppino schätzte, dass das Haus in den Sechziger- oder Siebzigerjahren errichtet worden war. Seither hatte das Gebäude ein neues Ziegeldach und moderne Fenster bekommen, auch der Garten war gut in Schuss, aber mit seinen zwei Geschossen und der überschaubaren Grundfläche wirkte es winzig im Vergleich zu den modernen Klötzen der Nachbarschaft, für die Investoren oder Bauherren offensichtlich bis an die Grenzen des Erlaubten gegangen waren, vielleicht sogar hier und da darüber hinaus. Bis auf das Haus Maigerts boten inzwischen alle anderen Bauten vier oder fünf, manchmal auch acht Wohnungen. Einzel- und mehrere Tiefgaragen reichten augenscheinlich nicht aus, die Fahrzeuge aller Bewohner zu fassen. Peppino fand einen einzigen freien Parkplatz am Straßenrand, und der war so knapp bemessen, dass er mit seinem Kleinwagen einige Male hin und her rangieren musste, bis das Auto endlich gerade in der Lücke stand.

Zum Eingang von Julius Maigerts Haus hatte er es immerhin nicht weit, und als er die Klinke des niedrigen Gartentors drückte, bemerkte er eine Bewegung hinter einem der Fenster. Die Klingel dröhnte laut, und dennoch dauerte es einige Zeit, bis sich hinter der Eingangstür etwas regte. Schließlich war zu hören, wie sich ein Schlüssel im Schloss drehte und wie eine Kette vorgelegt wurde. Dann öffnete sich die Tür einen Spaltbreit.

»Herr Maigert?«, fragte Peppino.

»Wer will das wissen?«

Innerlich seufzte Peppino. Das klang nicht danach, als wäre Julius Maigert zum Plaudern aufgelegt. Er überlegte, wie er sich dem Mann am besten vorstellen konnte, ohne dass der ihm gleich wieder die Tür vor der Nase zuschlagen würde. »Kollege Ihres Sohnes« würde er sich wohl lieber verkneifen, wenn die beiden seit Langem kaum mehr Kontakt hatten. Der Name Sadik würde Maigert senior vermutlich nichts sagen; er war zu einer Zeit in Pension geschickt worden, als den »Albaner« in der Stadt noch kaum jemand kannte. Und die Kneipe, in der er damals die junge Frau als Spitzel platziert hatte … er hatte vergessen, seine Mutter nach dem Namen des damaligen Treffpunkts zu fragen.

»Wenn Sie nichts sagen, kann ich meine Tür auch wieder schließen«, knurrte Maigert.

»Erinnern Sie sich an Albert, genannt Al?«

Der andere hielt einen Moment lang die Luft an, bevor er sie zischend wieder entweichen ließ.

»Was soll das werden?«

»Ich möchte gern mit Ihnen über die Zeit damals reden.«

»War eine gute Zeit. Ist vorbei. Fertig.«

Maigert machte Anstalten, die Tür zu schließen. Peppino brachte gerade noch eine Schuhspitze dazwischen.

»He! Nehmen Sie Ihren Schuh da raus, aber sofort!«

Maigert stieß zweimal mit der Tür dagegen, Peppino

spürte eine stechenden Schmerz im Fuß, aber er versuchte, nicht darauf zu achten.

»Ich bin der Sohn von Toto Sensoni«, sagte er schließlich.

Der Druck der Tür ließ nach, dann war aus dem Flur ein meckerndes Kichern zu hören. Lachte dieser Mann über seinen Vater? Das nahm Peppino persönlich. Er zog den Schuh zurück und wandte sich ab. Hinter ihm fiel die Tür ins Schloss, eine Kette rasselte, die Tür schwang wieder auf, und dann rief Maigert ihm hinterher.

»Echt? Sie sind der Sohn von Toto?«

Offenbar amüsierte den Alten die Erinnerung an Sensoni senior ungemein, und Peppino hatte keine Lust, sich von einem abgehalfterten Ex-Kommissar Frechheiten über seinen Vater anzuhören, den der offenbar für eine Witzfigur hielt.

»Jetzt bleiben Sie halt da«, rief Maigert ihm hinterher.

Und als Peppino das Gartentor erreicht hatte und sich noch einmal umdrehte, stand Julius Maigert in der Haustür und wedelte einladend mit der linken Hand.

»Kommen Sie rein. Sie wollen reden. Reden wir.«

Maigert ging nach drinnen und ließ die Tür offen stehen. Kurz zögerte Peppino noch, dann gab er sich einen Ruck und folgte dem Alten nach innen. Aus der Küche war Geklapper und Wasserrauschen zu hören, dann trat Maigert mit zwei blechernen Tassen auf den Flur.

»Hier geht's lang«, sagte er und ging voraus in ein sehr altmodisch eingerichtetes Wohnzimmer. Maigert stellte die Tassen auf einem Couchtisch aus Rauchglas ab, ließ sich in einen Sessel fallen und deutete mit großer Geste auf den Sessel gegenüber.

Peppino nahm Platz und musterte den Mann. Er war

schlank, fast hager, die schütteren Haare hatte er nach hinten gekämmt, graue Bartstoppeln sprossen aus seiner fahlen Gesichtshaut, und dunkle Augenringe deuteten darauf hin, dass er nicht immer gut schlief. Seine Kleidung ließ vermuten, dass er nicht vorgehabt hatte, das Haus zu verlassen: weiche Puschen, eine weite, an den Knien ausgeleierte Jogginghose, ein Oberteil, das vor vielen Wäschen ein Poloshirt gewesen sein mochte.

»Wie geht's Ihrem Vater denn?«

»Geht so. Er schwärmt viel von den alten Zeiten.«

»Kann ich gut verstehen. Würde ich genauso machen, wenn ich jemanden hätte, der mir zuhört.«

»Ich bin hier und höre Ihnen zu.«

Maigerts faltiges Gesicht verzog sich zu einer höhnischen Miene.

»Das war ein Scherz. Ich habe nicht wirklich Lust, über diese Zeit zu reden. Vor allem nicht über die Tage, die dem ein Ende machten.«

»Die Al hinter Gitter brachten und Ihnen eine vorzeitige Pensionierung bescherten«, fügte Peppino hinzu.

»Ach du meine Güte, Al ... Wie das schon klingt. Sie wissen, wie unser großer Gangster eigentlich heißt?«

»Albert.«

»Ja, Albert. Albert Konrad Poner.«

Prustend griff er nach seiner Tasse und nahm einen Schluck Kaffee. Peppino tat es ihm gleich.

»Zucker und Milch gibt's nicht«, beschied ihn Maigert. »Ist ohnehin ungesund.«

Peppino musste sich sehr beherrschen, die lauwarme Plörre nicht sofort wieder auszuspucken. Wenn er die Geräusche aus der Küche richtig deutete, hatte der Hausherr warmes Leitungswasser über einige Löffel löslichen Kaffee laufen lassen. Das Resultat schmeckte entsprechend. Maigert wiederum konnte sich fast nicht halten vor Lachen.

»Albert Konrad Poner, genannt Al. Und jetzt sagen Sie mal laut den ganzen Namen: Al K. Poner.«

Maigert prustete wieder los, und Peppino musste zugeben, dass die kindische Anspielung auf einen sehr berühmten Mobsternamen nicht schwer zu entschlüsseln war.

»Auf diesem Niveau waren Poner und seine Jungs damals unterwegs. Machten Namenswitze, legten sich amerikanisch klingende Spitznamen zu, einer von denen hatte es sich sogar zur Angewohnheit gemacht, ausschließlich einen amerikanischen Straßenkreuzer zu fahren. Die sündhaft teuren Reparaturen für die Riesenschüssel haben ihn beinahe in den Ruin getrieben.«

»Sie haben vor ungefähr zwanzig Jahren dafür gesorgt, dass Poner und einigen seiner Kumpane der Prozess gemacht wurde.«

Maigert presste die Lippen zusammen.

»Wie hieß denn die Kneipe, in der sich Poners Leute getroffen haben?«

»*Pik Ass*«, murmelte Maigert.

»Und die junge Frau, die Sie dort als Bedienung eingeschleust haben?«

»Wie Sie selbst gerade sagten: Das ist zwanzig Jahre her. Das interessiert doch längst niemanden mehr.«

»Mich schon.«

»Und warum? Ihr Vater wurde doch gar nicht eingebuchtet.«

»Sie wussten aber, dass er mit Albert Poner Geschäfte machte?«

»Na ja, Geschäfte! Die drehten krumme Dinger am laufenden Band. Keinen Mord, keinen Totschlag, aber Schiebereien, Betrügereien, die ganze Palette.«

»Konnten Sie meinem Vater nichts nachweisen, oder warum sonst kam er ungeschoren davon?«

»Pia konnte nichts aufschnappen, das ihn belastete, aber ich hatte schon ein bisschen was gegen ihn in der Hand.«

»Und warum haben Sie ihn dann nicht auch verhaften lassen?«

»Ich mochte Ihren Vater. Das *Salento*, in dem er damals kochte, war klasse, ich ging dort regelmäßig essen. Und ich habe es ihm immer hoch angerechnet, dass er und seine Frau mich stets bedient und freundlich behandelt haben, obwohl sie natürlich wussten, was ich von Beruf bin.«

»Sie haben ihn verschont, weil sie weiterhin in seiner Trattoria essen wollten?«

Peppino war baff.

»Nein, das hat sich an dem Tag erledigt, als meine Kollegen Albert Poners Bande hochgenommen haben. Ihr Vater hat mir das übel genommen, und ich musste darauf achten, dass mir niemand einen Strick daraus drehen konnte, dass ich einen von Poners Jungs kannte.«

Er schnaubte und nahm die Tasse erneut zur Hand.

»Hat leider nichts genützt.«

Schlürfend trank er sein Gebräu leer und setzte die Tasse eine Spur zu laut auf den Rauchglastisch.

»Sie wurden zwangspensioniert«, stellte Peppino fest.

»Darauf müssen Sie gar nicht so herumreiten«, brummte Maigert. »Seither habe ich keine so hohe Meinung mehr von der Polizei. Und für die alten Kameraden würde ich heute keinen Finger mehr krumm machen. Eigentlich tut es mir inzwischen sogar leid, dass ich Poner und seine Jungs habe hochgehen lassen. Würde ich heute nicht mehr machen.«

Peppino wollte etwas sagen, aber Julius Maigert war nun offenbar doch noch in Plauderlaune gekommen.

»Diese Schweine haben mich kaltgestellt. Erst haben sie das Ergebnis meiner Arbeit genutzt, und zum Dank haben Sie mich rausgeworfen.«

»Wenn ich es richtig verstanden habe, wurde Ihnen vorgeworfen, dass Sie einen Spitzel eingesetzt haben.«

»Pia hat ihr Honorar doch direkt von mir bekommen, von meinem privaten Konto. Das haben damals auch andere so gemacht, aber nur mir haben sie daraus einen Strick gedreht. Scheinheilige Bande!«

»Haben Sie noch Kontakt zu Pia?«

Maigert sah ihn nachdenklich an.

»Nein, leider nicht. War ein fesches Mädchen, die Pia, dazu clever und eiskalt.«

»Pia – und wie weiter?«

»Warum wollen Sie das denn alles wissen? Hat Sie Ihr Vater geschickt?«

»Nein.«

»Poner womöglich?«

»Nein, obwohl ich tatsächlich mit ihm gesprochen habe.«

»Was soll die ganze Fragerei dann?«

»In dem Lokal, in dem früher das *Pik Ass* untergebracht war, wurde heute früh eine Leiche gefunden. Der Betreiber des *Shqipëria*, das heute dort eröffnen sollte, hat noch was gut bei mir, deshalb stelle ich für ihn Nachforschungen an.«

»Sind Sie Privatdetektiv oder so was?«

»Bitte, sagen Sie mir den Nachnamen von Pia, und wenn Sie vielleicht sogar Ihre Adresse hätten?«

Maigert seufzte und erhob sich umständlich. Er trottete zu der großen Kommode aus dunklem Holz, die im Wohnzimmer eine bedrückende Atmosphäre verbreitete, zog und rüttelte an einer Schublade, bis er sie offen hatte, und wühlte darin. Ein, zwei Minuten später kam er zum Couchtisch zurück und hielt Peppino eine Fotografie hin.

»Das ist sie«, sagte er. »So hat Pia vor zwanzig Jahren ausgesehen. Und hintendrauf steht ihre damalige Adresse. Machen Sie damit, was Sie wollen.«

Donatella hatte dem jungen Mann am Fensterplatz die Spaghetti serviert, und er hatte sie die ganze Zeit sehr intensiv angeschaut. Nein, er hatte nicht gestarrt, und sein Blick war ihr auch nicht unangenehm. Er lächelte, wann immer sie zu ihm hinsah, und sie lächelte gern zurück.

Nun aß er mit Appetit, und sie nutzte die Gelegenheit, ihn vom Tresen aus genauer zu betrachten. Er war normal groß, schlank und gut aussehend, und wie sie ihn musterte, hob er plötzlich den Kopf und blickte sie unverwandt an. Im ersten Moment erschrak Donatella, sie fühlte sich ertappt, aber er lächelte nur, und sie lächelte zurück.

So einer würde ihr schon gefallen, dachte sie und beugte sich wieder über das Glas, das sie gerade polierte.

Toto goss sich etwas Wein nach und nahm einen Schluck, dem er mit geschlossenen Augen nachschmeckte. Camilla wartete, aber erst, als es ihr fast zu lang wurde, begann der Alte unvermittelt zu erzählen.

»Manchmal hänge ich den alten Zeiten nach«, sagte er.

»Das waren schöne Zeiten, jedenfalls für mich. Meine liebe Gina hatte immer mal wieder Angst um mich, aber ich erlebte spannende Tage und Nächte.«

Er lächelte.

»Wir waren ungefähr ein Dutzend Jungs, und wir hielten zusammen wie Pech und Schwefel. Geschäfte haben wir miteinander gemacht und mit anderen, wir haben gehandelt und gezockt, ab und zu jemanden über den Tisch gezogen und containerweise Zeug vertickt.«

Toto zwinkerte Camilla zu.

»Alles längst verjährt.«

»Ich bin ja nicht von der Polizei.«

Ein Schatten legte sich auf Totos Miene.

»Aber mein figlio, der ist leider zur Kripo gegangen. Ausgerechnet mein Sohn! Aber egal, er macht den Job wohl ganz gut, und meine Freunde hat er bisher in Ruhe gelassen. Stellen Sie sich nur vor, der würde gegen die Jungs ermitteln! Und gegen seinen alten Vater!«

Toto lachte, was in ein röchelndes Husten mündete. Er brauchte einen Moment zum Verschnaufen, deshalb fiel ihm nicht auf, dass Camilla nicht mitgelacht hatte.

»Wie auch immer, wir hatten eine gute Zeit. Manchmal treffen sich die Jungs noch auf Alberts altem Schiff, aber dort bin ich nicht mehr hingegangen, seit damals …«

Er verstummte, nahm einen Schluck Wein und starrte ins Leere.

»Und davon haben Sie heute Nacht geträumt?«, versuchte Camilla ihn zum Weiterreden zu ermuntern.

»Was? Wovon soll ich geträumt haben?«

Toto sah sie an, als müsse er sich erst wieder besinnen, wo er sich befand.

»Von den alten Zeiten«, half ihm Camilla auf die Sprünge. »Von Albert und den Jungs.«

»Genau. Es begann damit, dass mich einer der Jungs angerufen hat. Ich habe ihn gar nicht gleich erkannt, er musste mich erst wieder daran erinnern, dass er zu unserer Clique gehört hat. Ein gewisser Werner, er meinte, wir hätten ihn damals alle nur Wenne genannt. Es war mir ein bisschen peinlich, dass ich mich absolut nicht an ihn erinnern konnte, aber das passiert mir manchmal.«

Er tippte sich an die Stirn und rollte mit den Augen.

»Wenne jedenfalls rief mich an. Ich solle zum Treffpunkt kommen, zum Geyer-Walle.«

Toto kicherte.

»Was haben wir uns damals einen Spaß mit unseren Namen und denen der Leute um uns herum gemacht. Die Kneipe vom Geyer hieß eigentlich *Pik Ass*, aber wir sind immer nur zum Geyer-Walle gegangen. Geyer heißt Walter, er wurde Walle genannt, und Sie kennen vielleicht den alten Film von der Geierwally?«

»Nein, tut mir leid.«

»Stimmt ja, Sie sind Engländerin. Ich muss zugeben, dass ich von dem Film auch nur durch die Jungs gehört habe, aber das Wortspiel hat mir gleich gefallen. Zum Geyer-Walle sollte ich also kommen. Sofort, mitten in der Nacht.«

Gina lauschte gebannt, und Camilla tauschte einen schnellen Blick mit ihr.

»Ich also raus aus dem Bett, runter ins Auto, und los ging's. Wissen Sie, im Traum geht das ja immer schnell. Im Handumdrehen war ich vor dem *Pik Ass* angekommen und habe den Wagen geparkt. War aber seltsam, das *Pik Ass* hieß ganz anders, sah auch anders aus, und wie ich durch das Schaufenster gucke, sehe ich aus den Augenwinkeln einen Stadtbüttel daherkommen. Der schreibt mein Auto auf, das müssen Sie sich mal vorstellen! Ich bin ein überdurchschnittlich guter Autofahrer, und perfekt einparken ist meine Spezialität.«

Er schüttelte entrüstet den Kopf, dann winkte er ab.

»Aber so ist es ja manchmal im Traum, dass die irrsinnigsten Sachen passieren. Ich also schnell los in Richtung meines Wagens, aber das hat der Typ in der Uniform schon nicht mehr mitbekommen. Der war schon ein ganzes Stück weg, als ich endlich mein Auto erreicht habe. Ich habe gleich nachgeschaut, zum Glück klemmte kein Strafzettel unter dem Scheibenwischer, da habe ich den Kombi umgeparkt und habe ihn hinter dem *Pik Ass* abgestellt.«

Toto fuhr sich über die Augen und sah Camilla verblüfft an.

»Was man nicht so alles träumt, oder?«

»Ja, erstaunlich. Und dann?«

»Und dann ... dann wurde es doch noch zum Albtraum. Ins *Pik Ass* kam ich nicht rein. Keine Ahnung, warum da abgesperrt war, sonst saßen wir dort immer bis in die frühen Morgenstunden. Vielleicht war Geyer-Walle ja krank, was weiß ich. Ich habe mich zwischen die Kisten mit dem Leergut gesetzt, die dort gestapelt sind, und dann muss ich eingeschlafen sein. Aufgewacht bin ich vom Schimpfen eines Mannes. Es war der Fahrer eines Lieferwagens, der Mann war wohl der Fahrer und regte sich darüber auf, dass mein Wagen vor dem Hintereingang stand. Da bin ich lieber zwischen den Getränkekisten geblieben, das war ein ganz gutes Versteck. Der Lieferwagen fuhr wieder weg, parkte ein Stück entfernt, der Fahrer stieg aus, und dann war er plötzlich verschwunden. Direkt danach kamen zwei Männer, schlossen den Hintereingang des *Pik Ass* auf und gingen in den Kühlraum. Ich hörte sie an die Tür zum Gastraum klopfen, dann wurde geöffnet, eine Männerstimme sagte etwas, dann war es still. Eine ganze Weile hörte ich nichts, schließlich bin ich ebenfalls durch den Hintereingang in die Kneipe rein. Das *Pik Ass* sah auch innen ganz anders aus als früher, sehr seltsam. Es gab sogar einen Dönergrill, da ist es im Traum aber ganz schön mit mir durchgegangen!«

Er nahm abermals einen Schluck und wischte sich über den Mund, bevor er fortfuhr.

»Die beiden Männer, die vor mir in die Kneipe rein sind, befestigten einen dritten Mann, den ich noch nie gesehen hatte, mit Kabelbindern an dem großen Metallspieß, an dem sich sonst der Döner dreht.«

»Können Sie sich erinnern ... ich meine, haben Sie auch geträumt, wie die beiden Männer aussahen?«

Toto zuckte mit den Schultern.

»Das sind in meinen Träumen meistens so maskierte Typen, normal groß, normal schlank, die dunkle Kleidung tragen.«

»Haben die beiden Sie bemerkt?«

»Na klar, schließlich war das ja *mein* Traum.«

»Und dann? Haben sie etwas zu Ihnen gesagt?«

Toto dachte lange nach, und Camilla befürchtete schon, die Erinnerung von Peppinos Vater würde enden, bevor das Interessanteste kam. Doch dann erzählte er weiter.

»Der eine hat mich freundlich begrüßt«, sagte er. »Er hat sich mir als Wenne vorgestellt. Sie wissen schon, der Typ, der mich angerufen hat.«

Camilla nickte.

»Gut, dass du da bist«, hat er gesagt. »Jetzt geh wieder heim, und schlaf dich aus. Unser Treffen heute Nacht wurde verschoben.«

»Und dann?«

»Dann habe ich gemacht, was Wenne gesagt hat. Ich bin nach Hause gefahren. Das Treffen der Jungs war ja verschoben. Und was danach war, weiß ich nicht mehr.«

Er sah Camilla verwirrt an.

»Ein sehr seltsamer Traum, oder?«

»Ja, allerdings.«

Peppino suchte noch vor dem Wegfahren im Navi nach der Adresse von Pia Wächter, der jungen Frau, die Julius Maigert vor zwanzig Jahren als Polizeispitzel ins *Pik Ass* eingeschleust hatte. Die Straße, die handschriftlich auf die Rückseite des Fotos gekritzelt war, befand sich nur ein paar Kilometer entfernt, das Navi schätzte die Fahrtzeit auf etwa sechs Minuten. Dann betrachtete er noch einmal die Vorderseite. Das Bild zeigte eine ausnehmend hübsche Blondine von zwanzig, fünfundzwanzig Jahren. Ihre Brauen wirkten dunkler, also hatte sie ihre Haare vermutlich gefärbt. Er versuchte sie sich etwas älter vorzustellen, dachte sich eine dunkelblonde oder brünette Haarfarbe dazu. Ihr Mund hatte volle Lippen, war aber ein wenig schräg gestellt, und die Art, wie sie ihren Kopf in die Kamera hielt, deutete darauf hin, dass sie die Größe ihrer Nase kaschieren wollte. Ob er sie anhand dieser beiden Merkmale erkennen würde?

Doch wichtiger war sicher, ob sie noch unter ihrer alten Adresse anzutreffen war oder ob dort zumindest jemand wusste, wie ihre aktuelle Anschrift lautete.

Er parkte vorsichtig aus, kam ohne Kontakt zu den dicht vor und hinter ihm stehenden Autos aus der Lücke und machte sich auf den Weg. Es war Samstagnachmittag, also kam er gut voran. Nur in der Nähe des Fußballstadions geriet er in einen Stau, aber nach der nächsten Abzweigung betraf ihn der schon nicht mehr.

Sein Ziel war ein Mehrfamilienhaus aus den Achtzigern, das mit acht Stockwerken die benachbarten Gebäude ähnlicher Bauart überragte. Zwischen den Häusern lag eine Wiese mit Spielgeräten, Büschen, einem kleinen Brunnen und einer Sandfläche, auf der einige kleine Kinder Löcher schaufelten. Auf den Bänken in der Nähe saßen Frauen beisammen, redeten, rauchten und behielten die Kleinen nebenbei im Blick. Direkt neben der Sandfläche war ein Parkplatz frei, und unter den prüfenden Blicken der Mütter ging Peppino zur Eingangstür des Mehrfamilienhauses. In eine große Metallplatte waren Klingelknöpfe und Namensschilder eingelassen, demnach wohnten in diesem Gebäude vierundzwanzig Parteien. »Wächter« stand auf keinem der Schilder.

Auf gut Glück drückte er auf den ersten Klingelknopf von unten und, als darauf niemand reagierte, auf den zweiten. Das Knistern der Sprechanlage war so laut, dass er kaum die Frage verstand, aber er konnte sich denken, was die Frau am anderen Ende wissen wollte.

»Ich suche Pia Wächter, sie hat mal hier gewohnt. Wissen Sie vielleicht …«

Der Öffner summte, Peppino zog die Tür auf, und kaum hatte er das Treppenhaus erreicht, da trat eine Frau in Jogginghosen aus einer Wohnung im Hochparterre.

»Sie suchen Pia?«, fragte sie. »Zumindest habe ich das so

verstanden. Unsere Sprechanlage muss dringend repariert werden, die ist kaum mehr zu gebrauchen, sorry.«

Sie fuhr sich durch die zerzausten Haare und lächelte. Sie war schlank, wirkte sportlich, etwas verschwitzt und mochte Mitte vierzig sein.

»Ich würde Sie ja hereinbitten«, sagte sie, »aber ich komme gerade vom Laufen und muss dringend duschen.«

»Kein Problem, ich wollte auch nur kurz fragen, ob Sie vielleicht Pia Wächters aktuelle Adresse kennen.«

»Ja, die kenne ich, und wären Sie fünf Minuten früher gekommen, hätten Sie auch gleich mit ihr sprechen können. Wir joggen zweimal die Woche zusammen, gerade eben ist sie weggefahren.«

»Das ist Pech«, sagte Peppino und lächelte. »Aber wenn Sie mir ihre Anschrift geben, kann ich sie sicher dort antreffen. So gesehen habe ich Glück, nicht wahr?«

Sie lächelte zurück, schüttelte aber den Kopf.

»Sie sehen nicht so aus, als hätte Pia etwas von Ihnen zu befürchten, aber ihre Privatadresse werde ich Ihnen trotzdem nicht geben. Das hat sie nicht so gern, seit … egal, aber ich kann Ihnen sagen, wo sie arbeitet.«

Sie nannte ihm den Namen eines Seniorenheims und die Straße, in der es sich befand.

»Ihre Schicht beginnt in einer halben Stunde, vielleicht können Sie vorher noch kurz mit ihr reden.«

Dann musterte sie ihn.

»Woher kennen Sie Pia eigentlich?«

»Genau genommen kenne ich sie gar nicht. Ich wollte sie etwas fragen im Zusammenhang mit einer Geschichte, die schon viele Jahre zurückliegt.«

»Wie viele denn?«

»Etwa zwanzig.«

Die Frau lachte trocken.

»Dann viel Glück mit Ihren Fragen. Aus dem wenigen, das sie mir über damals erzählt hat, habe ich mir zusammengereimt, dass das nicht ihre beste Zeit war. Also dann, ich muss.«

Sie nickte ihm zu und verschwand in ihrer Wohnung. Peppino kehrte zu seinem Wagen zurück und gab die Adresse des Seniorenheims ein.

Er war so damit beschäftigt, den Anweisungen des Navis zu folgen, dass er den Wagen nicht bemerkte, der ein Stück hinter ihm fuhr und ihn schon seit der Abfahrt von Julius Maigerts Haus verfolgte.

Der Gastraum war mit behaglichem Gemurmel gefüllt. Die Gäste sahen zufrieden und satt aus, sie plauderten miteinander, an einem Tisch mit Kindern ging es hoch her, aber sonst herrschte eine moderate Lautstärke. Deshalb beeilte sich der Mann am Fenstertisch auch, das Telefonat entgegenzunehmen. Schon nach dem ersten Klingelton meldete er sich mit einem knappen »Ja?«, dann hörte er zu.

»Es funktioniert. Er hat die falsche Fährte geschluckt.«

»Das ist gut. Und jetzt sieh zu, dass du vorankommst.«

Er drückte das Gespräch weg, legte das Handy mit dem Display nach unten auf den Tisch und schob die letzten Reste seiner Spaghetti alla puttanesca auf die Gabel. Kaum war er fertig, da schwebte auch schon die hübsche Bedienung herbei.

»'at es Ihne gesmeckt?«, fragte sie strahlend.

»Sehr, vielen Dank«, erwiderte er und strahlte zurück.

Diese Donatella war eine Wucht, und ihr italienischer Akzent machte ihn ganz verrückt. Mit dieser Schönheit hätte er auch angebandelt, wenn es sein Auftrag nicht ohnehin vorgesehen hätte.

Das Seniorenheim Ruhbank lag still in der Mittagssonne. Peppino stellte sein Auto neben dem Transporter eines Heizungsbauers ab, und als er am Empfang nach Pia Wächter fragte, wurde er gebeten, kurz auf einer der Sitzbänke im Foyer zu warten.

»Pia müsste gleich wieder hier durchkommen. Sie macht sich nur noch kurz frisch.«

Die Mitarbeiterin deutete zu einer Tür, die im Erdgeschoss nach hinten ins Gebäude führte. Peppino setzte sich so, dass er diese Tür im Blick behalten konnte, doch die ersten beiden Frauen, die auf diesem Weg das Foyer betraten, passten nicht zu dem Aussehen, das er sich für Pia Wächter vorstellte. Dann betrat eine Mittvierzigern mit feuchten dunkelblonden Haaren den Empfangsraum, beachtete ihn aber nicht und ging zur Treppe. Peppino warf der Empfangsmitarbeiterin einen kurzen Blick zu, die bemerkte erst in diesem Moment die andere.

»Pia«, rief sie, »wart mal kurz, du hast Besuch.«

Pia Wächter wandte sich um. Sie sah zuerst überrascht zum Empfang und dann fragend zu Peppino, der inzwischen aufgestanden war und auf sie zuging.

»Ja, bitte?«

»Giuseppe Sensoni«, stellte er sich vor. »Ihre Laufpartnerin hat mir gesagt, dass ich Sie hier finden würde.«

»Tina?«

»Kann sein, ich habe sie nicht nach ihrem Namen gefragt. Mit ihr traf ich zusammen, weil mir jemand Ihre alte Adresse gegeben hat.«

»Jemand? Wer?«

Peppino zögerte, dann rückte er mit der Sprache heraus. Kaum hatte er Julius Maigerts Namen genannt, veränderte sich die Miene der Frau.

»Diesen Namen habe ich schon ewig nicht mehr gehört«, knurrte sie. »Und das war all die Jahre gut so. Gehen Sie bitte.«

»Ich …«

»Ich muss zur Arbeit. Tschüs.«

»Ihre Schicht beginnt erst in ein paar Minuten, und geduscht haben Sie ja schon …«

Peppino legte sein charmantestes Lächeln auf.

»Ganz schön frech«, versetzte sie. »Haben Sie einen guten Grund, mir mit diesen alten Geschichten zu kommen?«

»Meinen Vater. Ich mache mir Sorgen um ihn.«

»Okay, und warum sollte mich das interessieren?«

»Mein Vater ist Toto Sensoni.«

Sie legte die Stirn in Falten und überlegte, dann nickte sie.

»Ach, deshalb kam mir Ihr Name im ersten Moment irgendwie bekannt vor. Wie geht's Toto denn?«

»Er hat seit einiger Zeit mit Demenz zu kämpfen. Und er steckt möglicherweise in ernsten Schwierigkeiten.«

»Das tut mir leid zu hören. Toto war eigentlich der netteste von all den Jungs im *Pik Ass*. Während mich die anderen mit ihren Blicken geradezu ausgezogen haben, war Toto immer freundlich, höflich und zurückhaltend. Richten Sie ihm bitte liebe Grüße aus.«

»Und wenn er zurückhaltend war, kann ich sicher auch meiner Mutter Grüße von Ihnen ausrichten, oder?«

Peppino grinste, aber sie winkte nur ab.

»Bloß nicht! Gina Sensoni kam eines Abends wie eine Furie in die Kneipe, blitzte mich wütend an, stellte Al in den Senkel und nahm Ihren Vater kurzerhand mit nach Hause.«

Peppino musste lachen, die Szene hatte er sofort bildlich vor Augen.

»Aber ich schwöre, Ihre Mutter hatte keinen Grund, auf mich böse zu sein.«

»Freut mich zu hören.«

»Sie haben gar nicht nachgefragt, wen ich mit Al meine.«

»Albert Poner, nehme ich an. Ich habe ihn heute schon auf seinem Hausboot besucht.«

»Ach Gott, wohnt der immer noch auf diesem verrosteten Kahn?«

»Sagen wir, er wohnt wieder dort – nachdem er aus dem Gefängnis entlassen worden war.«

Ihre Miene verfinsterte sich wieder, und Peppino befürchtete schon, sie würde das Gespräch nun doch beenden.

»Das war nicht schön, damals. Kommissar Maigert hat mich dafür eingespannt, Als Bande auszuspionieren. Zuerst fand ich das ganz in Ordnung, schließlich waren das Gauner, und das Geld von Maigert konnte ich gut brauchen. Doch dann habe ich mich in Al verliebt, aber da war es schon zu spät, noch einen Rückzieher zu machen.«

Sie seufzte.

»Es hat mich einige Besuche im Gefängnis gekostet, bis mir Al endlich halbwegs verziehen hat. Befreundet sein wollte er allerdings nicht mehr mit mir.«

Pia Wächter schnaubte.

»So dick wie heute war er damals übrigens noch nicht. Ein bisschen füllig vielleicht, aber eigentlich ein ganz attraktiver Kerl. Zugelegt hat er erst nach seiner Entlassung, und jetzt … na, Sie haben ihn ja gesehen.«

»Haben Sie also doch noch Kontakt zu ihm?«

»Nein, aber ich habe ihn vor ein paar Jahren zufällig gesehen. Ich bin ganz schön erschrocken.«

Peppino dachte noch darüber nach, was er sie als Nächstes fragen wollte, da kam sie ihm schon zuvor.

»Und was ist nun mit Ihrem Vater? Warum steckt er in Schwierigkeiten?«

»Das möchte ich lieber gar nicht so genau sagen.«

»Oje, sind Sie auch in diesem … Metier unterwegs?«

Er blinzelte irritiert, dann begriff er und grinste.

»Eher indirekt. Ich bin Kommissar der hiesigen Kripo.«

Sie erschrak.

»Im Moment bin ich allerdings beurlaubt, helfe als Koch in der Trattoria meiner Familie aus, und meine Nachforschungen stelle ich nicht für die Polizei an, sondern für einen Bekannten, der im früheren *Pik Ass* ein Bistro eingerichtet hat.«

»Das ist so ein Balkangrill, oder?«

»Albanische Spezialitäten plus Döner. Das *Shqipëria* sollte eigentlich heute eröffnet werden. Sie kennen den Laden?«

»›Kennen‹ wäre zu viel gesagt, aber ich fahre dort ab und zu vorbei. Und weil das *Pik Ass* mal eine wichtige Rolle in meinem Leben gespielt hat, habe ich da eben noch immer ein Auge darauf.«

»Und in diesem Bistro wurde heute früh ein Toter gefunden.«

Pia Wächter wurde blass.

»Ach, du Sch…«

Sie schlug sich die flache Hand vor den Mund.

»Auf dieser Kneipe liegt irgendwie kein Segen, was?«

»Sieht ganz so aus«, gab Peppino ihr recht.

»Wie kann ich Ihnen also helfen?«

»Natürlich kannst du heute Nachmittag eine Weile freihaben«, sagte Gina Sensoni.

Donatella hatte sie darum gebeten, und weil nachmittags in der Trattoria nie viel los und das Lokal an den meisten Tagen auch geschlossen war, kam sie dieser Bitte gern nach. Die junge Bedienung arbeitete gut, sie war fleißig und stets hilfsbereit, und dieser Gast, der vier oder fünf Jahre älter als sie sein mochte und sie auffallend zuvorkommend behandelte, war wirklich ein gut aussehender Kerl. Natürlich wusste Gina Sensoni, dass sich ihr Mann und ihr in Italien lebender Schwiegervater die junge Frau als künftige Gattin von Peppino wünschten, aber solche Kuppeleien hatten ihr zu ihrer Zeit schon nicht behagt. Heute sollte so etwas schon gar keine Rolle mehr spielen. Und dass Donatella zuletzt einige Wochen lang mit Bernie, dem Saucier des *Camilla's*, geflirtet hatte … Meine Güte, wer war sie, diesem schönen Mädchen irgendwelche Vorschriften oder Vorhaltungen zu machen.

Ihre Erlaubnis quittierte Donatella jedenfalls mit ihrem strahlendsten Lächeln. In Windeseile hängte sie ihre Schürze in die Küche, fuhr sich noch schnell durch die Haare und ging dann mit dem Gast auf die Straße hinaus. Gina stellte sich ans Fenster und sah ihnen hinterher. Sie waren ein schönes Paar. Der Mann öffnete ihr galant die Beifahrertür seines Wagens, eine Limousine, die auf ein gutes Einkommen schließen ließ. Donatella bedankte sich mit einem Strahlen, sah vergnügt durch die Windschutzscheibe, und als er sich ans Steuer gesetzt und offenbar einen Scherz gemacht hatte, lachte sie, dass es nur so eine Freude war.

Gina Sensoni freute sich für ihre junge Mitarbeiterin, dass sie offenbar einem Nachmittag entgegenfuhr, der nur Schönes für sie bereithielt.

Selten hatte sie sich mehr getäuscht.

»Wissen Sie, was aus dem Wirt des *Pik Ass* geworden ist?«, fragte Peppino.

»Das ist keine schöne Geschichte«, antwortete Pia Wächter. »Walle, der eigentlich Walter Geyer hieß, musste die Kneipe schließen, nachdem Al und einige seiner Kumpane verhaftet wurden. Dort wollte nun natürlich niemand mehr etwas Illegales verabreden, um nicht auch noch aufzufliegen. Und normale Gäste hatte die Kneipe noch nie gehabt, es war nicht sehr gemütlich dort. Dass er keinen Mucks zur Polizei gesagt hatte, sondern dass ich diejenige war, die alle verraten hatte, kam erst während der Verhandlungen raus. Walle tat mir leid, aber ich konnte es auch nicht ändern. Das *Pik Ass* machte er dicht, und seine nächsten beiden Kneipen kamen einfach nicht ins Laufen. Er konnte halt auch nicht kochen, nur Bier zapfen und Wein und Schnaps ausschenken. Bier, Wein und Schnaps, darum hat er sich dann privat ganztags gekümmert. Er hat das Saufen angefangen, ist vollends aus dem Tritt gekommen, und eines Morgens hat man ihn tot unter einer Brücke gefunden. Angeblich hatten ihn ein paar Jugendliche totgetreten, die Penner klatschen wollten. Es wurde nie ein Täter dingfest gemacht, vielleicht haben sich Ihre Kollegen wegen eines Obdachlosen auch nicht so sehr ins Zeug gelegt.«

Peppino wollte protestieren, aber sie hob nur die Hand, daher blieb er stumm.

»Geschenkt«, meinte sie nur. »Mir kam es allerdings eigenartig vor, dass zu diesem Zeitpunkt gerade zwei von Als Kumpanen frisch auf freiem Fuß waren. Sie hätten schon einen Grund gehabt, sich an ihm zu rächen. Vielleicht wollten sie ihm eine Abreibung verpassen, und das ist schiefgegangen, weil Walle in keinem guten Zustand mehr war.«

»Diese Geschichte mit Ihnen als Polizeispitzel …«

»Klingt übel, wie Sie das sagen.«

»Tut mir leid, aber das hat ja damals gleich mehrere Leben aus der Bahn geworfen. Al und einige seiner Jungs sind ins Gefängnis gekommen, Kommissar Maigert wurde frühpensioniert, Walter Geyer kam danach unter die Räder, und Sie?«

»Besonders gut ging's mir mit alldem nicht. Ich habe mich eine Weile mit Gelegenheitsjobs über Wasser gehalten, dann habe ich eine Ausbildung zur Altenpflegerin gemacht, und heute kann ich mir meine Jobs aussuchen.«

»Das freut mich für Sie.«

»Danke, und um Maigert war es nicht wirklich schade. Der saß ziemlich auf dem hohen Ross damals, deshalb ist ihm auch die Frau weggelaufen, nur ein paar Monate später. Den gemeinsamen Sohn hat sie mitgenommen, was aus denen geworden ist, kann ich Ihnen nicht sagen.«

»Der Sohn ist heute ein Kripokollege von mir.«

Pia Wächter grinste.

»Hoffentlich ist er netter als sein Vater.«

»Geht so.«

»Auch Al hat seine Strafe im Grunde genommen verdient. Pech gehabt hat vor allem Walle. Der hatte nichts falsch gemacht, und für ihn ging's trotzdem abwärts.«

»Gab's keine Familie, die ihn aufgefangen hätte?«

»Die Frau war zwei Jahre zuvor durch einen Autounfall ums Leben gekommen, danach war Walle alleinerziehender Vater. Hat er wohl ganz gut hinbekommen, bis er eben selbst nicht mehr klarkam. Der Sohn ist irgendwann im Heim gelandet, ich habe ihn bald aus den Augen verloren, und deshalb weiß ich auch nicht, wie er den Tod seines Vaters verkraftet hat.«

»Wissen Sie noch, wie der Sohn hieß?«

Sie musste kurz nachdenken.

»Ronnie, glaube ich. Hing sehr an seinem Vater. Als sie ihn ins Heim gesteckt haben, muss es ihm ziemlich dreckig gegangen sein.«

»Pia, kommst du?«

Oben an der Treppe stand eine Frau, die zu ihnen heruntersah und auf ihre Armbanduhr tippte, als Pia Wächter ihren Blick erwiderte.

»Sie hören's ja, jetzt muss ich wirklich.«

»Vielen Dank, dass Sie mit mir gesprochen haben.«

»Keine Ursache, und vergessen Sie nicht die Grüße an Ihren Vater.«

»Könnte ich noch Ihre Telefonnummer bekommen? Nur für den Fall, dass ich noch weitere Fragen habe.«

Sie überlegte kurz, dann ließ sie sich Peppinos Handy geben und tippte ihre Nummer ein. Schließlich eilte sie die Treppe hinauf.

Der Gast fuhr mit Donatella in seiner Limousine davon, lenkte aber schon fünf Minuten später rechts ran. Sie blickte überrascht auf, er beugte sich lächelnd zu ihr und gab ihr einen Kuss auf die Wange. Lächelnd fuhr er mit den Fingern durch ihre seidigen Haare und sah ihr in die Augen. Langsam schob er sein Gesicht direkt vor ihres und wartete geduldig, bis sie sich ebenfalls ein bisschen nach vorn bewegte und ihn küsste. Das taten sie lang und zunehmend leidenschaftlich, und zwischendurch ließ er seine Fingerspitzen ihre Wangenknochen nachzeichnen, den schlanken Hals abwärts und auf ihrem Schlüsselbein verweilen. Dazu flüsterte er ihr ins Ohr. Er schien die richtigen Worte zu finden. Erst riss sie die Augen auf, aber dann ließ sie sich mit einem weiteren Kuss besänftigen, und als er bemerkte, dass sich ihr Gesicht leicht zu röten begann, zog er sich von ihr zurück und sah sie lange an.

»Okay?«, fragte er schließlich.

Sie schluckte und kaute auf ihrer Unterlippe.

»Ja«, antwortete sie dann.

Ihre Stimme war rau und leise. Er legte den Gang ein und fuhr jetzt zügiger als zuvor. Sie erreichten nach einer Weile ein modern und teuer wirkendes Flachdachgebäude. Er steuerte den Wagen in die Tiefgarage, das automatische Tor schloss sich hinter ihnen, und Neonleuchten flammten auf. Noch einmal küssten sie sich, aber dann löste er sich von ihr.

»Nicht romantisch genug«, hauchte er und stieg aus. »Komm.«

Sie folgte ihm eine Treppe hinauf. Das Haus war geschmackvoll eingerichtet, große Räume wurden durch bodentiefe Fenster mit Tageslicht geflutet. Im Garten sah Donatella einen Pool, Liegen, eine Feuerstelle. Er ging ihr im Wohnzimmer zu einer Treppe voraus, die ins Obergeschoss führte. Auf einem Mauersims standen einige Fotografien, die ihr Blick im Vorübergehen nur flüchtig streifte. Hätte sie genauer hingesehen, wäre ihr aufgefallen, dass der Mann, der dort mal mit, mal ohne Familie zu sehen war, keine Ähnlichkeit mit ihrem neuen Bekannten hatte.

Das Schlafzimmer im ersten Stock musste der schönste Raum im ganzen Haus sein. Verschwenderisch geschnitten bot es Platz für ein Bett in Übergröße, für eine Polsterlandschaft am Fenster und zwei Hocker im Eck. Schränke gab es nicht, dafür befand sich hinter einer offen stehenden Tür ein Ankleidezimmer. Ihre Kleider ließen sie eilig auf den Boden fallen, als eine Spur, die auf kürzestem Weg zum Bett führte. Dort vergingen ihm Sehen und Hören, er genoss ihre glatte Haut, ihren Duft und die Haare, die sich von ihrem Kopf auf seine Brust und sein Gesicht ergossen. Er konnte seinen Blick nicht von ihr lösen, und die italienischen Worte, die sie nach einer Weile mit rauchiger Stimme murmelte und die er nicht verstand, setzten ihm zu. Er musste sich sehr konzentrieren, um sie nicht zu enttäuschen, es gelang ihm gerade so, und als sie schwer atmend nebeneinanderlagen, müde und erschöpft, bemerkte sie mit einem frivolen Lachen, dass offenbar noch nicht allem an ihm zum Schlafen zumute war.

Unter der Dusche streichelten sie sich lange, dann ging es erneut ins Bett, und schließlich kamen sie verschwitzt und ermattet zur Ruhe. Sie sah ihn lächelnd an, schloss die Augen und war kurz darauf eingeschlafen.

Als sie erwachte, war der Platz neben ihr leer.

Lächelnd versuchte sie die Beine über die Bettkante zu schwingen, doch etwas hielt ihre Fußgelenke fest. Sie hob den Kopf. Ihre Beine waren knapp über den Knöcheln mit

Gurten am Bettgestell befestigt. Ein zweiter Blick, ein Rütteln: Ihre Handgelenke waren auf dieselbe Weise gefesselt. Sie lag rücklings im Bett, wenn auch nicht mit gespreizten Beinen, wie sie das in Thrillern schon gesehen hatte. Sie war nackt, aber zur Hälfte mit dünner Bettwäsche zugedeckt.

»Hallo?«

Ihre Stimme war heiser, und sie musste sich mehrmals räuspern, bis sie wirklich etwas herausbrachte, das als Rufen durchging.

»Hallo?«

Keine Antwort. Nirgendwo Schritte, und der Blick zum Fenster endete an den heruntergelassenen Jalousien, durch deren Schlitze nur noch dämmriges Sonnenlicht drang.

»Hallo?«

Das war laut gewesen, aber ihre Stimme hallte von den leeren Wänden zurück, ohne dass jemand geantwortet hätte. Es war warm im Zimmer, aber sie fröstelte. Und bald war sie nicht mehr sicher, ob sie sich wirklich wünschen sollte, dass jemand auf ihr Rufen hin das Zimmer betrat.

Dann bemerkte sie den pochenden Schmerz an der linken Hand.

# 6

Und ich soll wirklich nicht mitkommen?«, fragte Azi.
Sadik hatte sich von ihm in den Hafen chauffieren lassen und war zwei Blöcke von Als Hausboot entfernt ausgestiegen. Nun stand er neben dem offenen Fahrerfenster und schüttelte den Kopf.

»Okay, Chef, dann warte ich hier. Und falls irgendetwas nicht gut läuft ...«

Er hob sein Handy in die Höhe. Sadik nickte ihm zu und spazierte dann los. Es war zehn vor vier, für den Fußweg zum Kahn des Dicken brauchte er höchstens fünf Minuten, damit hatte er noch Zeit, sich kurz umzusehen, ob die Luft rein war. Er näherte sich dem Boot auf einem kleinen Umweg. Hier waren einige Container gestapelt, und ein alter Lastenkran, der verrostet und staubig aussah, bot ihm bis fast zuletzt Deckung. So weit er zwischen den Stahlstreben des Krans erkennen konnte, lauerte ihm in der Umgebung des Schiffes niemand auf. Neben der Gangway waren ein paar alte Autos aufgereiht, ein dreirädriges Kärrelchen, zwei E-Bikes und eine blitzblank polierte Limousine.

Der teuerste Wagen war auch der einzige, in dem sich jemand befand. Auf dem Fahrersitz lümmelte Johann, der Fahrer des Fabrikanten. Johann hieß eigentlich anders, aber der Fabrikant hatte keine Lust, sich nach jedem Personalwechsel einen neuen Vornamen zu merken. Und der Name des Fabrikanten wurde aus Respekt bei solchen Treffen nicht genannt. Respekt, den der jeweilige Johann notfalls mit ein paar Fausthieben einforderte.

Als Sadik um eine Minute vor vier an die Gangway trat, sah der Chauffeur zwar kurz auf, aber er war offenbar gebrieft worden und ließ den Besucher passieren. Um Punkt vier klopfte Sadik an die Metalltür, hinter der er Stimmen und Musik hören konnte. Ein untersetzter Mann, dem der Schweiß auf der hohen Stirn stand, öffnete ihm und trat zur Seite, als er den Besucher erkannte.

Sadik hatte ein skurriles Szenario vor sich, aber er tat gut daran, sich ein Grinsen zu verkneifen. Auf der Bühne standen und saßen die Musiker eines kleinen Orchesters, alle längst ergraut und, ihrer Körperhaltung und ihrem Umgang mit den Instrumenten nach zu urteilen, durchweg mit Arthrose oder Gicht geschlagen. Es wurde ein Popsong aus den Siebzigern gespielt, etwas lahm zwar für Sadiks Geschmack, aber gar nicht mal schlecht. Vor der Bühne schoben sich drei Paare gemächlich übers Parkett, die Barhocker am Tresen waren alle besetzt, und dahinter mixten zwei ältere Damen Cocktails und schenkten die verschiedensten Getränke nach. Zwei Tische abseits der Tanzfläche bogen sich unter einem imposanten Büfett, und gegenüber der Eingangstür hielt Albert Poner Hof. Er steckte in einem wuchtigen Sessel fest, sein Körper quoll geradezu aus dem hellen Jackett, dessen Knöpfe er geöffnet hatte. In der linken Hand qualmte eine fette Zigarre, in der rechten hielt er einen Cognacschwenker. Als er Sadik erblickte, winkte er ihm mit der Zigarre zu und schien Anstalten zu machen, sich zu erheben. Aber am Ende rutschte er nur im Sessel ein kleines Stück nach vorn und hielt seinen Oberkörper so gerade, wie es sein mächtiger Bauch zuließ.

»Ah, Sadik, schön, dass du es einrichten konntest.«

Die Musik verstummte, die Tanzpaare drehten sich zu ihm, und auch alle anderen Augen, teils trotz dicker Brillengläser zusammengekniffen, richteten sich auf den Neuankömmling.

»Komm doch bitte zu mir«, lud Al ihn ein, dann ein Wink zur Bühne und einer zum Tresen. »Und, bitte, ein kühles Bier für meinen Freund.«

Die Musik setzte wieder ein, spielte aber nun leiser, auch die Tänzer staksten wieder im Rhythmus umher. Einige der Männer rutschten von den Barhockern und versammelten sich mit anderen um den Sessel, in dem Al steckte. Die übrigen Gäste nahmen ihre Gespräche wieder auf, und ein Teil der alten Männer und Frauen, die eben noch mit dem Hausherrn gelacht und gescherzt hatten, entfernten sich.

Albert wies Sadik einen Stuhl an, der ihm gegenüberstand, die anderen setzten sich um sie herum. In kürzester Zeit hatte sich ein Sitzkreis gebildet, in dem Sadik den Altersdurchschnitt dramatisch senkte. Zwei Stühle rechts von ihm saß der Fabrikant, wie immer in einem maßgeschneiderten Anzug mit Krawatte und Einstecktuch. Links von ihm saß der alte Ole, zu dem ihm etwas mehr Abstand lieber gewesen wäre. Ole hatte zwar reichlich Parfüm aufgetan, trotzdem verströmte er einen Geruch nach saurem Schweiß und Alkohol. Die anderen in der Runde kannte er nicht, doch alle prosteten ihm lächelnd zu, als die Bedienung ein Bier vor ihm abstellte.

»Wir wollen dir unsere Hilfe anbieten«, sagte Al, und alle um ihn herum nickten dazu.

»Das ist nett von euch«, sagte Sadik, und er meinte es auch so.

Wer diese Typen nicht kannte, wer nicht wusste, was sie früher zuwege gebracht hatten und über welche Kontakte sie auch heute noch verfügten, hätte diesen kurzen Wortwechsel für pure Satire gehalten. Da saß ein durchtrainierter Mann um die vierzig neben einigen teils nur mäßig rüstigen Ruheständlern und bedankte sich für deren Angebot, ihm zu helfen.

Diese Alten sollte niemand unterschätzen. Sadik hätte es einmal fast getan, nur ein Zufall hatte ihn davor bewahrt, und er war überzeugt, dass das ihm das Leben gerettet oder zumindest seine Stellung in der Stadt bewahrt hatte.

Er trank etwas Bier, lehnte sich zurück und wartete darauf, was ihm diese Männer vorzuschlagen hatten.

Peppino war in die Trattoria zurückgekehrt, hatte Camilla ein paar Minuten zugesehen, wie sie seinem Vater eine Kleinigkeit zu essen zubereitete. Sie hantierte geschickt mit Pfanne und Topf, schnitt das Gemüse schneller klein, als er das jemals schaffen würde, und als sie die Soße abschmeckte, die fertigen Nudeln hineingab und sorgfältig etwas Käse unterrührte, lächelte sie so selig, dass es ihm ganz warm wurde. Sie bemerkte ihn erst, als sich Toto schon mit Heißhunger über den Teller dampfender Pasta hermachte.

»Und, was Interessantes erfahren?«, fragte sie ihn.

Sie wechselten in den Gastraum, der im Moment leer war, und setzten sich auf einen Espresso an den Stammtisch. Er berichtete ihr von den Gesprächen, die er geführt hatte, gab ihr eine Zusammenfassung dessen, was vor zwanzig Jahren im *Pik Ass* geschehen und wie es den Beteiligten seither ergangen war.

»Wenn wir daraus ein Motiv ableiten wollen«, sagte sie nach kurzem Nachdenken, »kommt mir als Erster der Sohn von diesem Wirt in den Sinn. Du hast gesagt, er hing sehr an seinem Vater, und dessen Absturz hat er sicher mit der Spitzelgeschichte damals in Verbindung gebracht. Aber warum hält er zwanzig Jahre still, und dann begeht er einen Mord?«

»Und warum sollte er ausgerechnet den Koch des *Shqipëria* umbringen? Sicher, dort war früher mal die Kneipe seines Vaters untergebracht, aber das ist lange her. Sadiks Koch kann nichts für den tragischen Tod des alten Geyer. Wenn, dann hätte er den ersten Pächter ins Visier nehmen müssen, der sein Lokal im früheren *Pik Ass* eröffnet hat, und zwar gleich nachdem der das getan hat.«

»Damals wird Geyers Sohn noch zu jung gewesen sein.«

»Okay, aber wieso die Kneipe? Wieso nicht ein Anschlag auf den alten Maigert, der den Einsatz damals angeleiert und geleitet hat? Oder auf Pia Wächter, die mit ihrer Spitzelei alles ins Rollen brachte?«

Camilla zuckte mit den Schultern.

»Ich habe was für dich. Dein Vater war heute Nacht offenbar tatsächlich mit eurem Kombi unterwegs.«

Peppino sah sie gebannt an.

»Er hat mir vorher alles erzählt, als wir in der Küche mit den Mittagessen fertig waren. Er hält es für einen Traum, und er glaubt, dass er im *Pik Ass* war.«

»Er war drin im *Shqipëria*?«

»Wenn es stimmt, was er mir erzählt hat. Jemand soll ihn angerufen haben, ein Wenne, der sich als einer von Als

Jungs vorgestellt hat, an den sich dein Vater aber nicht erinnern kann.«

»Seltsam. Vergesslich ist er ja tatsächlich, aber das betrifft in der Regel nur neuere Erinnerungen. Für die alten Geschichten funktioniert sein Gedächtnis meistens noch sehr gut.«

»Der Anrufer soll ihn ins *Pik Ass* bestellt und darauf bestanden haben, dass sich dein Vater sofort auf den Weg macht.«

Sie fasste zusammen, was Toto Sensoni als Traum beschrieben hatte. Das Falschparken vor dem Bistro, den Stadtpolizisten, das Umparken vor den Hintereingang des *Shqipëria*, den schimpfenden Lieferwagenfahrer und dann die beiden Männer, die Sadiks Koch getötet und im Dönergrill befestigt hatten.

»Was für eine Geschichte!«, urteilte Peppino und schüttelte den Kopf. »Aber in allen Details, die wir von anderen gehört haben, stimmt sie mit deren Schilderungen überein.«

Er dachte nach, dann fiel ihm etwas ein, und er sprang auf.

»Warte bitte kurz.«

Keine drei Minuten später war er zurück.

»Tatsächlich hat gestern Abend kurz nach elf jemand auf unserem Festnetzanschluss angerufen. Leider mit unterdrückter Rufnummer.«

»Dann stimmt die Geschichte deines Vaters?«

»Sieht ganz danach aus. Aber wer sollte ihn nachts in Sadiks Bistro bestellen und sagen, papà solle ins *Pik Ass* kommen?«

»Meinst du, es war wirklich einer seiner alten Kumpane?«

»Schwer zu sagen. Dagegen spricht, dass ihm der Name Wenne nichts sagte. Dafür spricht, dass er den Namen des alten Treffpunkts kannte.«

Peppino überlegte.

»Sag mal, Camilla, mein Vater hat doch gesagt, dass sich ihm einer der beiden Männer, die die Leiche von Sadiks Koch so seltsam inszeniert haben, als Wenne vorgestellt hat.«

Sie nickte.

»Dann war das eine Falle. Es ging nur darum, dass mein Vater ins *Shqipëria* kam, dass er Zeuge des Mordes wurde und … merda!«

Er sah Camilla an.

»Mein Vater sollte am Tatort Spuren hinterlassen.«

»Aber warum? Es müsste doch jedem klar sein, dass ein Mann wie dein Vater den Koch nicht allein in den Grill bugsieren konnte.«

»Aber vielleicht zusammen mit seinen einstigen Komplizen? Das wäre auf jeden Fall eine Spur, der die Kripo nachgehen müsste.«

»Lieber Sadik«, begann Al lächelnd.

Er hatte einen sehr freundlichen Ton gewählt, aber Sadik blieb angespannt. Die Situation erinnerte ihn unangenehm an gewisse Szenen in Filmen wie *Der Pate*, in denen erst ein nettes Wort und dann ein Baseballschläger zum Einsatz kamen. Doch hier war nur Freundlichkeit, niemand hatte ein Schlaginstrument zur Hand.

»Lieber Sadik, uns allen tut furchtbar leid, was deinem Koch zugestoßen ist. Wie du weißt, verzichten wir auf Gewalt, wo immer es geht, und haben das schon immer so gehalten. Du hast uns immer gut behandelt, deshalb möchten wir dir nun gern zur Seite stehen. Übrigens finden wir es großartig, dass du mit dem *Shqipëria* einen Geschäftszweig in Angriff nimmst, der vollkommen legal ist.«

Gekicher und Grinsen ringsum. Sadik lächelte pflichtschuldig, obwohl es ihm lieber wäre, wenn die Herrschaften endlich zur Sache kommen würden.

»Aber im Ernst, wir wollen dir helfen, und wir haben vielleicht schon ein, zwei Spuren, die mit dem Mord an deinem Koch zu tun haben könnten.«

Er nickte dem Fabrikanten zu, und der legte auch sofort los. Seine Fistelstimme passte so gar nicht zu seinem Äußeren.

»Das *Shqipëria* befindet sich in einem Haus, das in den Sechzigern erbaut und seither nicht mehr wirklich renoviert wurde. Nur die Räume, in denen dein Bistro untergebracht ist, wurden immer wieder auf Vordermann gebracht. Da hat eben jeder Gastronom Geld reingesteckt, um seine Gäste in ansehnlichen Räumlichkeiten empfangen zu können – so wie du zuletzt auch.«

»War auch nicht ganz billig«, versetzte Sadik.

»Sieht auch schön aus. Ich kam gestern am frühen Abend dort vorbei und habe mal durchs Schaufenster reingeguckt. Und albanische Spezialitäten, das finde ich interessant. Wenn du also irgendwann doch eröffnen kannst, einen Gast hast du schon mal sicher.«

»Vielen Dank«, sagte er, platzte aber fast vor Ungeduld, worauf der Fabrikant hinauswollte.

»Wie gesagt, das Haus ist alt, und es gehört inzwischen demselben Investor, der über die Jahre den halben Block drum herum erworben hat. Für den ist unter dem Strich natürlich die Pacht, die du seiner GmbH zahlst, viel weniger attraktiv als das, was er aus dem Areal machen könnte, wenn er alles abreißt und neu baut.«

»Und Sie meinen, dass er einen Mord begehen würde, um mein Bistro aus dem Haus zu bekommen?«

»Dazu kenne ich den Investor zu wenig, aber das möchte ich gern ändern. Dann kann ich dir mehr sagen.«

»Aber er hätte mir doch auch einfach den Pachtvertrag verweigern können. Den habe ich erst vor Kurzem mit dem Hausbesitzer abgeschlossen. Das war tatsächlich eine Immobilienfirma, die als GmbH fungiert.«

»Für den Investor arbeiten Menschen, und Menschen machen Fehler. Einem solchen Fehler hast du den Pachtvertrag zu verdanken. Der Mann, der deinen Deal für die GmbH abgeschlossen hat, ist inzwischen entlassen. Und ich glaube, sobald du die Pläne mit dem *Shqipëria* aufgibst, rücken die Bagger an.«

»Na ja, eine Baugenehmigung wird auch dieser Investor brauchen«, wandte Sadik ein.

»Für einen Abriss kann man auch Gründe finden, die schnelles Handeln erfordern. Vielleicht die Statik, oder wer weiß, womöglich bricht ein Feuer aus?«

»Eben, ein Feuer: Wäre es nicht viel schlauer gewesen, im *Shqipëria* Feuer zu legen?«

»Eigentlich schon, aber man steckt nicht drin in den Leuten. Das würde ich jedenfalls gern für dich abklären.«

»Danke.«

»Und der zweite Ansatz«, übernahm nun wieder Al das Reden, »sind Dinge, die neuerdings hier im Hafen vor sich gehen.«

Sadik war überrascht. Was konnte der Stadthafen mit seinem Bistrogrill zu tun haben?

»Seit zwei, drei Wochen hat Containerterminal vier einen neuen Nutzer. Das ist die Anlage, die man von meinem Hausboot aus als den ersten der Terminals erreicht, ungefähr vierhundert Meter von hier entfernt. Kannst du dir nachher gern mal anschauen. Ole zeigt dir einen Platz, von dem aus du einen guten Blick hast, ohne selbst von dort gesehen zu werden.«

Ohne selbst gesehen zu werden? Was tischte Al ihm da für eine Räuberpistole auf?

»Dort gehen seither immer wieder Lastkähne vor Anker, werden nachts gelöscht, ohne dass man sagen könnte, was genau ausgeladen wird. Die Schiffe sind nicht besonders groß, die verladenen Container sind mit Kühlvorrichtungen ausgestattet, und was darin in die Lagerhalle auf dem Gelände geschafft wird, kann nicht allzu groß sein: Auf der anderen Seite der Lagerhalle wurden bisher keine Sattelschlepper oder Lastwagen gesichtet, bisher rangierten nur Lieferwagen rückwärts in die Ladebuchten. Die befinden sich obendrein auch noch sichtgeschützt im Inneren der Halle. Wir tappen also weitgehend im Dunkeln.«

»Und inwiefern könnte das mit dem Mord im *Shqipëria* zu tun haben?«

Al machte eine Geste zu dem Mann neben ihm. Er schien der jüngste der alten Knaben zu sein, er war spindeldürr, und unter seinen ungezähmten grauen Augenbrauen funkelten überraschend wache Augen.

»Ich habe die wenigen Informationen, die wir zum neuen Betreiber des Terminals und zu seinen Lieferungen haben, mal durch die Suchmaschinen gejagt.«

»Willy, unser IT-Experte«, stellte Al ihn vor.

»Der Konzern, der den Terminal übernommen hat, ist

ein ziemlich weitverzweigtes Gebilde mit Firmensitzen auf den Kaimaninseln und in Liberia, die Europazentrale ist in Irland gemeldet. Das Übliche: Es gibt Tochterfirmen und Holdings, die sich gegenseitig kontrollieren, und hinter jedem Gesellschafter steckt wieder eine neue Unterfirma und so weiter. Dass die Organisation so verschachtelt ist, dürfte steuerliche Gründe haben.«

Zur Sache, Mann!

Sadik hatte zunehmend Schwierigkeiten damit, seine Ungeduld im Zaum zu halten.

»Ungewöhnlich finde ich, dass es innerhalb dieses Geflechts einige Firmen gibt, die nicht zu allen anderen Kontakt haben, sondern nur zu einer einzigen. Das ist so eine Art Netzwerk innerhalb des Netzwerks, und mit dem großen Ganzen ist die kleinere Struktur allein über eine Holding auf den Kaimaninseln verbunden.«

»Und?«, fragte Sadik dazwischen.

Allmählich schwirrte ihm der Kopf, und was das alles mit seinem Bistro zu tun haben sollte, war ihm schleierhafter denn je.

»Diese kleine Struktur hat einen einzigen Geschäftsbereich: Food-Logistik.«

»Die fahren mit ihren Schiffen also Essbares von A nach B?«

Willy nickte und freute sich, als habe er soeben eine zweite Lösung für das Ei des Kolumbus präsentiert.

»Und wenn unsere Stadt B ist, wo ist dann A?«

»Die Binnenfrachter, die hier bei uns im Hafen anlegen, kommen meistens aus Hamburg, aber ihre Fracht stammt ursprünglich aus Iskenderun im Südosten der türkischen Mittelmeerküste, aus Tétouan im Norden von Marokko und aus Trondheim an der norwegischen Atlantikküste. Falls es weitere Orte gibt, in denen die Kühlcontainer auf die Reise geschickt werden, finde ich das noch heraus. Aber die Fracht der Schiffe, deren Ladung bisher am Terminal gelöscht wurde, brachten ausschließlich Lieferungen aus der Türkei, aus Marokko und aus Norwegen.«

»Gut, die bringen also irgendwelche Lebensmittel aus diesen drei Ländern zu uns in den Stadthafen. Und wieso sollte dafür mein Koch sterben müssen?«

»Gute Frage«, entgegnete Willy grinsend.

»Das sollst du herausfinden«, ergänzte Al. »Wir sind überzeugt, dass entweder die Immobiliengeschichte mit dem Mord zusammenhängt oder diese Food-Logistiker hier bei mir im Hafen ihre Finger da irgendwie mit drinhaben.«

»Wenn ihr meint«, erwiderte Sadik wenig überzeugt. »Ich kann einige meiner Leute losschicken, das ist kein Problem. Und wenn es wirklich mit meinem toten Koch zu tun hat, ist das ja auch nur richtig so. Aber falls nicht, warum klärt ihr nicht selbst, was diese Typen hier im Hafen treiben?«

»Na ja«, sagte Al mit breitem Grinsen und machte eine Geste, die den ganzen Raum umfasste, »wir sind halt nicht mehr die Jüngsten. Willy kann seine Computerrecherchen gut im Sitzen machen, aber wenn wir zum Terminal marschieren, um diesen Burschen auf die Finger zu schauen, könnten wir zumindest körperlich recht schnell an unsere Grenzen kommen.«

Den Rest des Tages brachte Peppino in der Küche des *Salento* zu. Nach dem Gespräch mit Camilla hatte er versucht, Sadik zu berichten, doch der war nicht an das Handy gegangen, über das er mit ihm Kontakt aufnehmen sollte. Also fasste er ihm die wichtigsten Punkte in einer längeren Textnachricht zusammen. Es dauerte eine ganze Weile, bevor die Textnachricht als gelesen markiert wurde.

Gegen fünf Uhr kamen die ersten Gäste in die Trattoria, und wie fast jeden Samstag gaben sich die Leute die Klinke in die Hand, kein Tisch blieb länger als ein paar Minuten unbesetzt. Camilla, die sich frisch gemacht und versucht hatte, etwas Schlaf zu finden, kam gegen halb acht in die Küche.

»Dich schickt der Himmel!«, begrüßte Peppino sie schon, bevor sie ganz im Raum war. »Donatella ist bisher noch nicht von ihrem Ausflug zurück. Meine mamma schmeißt den Service, und ich koche – aber jetzt haben wir auch noch ein paar Lieferbestellungen reinbekommen. Magst du sie kurz ausfahren?«

»Kann ich gern machen, wenn ich nicht unbedingt euer altes Mofa dafür nehmen muss.«

Er deutete zu einem kleinen Wandbrett neben dem Telefon, an dem mehrere Schlüssel hingen.

»Der mit dem Ferrari-Anhänger ist meiner.«

Sie lachte.

»Na, immerhin auf dem Schlüsselschild stimmt schon mal die Marke.«

»Es sind acht Pizzen für drei Adressen.«

Er kritzelte die Anschriften der Kunden auf einen Zettel und schrieb dahinter Zahlen: 3, 2, 3.

»Das Prinzip ist ganz einfach: An der ersten Adresse lieferst du die obersten drei Pizzen ab, dann die nächsten zwei und so weiter.«

»Bekomme ich hin«, sagte sie grinsend und lud sich den Kartonstapel auf.

»Und auch wenn mein kleiner Flitzer kein Ferrari ist: Er entriegelt sich, wenn du mit dem Schlüssel am Wagen stehst. Dann musst du nur mit einem Fuß unter dem Kofferraum entlangwischen, und die Heckklappe schwingt auf.«

Er hielt ihr die Tür auf und sah ihr lächelnd nach, bis hinter ihm seine Mutter auftauchte und eine neue Bestellung meldete.

»Sag mal«, fragte er sie, während er schon die nötigen Zutaten bereitlegte. »Glaubst du, dass Donatella heute noch kommt?«

Gina Sensoni grinste vielsagend.

»Das würde mich wundern. Sie wirkte sehr … abenteuerlustig, als sie mit diesem Gast losgegangen ist.«

»Machst du dir keine Sorgen?«

»Jetzt hör aber auf, Peppino! Donatella ist eine erwachsene Frau, und eine sehr hübsche noch dazu. Gönn ihr doch den Spaß.«

Sie zwinkerte ihm zu.

»Du wolltest sie ja nicht.«

»Ist trotzdem blöd, dass sie uns jetzt hängen lässt«, maulte Peppino und hackte Zwiebeln klein.

»Das kann ich ihr aber nicht übel nehmen, so fleißig wie sie sonst hier immer mit anpackt. Und jetzt Schluss damit, unsere Gäste sind hungrig.«

Zunächst war sie fast ein wenig eingeschnappt gewesen, dass Peppino ihr die Lieferfahrten anvertraute und nicht das Kochen, schließlich hatte sie mit ihrem Restaurant bis zu dem Zeitpunkt, als ihr Gast an einer vergifteten veganen Salsiccia gestorben war, gute Chancen auf einen Michelin-Stern gehabt. Und mittags hatte sie ja auch schon gezeigt, dass sie mit Fleischprodukten gut umgehen konnte. Aber dann drückte sie das Gaspedal des Kleinwagens durch, und das Auto machte fast einen Satz nach vorn. Für sein geringes Gewicht war er mehr als ausreichend mit Pferdestärken ausgestattet, und eine gut befestigte Warmhaltebox im Kofferraum sorgte dafür, dass die acht Pizzen in der Reihenfolge liegen blieben, in der sie sie abliefern sollte.

Die ersten drei Pizzen waren für eine Familie gedacht, die im dritten Stock eines Mehrfamilienhauses wohnten. Zum Glück war der Teenagersohn so ausgehungert, dass er ihr bis an die Haustür entgegenkam und die drei Kartons selbst nach oben trug. Sie konnte sich gar nicht mehr bei ihm bedanken, weil er ihr für die Pizzen den Lieferpreis plus zwei Euro Trinkgeld in die Hand gedrückt hatte, so schnell flitzte er die Stufen hoch.

Die zweite Adresse lag in einer gehobenen Wohngegend. Hier waren die Gärten größer, die Hecken höher und die am Straßenrand geparkten Autos teurer. Die Adresse auf Peppinos Zettel gehörte zu einem zweigeschossigen Flachdachbau mit eigener Tiefgarage. Sie stellte den Wagen direkt vor dem Gartentor ab. Das Tor war knapp zwei Meter hoch und aus Metall, auch die hinter einer Mauer wachsende Hecke bot keinen Blick auf den Eingang. Aber sie würde gesehen werden: Direkt neben der Klingel und der Sprechanlage war eine Kamera montiert. Ein Namensschild gab es nicht.

Camilla drückte den Klingelknopf, es war nichts zu hören. Vermutlich dröhnte jetzt ein wahnsinnig schicker Ton durchs Haus, aber Fenster und Mauern waren so gut gedämmt, dass kein Laut nach draußen drang.

Die Sprechanlage knackte, und eine Männerstimme fragte: »Ja?«

»Ich bringe die Pizzen. Trattoria *Salento.*«

»Gut, kommen Sie rein.«

Der Öffner summte, Camilla drückte das Metalltor mit der Schulter auf und trug die Pizzaschachteln aufs Haus zu. Die Eingangstür schwang auf, aber niemand ließ sich blicken.

»Hallo?«, rief sie ins Innere, als ihr noch immer niemand entgegenkam.

»Einfach auf die Schwelle legen. Das Geld ist unter die Fußmatte geklemmt. Der Rest ist für Sie.«

Camilla legte die beiden Schachteln vorsichtig ab und zog die Scheine unter der Fußmatte hervor.

»Sorry«, sagte sie, »aber das ist zu viel. So viel Trinkgeld finde ich nicht angemessen.«

Schritte näherten sich.

Donatella war eingeschlafen und erwachte von einem tiefen Glockenton, der sich durch das ganze Haus fortpflanzte, bis auch das letzte Echo verklungen war. Dann waren im Erdgeschoss Schritte zu hören, und offenbar meldete sich jemand über die Sprechanlage. Sie lauschte so angestrengt, dass sie Kopfweh davon bekam. Sie war nicht sicher, aber sie glaubte, den Türöffner summen zu hören.

»Hallo?«, rief eine Frauenstimme, und der Mann, mit dem sie hierhergefahren war, ohne Böses zu ahnen, antwortete. Seine Stimme klang verhallt, als befinde er sich im Wohnzimmer und müsse mit seiner Antwort eine größere Entfernung überbrücken.

Warum geht er nicht zur Tür und empfängt die Frau oder wimmelt sie ab?

Donatella hörte nun wieder die Frau rufen. Wenn sie es

richtig verstand, ging es um Trinkgeld. Und dann fiel der Groschen. Die Frau lieferte Pizza ins Haus, die der Mann bestellt hatte, womöglich in der Trattoria, in der sie schon längst wieder bedienen sollte. Sie hatte jedes Zeitgefühl verloren, aber das Tageslicht hatte deutlich nachgelassen, also war es vermutlich inzwischen früher Abend. Sie versuchte, die Stimme der Frau zuzuordnen.

War das die Engländerin, Camilla Brown?

Möglich. Im *Salento* musste wegen ihres Fehlens ein ziemliches Durcheinander herrschen, wenn Peppinos Nachbarin einsprang, um Pizzen auszuliefern. Donatella lauschte wieder. Camilla, wenn sie es tatsächlich war, befand sich noch nahe der Haustür.

Wenn ich sie rufen höre, wird sie meinen Schrei auch hören.

Donatella stand der Schweiß auf der Stirn.

Eine einzige Chance. Jetzt.

Sie holte tief Luft, was ihr erstaunlich schwerfiel. Dann schrie sie, so laut sie konnte. Doch sie brachte nicht mehr zustande als ein dumpfes Stöhnen. Erst in diesem Moment realisierte sie den Knebel, der in ihrem Mund steckte.

Gina Sensoni kam in die Küche, das Telefon in der Hand.

»Der Kunde mit den drei Pizzen beschwert sich. Sie seien noch nicht angekommen.«

Peppino warf einen Blick auf die Wanduhr.

»Seltsam. Camilla ist gleich los, sie müsste längst wieder auf dem Rückweg sein.«

»Hast du ihr die Adresse richtig aufgeschrieben?«

Sie gingen die Liste der Bestellungen durch. Der Kunde, der sich gerade beschwert hatte, war der letzte auf Camillas

Tour. Gina las dem Kunden noch einmal die Adresse vor, die sie sich nach der telefonischen Bestellung notiert hatte. Die Anschrift stimmte.

»Das tut mir wirklich leid«, sagte sie. »Wir kümmern uns sofort darum. Und sollten die Pizzen Sie nicht mehr warm erreichen, müssen Sie sie natürlich auch nicht bezahlen. Darf ich Sie nachher noch einmal anrufen, ob es geklappt hat?«

Sie hörte zu.

»Oder so«, bestätigte sie und nickte. »Sie rufen uns also kurz an, sobald die Pizzen da sind, ja? Vielen Dank schon mal, und wenn Sie das nächste Mal ins *Salento* kommen oder etwas bei uns bestellen, geht eine Flasche Wein aufs Haus.«

Sie hörte wieder zu und lachte.

»Nein, kein Fusel. Sie bekommen unseren Besten. Den trinkt auch mein Mann, den werden Sie mögen.«

Sie legte auf.

»Heute ist aber wirklich der Wurm drin«, schimpfte sie. »Erst kommt Donatella nicht mehr, und dann klappt der Lieferservice nicht.«

Kopfschüttelnd ging sie zurück in den Gastraum. Peppino sah ihr einen Moment lang nachdenklich hinterher, aber er hatte keine Zeit, über Camillas Verspätung nachzudenken. Drei Pizzen, zweimal Pasta und Salat mit Sardellen – er hatte reichlich zu tun.

Auch wenn Al und seine Jungs wussten, dass das Schweigen Sadiks nur eine Masche war und dass er mit ihnen sehr wohl redete, respektierten sie dieses Verhalten vor seinen Leuten und wann immer sie nicht unter sich waren. Und so rief Al Poner den »Albaner« nicht an, sondern schickte ihm eine Textnachricht.

»Mein Freund, der Fabrikant, hat sich geirrt. Er hat mit dem Immobilieninvestor gesprochen. Du sollst nicht für einen Neubau aus dem Haus vertrieben werden. Im Moment lohnt sich das Bauen nicht, zu hohe Zinsen, zu teure Handwerker. Der Investor wartet ab, du musst für die nächsten vier, fünf Jahre wohl nichts befürchten. Und wir können den Investor von der Liste der Verdächtigen streichen.«

Sadik grinste, als er die Nachricht las. Satzzeichen und korrekte Groß- und Kleinschreibung verrieten, dass die Nachricht von einem älteren Handynutzer geschrieben worden war. Der Inhalt der Nachricht war aber auf jeden Fall eine gute Neuigkeit.

Damit blieben von zwei Ansätzen für die Suche nach dem Mörder seines Kochs nur noch einer, die Leute vom Terminal vier.

Nach dem seltsamen Erlebnis an der Tür des noblen Flachdachhauses war Camilla so verwirrt, dass sie die Adresse des dritten Kunden falsch ins Gerät eingab.

Was war das denn, bitte, für ein Typ gewesen? Bestellt Pizza, drückt den Öffner und kommt nicht einmal an die Tür, um seine Lieferung entgegenzunehmen. Und dann rundet er auf fünfzig Euro auf, reagiert aber gar nicht, als sie ihm zuruft, dass das viel zu viel sei. Sie hatte noch zweimal etwas ins Haus gerufen, aber dann halt das Geld eingesteckt, die Tür hinter sich zugezogen und den Rückweg zum Wagen angetreten.

Dass sie sich verfahren hatte, merkte sie erst, als sie in die Straße abbog, die sie ins Navi eingegeben hatte. Hier gab es keine Wohnhäuser, und keines der Büro- und Fabrikgebäude, die sie vor sich hatte, trug die Hausnummer auf dem Zettel. Sie korrigierte die Eingabe, sah, dass sie vom dritten Kunden stolze zwanzig Minuten entfernt war, und machte sich fluchend daran, möglichst viel von der Verspätung mit einer flotten Fahrt wieder wettzumachen.

Prompt wurde sie auf halber Strecke geblitzt, aber immerhin brauchte sie bis zur Lieferadresse fünf Minuten weniger als befürchtet. Der Kunde stand schon vor seiner Haustür, das Mobilteil seines Telefons in der Hand. Er sah mürrisch aus, und als sie ihm die Kartons hinhielt, steckte er das Telefon in die Hosentasche, klappte den obersten Karton auf und hielt die flache Hand direkt über die Pizza.

»Na ja, warm ist sie ja noch«, knurrte er, gab ihr das Geld passend und ging mit den Pizzen zurück ins Haus. Dabei nestelte er das Telefon wieder aus der Hose, drückte die Wahlwiederholung.

Bevor die Tür zuschlug, konnte sie noch hören, dass er dem *Salento* durchgab, die Pizzen seien jetzt angekommen und noch warm.

An diesem Samstagabend war im *Salento* viel los, und auch der Lieferservice brummte. Camilla fuhr noch fünf Touren, verteilte Pizza, Pasta und Salate in der Stadt, und kein einziges weiteres Mal verfuhr sie sich. Doch Peppino ritt jedes Mal, wenn sie für die nächste Lieferung in die Küche zurückkehrte, auf der einen Fahrt herum, an der sie länger zum Kunden gebraucht hatte als üblich.

»Jetzt hör doch mal auf, Peppino«, herrschte sie ihn schließlich an, als es ihr zu blöd wurde. Schließlich half sie freiwillig in der Trattoria aus, und da hätte sie ja wohl eher ein nettes Dankeschön verdient als seine ständigen Nörgeleien. »Einmal habe ich mich im Navi vertippt, und der Kunde hat euch doch gleich angerufen und durchgegeben, dass die Pizzen noch warm genug seien.«

»Das ist nicht der Anspruch des *Salento*«, schimpfte er zurück, ohne den Blick von den Töpfen zu heben, in denen vor ihm diverse Soßen schmurgelten. »Wenn die Gäste wissen wollen, wann sie ihr Essen holen können oder wann es ihnen geliefert wird, sagt Donatella am Telefon immer nur ›swansig Minute‹. Und nicht ›viersig‹ oder ›fünfsig‹.«

In diesem Moment fehlte nicht viel, und sie hätte ihm den Autoschlüssel hingeschleudert und wäre nach Hause gegangen. Aber mit ihr war auch in all den Jahren, bevor sie ihr eigenes Restaurant eröffnet hatte, nicht sehr zimperlich umgegangen worden, und zumindest ansatzweise konnte sie ja verstehen, dass Peppino mit seinen Nerven am Ende war. Donatella war nicht mehr ins *Salento* gekommen und vergnügte sich vermutlich mit einem Mann, während hier der Teufel los war. Toto Sensoni hatte sich nach ein paar Gläsern Wein wieder in die Wohnung im ersten Stock zurückgezogen, und sein Sohn musste damit klarkommen, dass der Vater vergangene Nacht vermutlich Zeuge eines Mordes geworden war. Und Sadik, dem er doch helfen wollte, hatte er bisher nicht viel Nützliches berichten können.

Aber trotzdem ärgerte sie sich. Sie konnte nichts für irgendetwas davon, und sie versuchte, ihm zu helfen, so gut es ging. Also schluckte sie die Erwiderung hinunter, die ihr auf der Zunge lag, fuhr die nächste Tour und hoffte, dass er wenigstens zum Feierabend wieder etwas netter zu ihr werden würde.

Nach und nach gingen die Gäste nach Hause, nur noch am Stammtisch saßen ein paar Bekannte, unterhielten sich und tranken. Fleischermeister Schachner war bereits etwas angetrunken. Der alte Ole, der am frühen Abend dazugestoßen war und vorher gern noch hätte duschen dürfen, war schon mit schwerer Zunge gekommen, und inzwischen waren die schlechten Witze, die er zusammenhanglos in die Unterhaltung streute, kaum mehr zu verstehen. Außerdem war Bernie Häberling zur Runde gestoßen, Camillas Saucier, der sich Chancen auf eine Beziehung mit Donatella ausrechnete und entsprechend geknickt war, dass er sie nicht im *Salento* vorfand. Sogar Valentin, Camillas Servicechef, hatte für diesen Abend einen Tisch in der Trattoria reserviert, und als er und seine Frau fertig gegessen hatten, gesellten sie sich zu den Gästen am Stammtisch. Und als alle anderen Tische verlassen und abgeräumt waren, gönnte sich auch Gina Sensoni ein Gläschen Roten und ließ sich auf den letzten freien Stuhl in der Runde sinken.

Es war kurz vor zwölf, als es auch am Stammtisch etwas ruhiger wurde. Ole war auf seinem Platz eingeschlafen und verströmte schnarchend strenge Gerüche. Bernie, Valentin und seine Frau verabschiedeten sich. Bernie wollte gleich am nächsten Tag wieder nach Donatella sehen, Valentin versprach, in ein, zwei Wochen wieder zum Essen zu kommen. Gina ließ Horst Schachner einen Espresso aus der Maschine, den er süß und stark trank und dem er eine gute Viertelstunde ein erstaunlich waches und nüchternes Aussehen verdankte.

»Ich hoffe nur«, sagte er mit gesenkter Stimme und beugte sich ein wenig zu Gina Sensoni, »dass Frau Brown ihr Restaurant bald wieder aufmacht.«

»Ich habe gehört, dass Sie ihr die Miete erlassen, solange das Lokal noch geschlossen ist.«

Schachner winkte ab.

»Darum geht's gar nicht. Wissen Sie, Frau Sensoni, ich habe auch ohne das *Camilla's* noch genug Mieteinkünfte, außerdem brauche ich nicht viel zum Leben. Aber mich zerreißt es fast, wenn ich sehe, wie sie nach wie vor an dieser schlimmen Geschichte mit dem toten Gast leidet. Das Lokal im Hochbetrieb würde sie da sicher auf andere Gedanken bringen.«

»Vielleicht hilft es ihr ja sogar, dass sie heute Abend bei uns einspringt«, sagte Gina und prostete ihm lächelnd zu. »Uns hilft es auf jeden Fall.«

»Das könnte Ihr Sohn ihr aber auch zeigen. Stattdessen meckert und schimpft er in einem fort. Ich dachte, die beiden …«

Er gönnte sich ein vielsagendes Grinsen. Gina lächelte seufzend.

»Was auch immer zwischen den beiden war, es scheint keinen nachhaltigen Eindruck hinterlassen zu haben.«

Sie warf einen Blick durch die jetzt zum Lüften offen stehende Küchentür.

»Schade eigentlich, die beiden wären ein schönes Paar.«

Ruhiger wurde Peppino tatsächlich, als die letzten Gäste gingen, aber nicht viel freundlicher. Camilla kam von der letzten Tour, hängte den Autoschlüssel an das Wandbrett und machte Anstalten, ihm mit dem Aufräumen zu helfen.

»Kannst heimgehen«, knurrte er und arbeitete weiter, ohne sie eines Blickes zu würdigen. »Das schaff ich schon allein.«

Einen Moment lang stand sie unschlüssig da, dann ging sie zur Küchentür, zog sie zu, kehrte zu Peppino zurück, packte ihn an den Schultern und schob ihn vom Herd weg, bis er mit dem Rücken an eine der Arbeitsplatten stieß und ihr nicht ausweichen konnte.

»Was soll das?«, schnauzte er sie an.

»Genau das wollte ich dich eigentlich fragen. Ich helfe euch aus der Patsche, weil eure Bedienung einfach wegbleibt, und du machst mich immer wieder nur blöd von der Seite an. Wenn du sie auch so behandelst, dann wird sie nicht mehr lange für euch arbeiten wollen.«

»Das muss dich nicht kümmern. Und mich vielleicht auch nicht mehr. Mein Vater baut Mist, meine Mutter kann nicht mal verhindern, dass er nachts mit dem Kombi durch die Gegend gurkt. Und wenn wir die Preise so erhöhen, wie wir es wegen des teuren Stroms und der gestiegenen Ausgaben für Fleisch und Öl und was weiß ich sonst noch alles dringend müssten, bleiben uns die Gäste weg. Ciao, *Salento.*«

Er hatte sich in Rage geschimpft, nun stand ihm der Schweiß auf der Stirn, seine Augen funkelten vor Zorn, und er packte ihre Handgelenke. Offenbar war er kurz davor, sie grob von sich wegzustoßen. Da ließ sie ihn lieber los und trat einen Schritt zurück. Peppino atmete schwer und sah sie nicht sehr freundlich an.

»Du merkst es selbst, oder?«

»Was denn?«, fragte er zurück.

»Du drehst demnächst durch. Die Trattoria ist dir zu viel, der Ärger mit deinem Vater, dieser seltsame Mordfall. Und …«

Ihr Blick wurde weicher, sie versuchte ein Lächeln.

»Und was das mit uns ist, weiß ich auch nicht wirklich.«

»Mit uns?«, echote er. »Es war schön und alles, aber …«

»Aber … sonst wird nichts daraus?«

Er zuckte mit den Schultern. Jetzt musste sie sich zusammenreißen, dass sie nicht grob wurde.

»Du schläfst mit mir, und danach geht alles weiter seinen Gang wie zuvor?«

»Wie gesagt, war schön, aber ich … ich habe auch gar keinen Kopf für so etwas, gerade nicht jetzt im Moment.«

»Für … *so etwas*?«

Nun war sie doch laut geworden, aber die Ohrfeige, die sie ihm mit der rechten Hand verpasste, war noch etwas lauter. Er sah sie erschrocken an, seine Wange begann rot anzulaufen, aber er sagte nichts, drückte sich an ihr vorbei und tat, als wäre es das Wichtigste auf der Welt, gerade jetzt Spülwasser einlaufen zu lassen und Fett aus einer Pfanne zu wischen.

Camilla sah ihm dabei kurz zu, dann ging ein Ruck durch sie. Sie straffte die Schultern, schnappte sich ihre Handtasche und verließ die Küche durch den Hintereingang.

Gina Sensoni hatte den Ausruf gehört und kurz danach das Klatschen von Haut auf Haut. Sie sprang auf und eilte in die Küche. Sie sah Camilla davonstürmen, während ihr Sohn über das Spülbecken gebeugt war und furchtbar beschäftigt tat.

»Was ist passiert?«, fragte sie.

Peppino blickte nicht auf.

»Sie ist gegangen«, murmelte er nur.

»Was hast du jetzt wieder angestellt, Giuseppe?«

Wenn sie ihn mit seinem amtlichen Vornamen ansprach, galt höchste Alarmstufe. Und der Tonfall, den sie angeschlagen hatte, tat ein Übriges. Peppino ließ die Pfanne ins Wasser sinken, stützte sich mit beiden Händen ab und ließ die Schultern hängen.

Gina ging zu ihm und drehte ihn herum, dass er sie anschauen musste. Dabei fiel ihr die knallrot leuchtende Wange auf.

»War sie das? Hat sie dir eine gescheuert?«

Er nickte.

»Gut so. Hast du sicher verdient.«

»Hör mal, mamma …«, protestierte er, aber sie brachte ihn mit einer Handbewegung zum Schweigen.

»Und warum stehst du hier noch rum und spülst? Geh ihr nach, entschuldige dich, und schau zu, dass zwischen euch wieder alles in Ordnung kommt.«

»Entschuldigen? Wofür denn? Ich hab doch gar nichts gemacht!«

»Camilla wird dir nicht ohne Grund eine Ohrfeige gegeben haben. Und wenn du dich nicht endlich zusammenreißt, kannst du auch gleich noch eine haben!«

Peppino riss die Augen auf und schaute zu seiner Mutter hinunter.

»Spinnt ihr jetzt alle?«, fragte er. »Ich reiß mir hier den Arsch auf, und du behandelst mich wie ein kleines Kind!«

»Geh ihr schon nach«, sagte Gina und klang nun versöhnlicher. »Klär das mit ihr. Entschuldige dich, wofür auch immer. Los, mach!«

»Hör auf, mamma. Ich bin keine zwölf mehr.«

Sie legte den Kopf schief und sah ihn wütend an.

»Wenn du es sagst.«

Damit ging sie zurück in den Gastraum, weckte Ole, stieß noch einmal mit den beiden auf deren Gesundheit an und schloss die Tür hinter Schachner, der den alten Ole untergehakt hatte und ihn nach Hause bringen wollte. Erst erschrak sie, als sie draußen den dünnbrüstigen Motor von Oles dreirädrigem Lieferkärrelchen hörte. Sie riss die Tür auf, war aber beruhigt, als sie den betrunkenen Alten singend auf der Ladefläche seiner Ape liegen sah. Schachner hatte sich in die enge Fahrerkabine des Dreirads gezwängt, und auch wenn er den Abend über einige Gläser Roten getrunken hatte, sollte er doch unfallfrei sein Ziel erreichen.

Sie schloss die Tür ab, ließ den Schlüssel stecken und ging durch die Gaststube. Durch die offene Küchentür sah sie ihren Sohn stehen. Er ließ die Arme hängen, lehnte matt an der Spüle und schaute mit schimmernden Augen ins Leere.

Gina Sensoni seufzte und ging hinauf zu ihrer Wohnung. Im Bett lag ihr Mann Toto und sah aus, als könne er kein Wässerchen trüben. So hatte er auch vergangene Nacht gelegen, bevor er mit dem Kombi zu diesem verdammten Bistro gefahren war. Sie trug den Stuhl mit seinen Kleidern zur Tür. Der Lärm, wenn er im Dunkeln darüber stolpern würde, müsste sie eigentlich wecken.

Es dauerte eine Weile, bis sie endlich in einen unruhigen Schlaf fand.

Die gut geschützte Stelle zwischen ausrangierten Containern und einem der Stützbeine des Krans hatte Azi schon ausgewählt, als Sadik ihn zu dem Terminal geführt hatte.

Der Chef war nachdenklich von seinem Treffen mit Al und seinen »Jungs« gekommen, hatte ihm in einer Textnachricht aufgetragen, herauszufinden, was in dem Terminal vorging, was abgeladen und wohin es weitertransportiert wurde. Wie er das anstellte, hatte er Azi überlassen. Nun lagen sie zu fünft auf der Lauer, so um den Terminal und die Lagerhalle verteilt, dass ihnen niemand entgehen konnte, der zwischen Lagerhalle und Schiffsanleger unterwegs war.

Der Mann, der sich an der Straße postiert hatte, die vom Hafen in Richtung Stadtmitte führte, meldete sich als Erster.

»Ein Tor der Lagerhalle wird geöffnet«, begann die Textnachricht. »Lieferwagen kommt raus.«

»Hinterher«, antwortete Azi.

Dann lauschte er. Auf der anderen Seite der Lagerhalle glaubte er, den Motor eines Transporters zu hören. Das Brummen wurde lauter, und dann entfernte sich das Geräusch, bis es von der Nacht verschluckt wurde. Das Motorrad seines Helfers konnte er nicht hören. Offenbar war er mit sehr niedriger Drehzahl losgefahren.

Gut gemacht, dachte Azi.

Nun konnte er nur noch hoffen, dass die Verfolgung klappen und sein Helfer von dem Fahrer des Lieferwagens nicht entdeckt werden würde.

Im Osten verblassten schon die ersten Sterne am Himmel, bald würde die Dämmerung einsetzen.

# 7

Auch am Sonntagmorgen war es ein Anruf von Sadik, der ihn aus dem Schlaf riss. Peppino drehte sich im Bett und sah auf die Uhr. Immerhin hatte er diesmal bis halb acht gewartet.

»Guten Morgen«, gähnte er ins Handy.

»Heute Nacht haben meine Leute einen Schiffsterminal im Stadthafen beobachtet«, begann Sadik, ohne sich lange mit einer Begrüßung aufzuhalten.

Er erzählte von den Hinweisen, die er gestern auf Al Poners Hausboot bekommen hatte, von Willy, dem ziemlich gewieften Computerexperten der alten Knaben, und dass er daraufhin Azi freie Hand gelassen hatte, wie er mit einigen anderen zusammen das Terminal und die dazugehörige Lagerhalle überwachte.

»Dieser Lieferwagen ist schnurstracks in die Nähe des *Shqipëria* gefahren und hat vor der Dönerbude angehalten, die sich nur ein kleines Stück von meinem Bistro entfernt befindet.«

»Und dann?«

»Kam eine Frau raus, sie wirkte ziemlich aufgeregt und schimpfte mit dem Fahrer. Der ist danach wieder weggefahren, einmal um den Block herum und zum Hintereingang der Dönerbude. Dort hat er Fleischspieße abgeladen, danach ist er wieder los und hat im Anschluss noch drei weitere

Dönergrills abgeklappert, bevor er zur Lagerhalle zurückgekehrt ist.«

»Okay, der hat Dönerspieße ausgeliefert. Klingt nicht sehr illegal.«

»Hör mal, nachts? Mitten in der Nacht fährt der Fleischspieße aus? Und die Frau im ersten Grill wirkte auf meinen Mitarbeiter nicht so, als würde sie sich über die Lieferung freuen. Vermutlich sollte er zum Hintereingang fahren, damit ihn niemand beim Abladen sieht.«

»Oder über den Hintereingang ist es einfach praktischer, weil man von dort aus schneller in den Kühlraum kommt. Ist es nicht im *Shqipëria* auch so?«

»Ja, meinetwegen. Aber hast du mir nicht erzählt, dass deine Engländerin mit der Betreiberin des Dönergrills gesprochen hat?«

»Das ist nicht *meine* Engländerin.«

»Geschenkt. Aber ihr hat die Frau doch erzählt, dass sie ihre Döner nicht von Ügal beziehen wie ich, sondern direkt vom Hersteller. Warum lassen die sich dann Fleisch aus der Lagerhalle im Stadthafen liefern?«

Das war wirklich seltsam, das musste Peppino zugeben. Vielleicht waren die Spieße vom Hafen minderwertige Ware, die billiger angeboten wurde – und mit denen sich manche Dönerbuden noch ein bisschen zusätzlichen Gewinn verschafften, während ihre Kunden glaubten, das bessere und frischere Fleisch vom hiesigen Hersteller zu essen.

»Du musst mit dieser Frau vom Dönergrill reden«, sagte Sadik. »Du musst sie mit der nächtlichen Lieferung konfrontieren. Vielleicht erfährst du etwas, das uns weiterhilft.«

»Und warum machst du das nicht selbst?«

»Ich rede nicht vor anderen, schon vergessen? Und wenn ich da mit Textnachrichten aufkreuze …«

Er lachte.

»Aber im Ernst, diese Frau wird mir oder meinen Leuten nichts erzählen, schließlich sind wir Konkurrenten. Mit deiner Camilla …«

»Sie ist nicht …«, setzte Peppino an, aber Sadik redete einfach weiter.

»… hat sie schon gesprochen, hat ihr erzählt, woher sie ihre Dönerspieße bezieht. Da habt ihr doch eine ganz andere Ebene.«

Peppino merkte, dass er aus dieser Nummer nicht mehr rauskam. Er seufzte.

»Danke«, sagte Sadik, dann war das Telefonat beendet.

Damit hatte Peppino einen Grund, mit Camilla zu reden. Und eine Gelegenheit, sich doch noch bei ihr zu entschuldigen, wovor er sich die ganze unruhige Nacht lang gedrückt hatte.

Camilla stand am Fenster und trat einen Schritt ins Zimmer zurück, als sie Peppino vor dem *Salento* auftauchen sah. Und wirklich hob er den Blick und ließ ihn über die Fenster ihrer Wohnung schweifen. Aber er schien sie nicht zu entdecken, und nachdem ein Kleinwagen an ihm vorbeigefahren war, überquerte er die Straße und ging auf ihr Haus zu. Er verschwand aus ihrem Blickfeld, vermutlich war er jetzt im Hinterhof angelangt und würde gleich bei ihr klingeln. Doch die Glocke blieb stumm. Erst vier, fünf Minuten später läutete sie doch. Nun wartete Camilla, zählte leise bis zehn, bevor sie nach dem Hörer der Sprechanlage griff.

»Ja, bitte?«

Erst hörte sie nur ein Räuspern, und die Vorstellung, dass Peppino dort unten stand und nicht recht wusste, was er am besten sagen sollte, zauberte ihr ein kleines Lächeln ins Gesicht.

Gut so, soll er nur leiden, der Idiot.

»Ich bin's«, brachte er schließlich hervor.

Einen Moment lang war Camilla versucht nachzufragen, wer *ich* sei, aber natürlich hätte sie seine Stimme auch dann sofort erkannt, wenn sie ihn nicht schon hätte kommen sehen.

»Was gibt's?«, fragte sie deshalb nur.

»Ich … wir …«

Noch ein Räuspern.

»Können wir reden?«

Sollte sie ablehnen? Ihn wegschicken? Oder ihm eine Chance geben, sich zu entschuldigen? Gern hätte sie ihn weggeschickt, hätte sich noch ein bisschen beleidigt gegeben, nur hatte sie der Ärger über das Gespräch gestern Abend und darüber, wie er sie behandelt und vor allem wie er ihre gemeinsame Nacht heruntergespielt hatte, fast ihren ganzen Schlaf gekostet. Das musste aufhören.

»Okay, ich komme runter«, sagte sie.

Wenigstens in ihre Wohnung wollte sie ihn noch nicht lassen.

Peppino hatte selten eine solche Angst vor einem Gespräch gehabt wie diesmal. Minutenlang war er im Hinterhof des *Camilla's* hin und her getigert, hatte sich Sätze zurechtgelegt und sie wieder verworfen. Er war ratlos, was er sagen sollte. Und er hatte eigentlich nicht wirklich eine Ahnung davon, wofür er sich entschuldigen sollte. Sicher, er war grob geworden zu ihr, gestern Abend, er hatte sich in der Wortwahl vergriffen, aber meine Güte, wie konnte sie sich davon so vor den Kopf stoßen lassen? Und was sollte er da sagen? Hatte nicht *er* die größeren Probleme? Hatte Sadik nicht *ihn* um Hilfe gebeten, war nicht *sein* Vater nachts auf der Straße und brachte sich in Schwierigkeiten und damit auch ihn, den beurlaubten Kripokommissar?

Nun stand er ein paar Schritte von der Haustür entfernt und wartete, dass Camilla zu ihm herunterkommen würde. Die Tür schwang auf, sie trat heraus, und an ihrer Miene konnte er nicht ablesen, in welcher Stimmung sie war. Noch immer beleidigt? Wütend auf ihn? Etwas besänftigt, nachdem sie eine Nacht über ihren Wortwechsel geschlafen hatte?

»Du willst reden?«

Ihr Tonfall war neutral, ihr Gesichtsausdruck offen, aber ernst. Entweder war sie noch immer sauer, oder sie ließ ihn zappeln.

»Sadik hat mich angerufen«, begann er.

Ihre Mundwinkel gingen nach unten, und er sah sofort, dass das der falsche Einstieg gewesen war.

»Okay, dann das andere halt zuerst«, bequemte er sich. »Ich wollte mich entschuldigen. Das war gestern Abend nicht nett von mir, scusi.«

Camilla schluckte und nickte. Sie wartete, aber mehr kam dazu erst mal nicht.

»Wie gesagt«, kehrte er zum anderen Thema zurück, »Sadik hat mich angerufen. Seine Leute haben heute Nacht eine Lagerhalle im Stadthafen observiert. Ein Lieferwagen, der dort beladen wurde, hat Fleischspieße an mehrere Dönerläden ausgeliefert, auch an den, der sich in der Nähe des *Shqipëria* befindet.«

»Wahnsinnig interessant«, ätzte Camilla.

»Hat dir die Frau von dieser Dönerbude nicht erzählt, dass sie ihre Spieße direkt vom Hersteller beziehen?«

Camilla stutzte.

»Und dann lassen sie sich Fleisch aus einer Lagerhalle im Hafen liefern? Außerdem machte die Frau vom Grill den Eindruck, als wolle sie nicht, dass jemand die nächtliche Lieferung beobachtete.«

»Stimmt, das ist eigenartig.«

»Und denk daran, der Tote im *Shqipëria* war am dortigen Dönergrill befestigt, vielleicht gibt es da irgendeinen Zusammenhang.«

»Kommissar bei der Arbeit, was?«, versetzte Camilla, und ein Grinsen spielte um ihre Mundwinkel.

Peppino war erleichtert. Wenn sie ihn auf die Schippe nahm, war sie vielleicht nicht mehr so wütend.

»Also, was meinst du«, schlug er vor, »fahren wir hin zu dieser Dönerbude und sprechen mit der Frau?«

»Was soll das bringen? Sie war übrigens gestern nicht sehr freundlich zu mir gewesen. Um genau zu sein: Sie hat mich mehr oder weniger rausgeworfen.«

»Passt doch. Du kennst ja das Spiel *good cop, bad cop.*«

Er lächelte sie an, und schon war sie überredet. Camilla holte noch ihr Handy aus der Wohnung, und als sie den Gehweg vor dem *Camilla's* erreichte, lehnte Peppino schon an seinem Kleinwagen.

Doch bevor sie einsteigen und losfahren konnten, gellte im *Salento* ein Schrei.

Fehsen, Bommers und Maigert saßen gerade auf einen Kaffee zusammen und dachten darüber nach, wo sich vielversprechende Ansätze für weitere Ermittlungen ergeben könnten. Der Kaffee war stark, die Kekse gut, nur das mit den Ansätzen war so eine Sache. Niemand hatte gesehen, wann der Lieferwagen abgestellt worden war. Die einzigen Anhaltspunkte hatten sich bisher aus Brodtbecks Aussage ergeben. Der war gegen vier Uhr von einem Unbekannten niedergeschlagen worden, und von der Stelle des Überfalls zum Fundort des Fahrzeugs fuhr man ungefähr eine halbe Stunde.

Inzwischen hatten sie den Mord einigermaßen rekonstruieren können, und was nicht gesichert war, konnten sie durch sehr wahrscheinliche Annahmen ergänzen. Demnach war der Unbekannte, der Brodtbeck niedergeschlagen hatte, entweder der Mörder des Kochs oder zumindest sein Komplize. Der Hintereingang des *Shqipëria* wies keine Spuren eines Einbruchs auf, und Brodtbeck hatte den Schlüssel nicht mehr, mit dem er den Hintereingang des Bistros öffnen konnte. Den hatte ihm also vermutlich der Unbekannte abgenommen, er war damit in den kleinen Kühlraum gelangt, in dem Brodtbeck seine Lieferung hätte abladen sollen. Die nächste Tür, die ins Bistro selbst führte, war verschlossen, aber wahrscheinlich hatte der Unbekannte an dieser Tür geklopft, oder der Koch hatte Geräusche im Kühlraum gehört. Er musste annehmen, dass die Dönerspieße geliefert worden waren, also wollte er vermutlich gleich den ersten von ihnen im Drehgrill platzieren. Das bot dem Unbekannten die Gelegenheit, den Koch zu ermorden und ihn so zu drapieren, wie Sadik ihn wenig später vorgefunden hat.

War Brodtbeck von einem Komplizen des Mörders niedergeschlagen worden, hätte der den Lieferwagen sofort nach diesem Überfall wegfahren können – dann wäre das Fahrzeug frühestens gegen fünf Uhr dort abgestellt worden. War es der Mörder selbst, traf der Transporter dort wohl erst eine halbe Stunde später ein.

Die Aussage Brodtbecks und seine Zeitangabe passten gerade noch so zum Todeszeitpunkt, den die Obduktion für den Koch ergeben hatte: zwischen vier und halb fünf. So weit fügte sich alles zu einem stimmigen Bild. Auch Brodtbeck selbst hatten sie überprüft, doch abgesehen von einem eher chaotischen Privatleben und der Tatsache, dass das Finanzamt sicher nicht von all seinen Jobs erfuhr, war der Mann sauber.

Aber in Bezug auf andere Fragen tappten sie noch völlig im Dunkeln. Warum hatte der Koch sterben müssen? War er gemeint, oder zielte das Verbrechen auf Sadik und seine Organisation? Und wie um alles in der Welt sollten sie den Mörder und etwaige Helfer finden und dingfest machen?

Fehsen mochte diese Phase der Ermittlungen nicht, und an den Mienen der anderen konnte er ablesen, dass es den Kollegen nicht anders erging. Entsprechend hoffnungsvoll sahen sie dem Kriminaltechniker entgegen, der in diesem Moment das Büro betrat.

»Hast du was für uns?«, fragte Fehsen.

»Kann man so sagen. Wir haben jede Menge DNA gefunden, aber ihr wisst ja: Die kann da grundsätzlich ja auf alle möglichen Arten hingelangt sein. Natürlich haben wir die Spuren durch die Datenbank gejagt, und bisher haben wir zwei Treffer.«

Der Kriminaltechniker blieb neben Fehsen stehen, die drei Kommissare schauten gespannt zu ihm auf.

»Eine DNA-Spur ist identisch mit einer, die wir im Zusammenhang mit Einbrüchen, einer Vergewaltigung und einem nächtlichen Überfall sichern konnten. Leider alles Fälle, für die bisher kein Schuldiger gefunden wurde – und ich spreche in diesem Fall nicht zufällig von *dem* Schuldigen, denn es handelt sich um einen Mann, mutmaßlich Mitteleuropäer. Aber mit Namen und Adresse kann ich hier nicht dienen.«

»Und der zweite Treffer?«

Der Techniker zog einen Zettel hervor und reichte ihn Fehsen. Der Kommissar las den Namen, der dort handschriftlich hingekritzelt worden war, und pfiff leise durch die Zähne.

Peppino brauchte eine Weile, bis er seine Mutter wieder so weit beruhigt hatte, dass sie überhaupt in der Lage war, ihm zu erklären, warum in seinem Elternhaus helle Aufregung herrschte. Der Schrei hatte sogar seinen Vater aufgeschreckt, der im Pyjama hinunter ins Lokal eilte und seine Frau mit seinen unablässigen Fragen noch nervöser machte.

»Lass mal gut sein, papà«, sagte Peppino und schob Toto zum Stammtisch. Dort redete ihm Camilla gut zu, woraufhin er sich auch tatsächlich schnell beruhigte. Nun saß er still auf seinem Stuhl und schaute nur noch interessiert zu Gina Sensoni, die ihre beiden Hände fest um einen Gegenstand geschlossen hatte, der dadurch nicht zu erkennen war. Vor ihr lag ein Zettel auf dem Boden, ein Computerausdruck, der aus wenigen Sätzen bestand.

»Toto soll alles gestehen«, stand dort. »Alles, was er damals gemacht hat. Und heute.«

Peppino zeigte Camilla den Zettel, und die beiden tauschten einen schnellen Blick.

»Und was hältst du in der Hand?«, fragte er seine Mutter.

Die stand starr vor Schreck, hatte ihre Finger nach wie vor ineinander verkrallt und schluchzte. Es würde nicht mehr lange dauern, bis sie panisch werden oder einen Zusammenbruch erleiden würde. Peppino legte ihr eine Hand auf die Schulter, streichelte sie mit dem Rücken der anderen sanft an der Wange.

»Lass es doch bitte los«, sagte er.

Doch seine Mutter schüttelte nur den Kopf.

»Dann setz dich wenigstens.«

Vorsichtig schob er sie ebenfalls zum Stammtisch, und Camilla rückte einen Stuhl zurecht, der Toto Sensoni genau gegenüberstand. Er musste sie ein wenig niederdrücken, bis sie endlich ihre starre Haltung aufgab und sich setzte.

»Kannst du mir das geben?«, fragte er und deutete auf ihre verkrampften Hände.

»Es ist schrecklich«, murmelte Gina.

Peppino strich behutsam über ihre Hände, und als er spürte, wie ihre Finger sich unter seiner Berührung etwas lockerten, griff er zu und zog den Gegenstand schnell aus ihrer Umklammerung. Es dauerte einen Augenblick, bis er verstand, was er vor sich hatte.

Es handelte sich um einen sehr kleinen Behälter aus Plastik. Der Deckel, mit dem er verschlossen werden konnte, war Gina Sensoni aus der Hand gerutscht und lag auf dem Boden. Der Behälter war die winzige Version von Plastikdosen, wie sie die Sensonis sowohl in der Küche des *Salento* verwendeten als auch in ihrer Wohnung. Und er war so klein, dass der Inhalt gerade so hineinpasste. Ein kleiner Finger, sauber und offenbar mit medizinischem Sachverstand von der Hand abgetrennt. Der Nagel war sorgfältig manikürt und farblos lackiert.

Natürlich war es nicht angenehm, einen abgetrennten Finger vor sich in einer Plastikdose zu finden. Was Gina Sensoni aber so sehr in Angst und Schrecken versetzt hatte, war eine kleine Tätowierung auf dem Rücken des Fingers. Dort war eine stilisierte Rose zu sehen, winzig klein und mit rot eingefärbter Blüte. Dieses Motiv trug eine junge Frau auf jedem ihrer beiden kleinen Finger, die ihnen sehr am Herzen lag. Und die gestern Mittag gegangen und seither nicht mehr zurückgekommen war.

Donatella.

Als Fehsen den beiden anderen sagte, wessen DNA die Kriminaltechniker im *Shqipëria* und auf der Ladefläche des Lieferwagens gefunden hatten, waren sie nicht weniger verblüfft als Fehsen. Maigert sprang auf und griff nach dem Autoschlüssel, aber Hanns Fehsen schüttelte nur den Kopf.

»Da fahre ich jetzt erst mal allein hin, Jochen.«

»Allein? Wieso das denn?«

»Das hier ...« Er deutete auf den Zettel mit dem Namen. »... will ich im Moment noch etwas unter der Decke halten. Und mir wäre es recht, wenn ihr auch noch nicht mit anderen darüber sprecht. Okay?«

Maigert sah nicht begeistert aus, aber dann zuckte er mit den Schultern.

»Wenn du das für richtig hältst«, brummte er und schenkte sich einen Kaffee ein.

Toto Sensoni war eingenickt, kaum dass sich seine Frau wieder einigermaßen gefasst hatte. Um ihn nicht aufzuwecken, gingen Peppino, seine Mutter und Camilla in die Küche hinüber und setzten sich dort an den kleinen Ecktisch. Die

Plastikdose mit Donatellas abgetrenntem kleinen Finger stellte Peppino mitten auf das Tischchen in der Ecke. Den Computerausdruck legte er daneben. Was war nun zu tun? Den Finger zu kühlen, würde keinen Sinn mehr ergeben, die Schnittwunde war längst trocken. Dieser Finger konnte auf keinen Fall mehr mit Donatellas Hand verbunden werden, um das zu erkennen, musste man kein Chirurg sein. Aber wer erpresste sie hier? Denn man musste davon ausgehen, dass Donatella noch weitere Körperteile verlieren würde, wenn Toto nicht »alles« gestand, wie es auf dem Zettel gefordert wurde – was immer »alles« sein mochte.

»Mamma, wie kam die Dose denn in die Trattoria?«, fragte Peppino, nachdem sie eine Weile stumm auf den Finger gestarrt hatten.

Sie deutete auf die Hintertür der Küche, die zum Garten führte und jetzt offen stand.

»Ich bin raus in den Kräutergarten und wollte die Zutaten für unser Pesto ernten, da bin ich beinahe über die Dose gestolpert. Sie lag auf der Schwelle der Hintertür.«

»Hast du gesehen, wer sie da hingelegt hat?«

Gina Sensoni schüttelte den Kopf.

»Hast du irgendetwas gehört, das du im Nachhinein mit dem Ablegen der Plastikdose verbinden würdest?«

»Nein, nicht einmal das.«

»Es ist kein Auto weggefahren, da waren keine Schritte, nichts?«

Sie schüttelte wieder den Kopf.

»Hast du eine Ahnung, was papà gestehen soll, wie es auf dem Zettel heißt?«

»Mit *damals* ist ja vermutlich seine Zeit mit Al und den Jungs gemeint«, mutmaßte sie. »Also muss der Erpresser jemand sein, der über diese Jahre Bescheid weiß. Aber was *heute* bedeuten soll? Keine Ahnung.«

Dann erschrak sie und legte ihrem Sohn eine Hand auf den Arm.

»Könnte das auf vorletzte Nacht anspielen? Als dein Vater nachts mit dem Wagen zu diesem neuen Imbiss gefahren ist?«

»Das wäre meine erste Vermutung. Doch in der Geschichte, die er euch als Traum geschildert hat, war er selbst zwar dort, hat aber nichts gemacht. Und als er die beiden Männer beobachtet hat, wie sie den Toten im Grill befestigten, wurde er nach Hause geschickt. Und dieser Anweisung hat er wohl auch Folge geleistet.«

»Wenn es stimmt, was er uns erzählt hat.«

»Glaubst du, er hat uns da angeschwindelt?«

Sie dachte nach.

»Eher nicht«, sagte sie schließlich. »Und er hätte ja auch gar keinen Grund gehabt, seine Rolle in dieser Geschichte zu beschönigen. Er hält das Ganze ja für einen Traum.«

»Wer hält was für einen Traum?«

Die Stimme ließ alle drei herumfahren. Hanns Fehsen stand in der offenen Hintertür und musterte sie interessiert. Peppino war geistesgegenwärtig genug, die Plastikdose und den Zettel in seiner Hosentasche verschwinden zu lassen. Mit etwas Glück war Fehsen der Blick darauf durch Peppino verwehrt gewesen, der mit dem Rücken zur Hintertür saß. Jetzt jedenfalls stand er auf und deutete mit einer einladenden Handbewegung auf einen freien Stuhl am Ecktisch.

»Soll ich dir kurz einen Kaffee machen?«, fragte er.

Fehsen runzelte die Stirn. Hatte er doch bemerkt, dass Peppino etwas vor ihm versteckte? Doch er sah ihnen nacheinander in die Augen, die Hosentasche beachtete er nicht. Sein Gesichtsausdruck machte Peppino allerdings Sorgen. Fehsen sah aus, als habe er etwas sehr Unangenehmes auf dem Herzen.

»Nein danke«, sagte er, »keinen Kaffee.«

Den angebotenen Stuhl nahm er aber. Schwer sank er auf seinen Platz und sah ihnen noch einmal lange in die Augen.

»Lasst mich raten«, setzte er dann an und legte ein trauriges Lächeln auf. »Toto hat schlecht geträumt.«

Peppino zuckte mit den Schultern.

»Kommt leider häufiger vor. Vielleicht hat das auch mit der Demenz zu tun, wer weiß?«

»Ja, wer weiß.«

Peppino musterte ihn, wurde aber nicht recht schlau aus der Miene des Kollegen. Dann nickte er zur Hintertür hin.

»Sind Aglaia und Jochen nicht mitgekommen?«

»Nein. Was ich mit dir ... mit euch besprechen will, möchte ich lieber erst einmal ohne die Kollegen klären.«

Peppino hatte das Gefühl, die Plastikdose mit Donatellas Finger und das Erpresserschreiben brannten auf seinem Oberschenkel.

»Toto hat also schlecht geträumt«, begann Fehsen nach einer Pause. »Ist es in dem Traum vielleicht um das *Shqipëria* gegangen?«

»Wieso ...«, setzte Gina Sensoni an, aber auf einen Wink ihres Sohnes verstummte sie sofort wieder.

»Und handelt der Traum vielleicht davon«, fuhr Fehsen fort, »dass er sich mitten in der Nacht auf den Weg zu Sadiks neuem Bistro gemacht hat?«

Gina wurde blass, Camilla staunte, nur Peppino konnte

sich in diesem Moment einen Reim darauf machen. Er presste die Lippen zusammen, dann nickte er.

»Ihr habt Spuren von meinem Vater im *Shqipëria* gefunden, stimmt's?«

»Ja, nicht zu knapp. Und nicht nur im *Shqipëria*.«

»Wo denn sonst noch?«

»In dem Lieferwagen, dessen Fahrer gestern früh niedergeschlagen wurde.«

»Auch an der Leiche?«

»Bisher nicht, aber das muss nichts heißen. Wer den Koch getötet und im Grill befestigt hat, dürfte Handschuhe getragen haben. Wir haben aber Flusen gefunden, die nicht zur Kleidung des Kochs passen. Deshalb würde ich euch bitten, mir die Kleidungsstücke zu geben, die Toto in dieser Nacht getragen hat.«

»Es ist der Pyjama, den er auch jetzt noch trägt. Papà sitzt drüben am Stammtisch und schläft.«

»Ich warte so lange.«

Gina erhob sich, Camilla wollte ihr folgen, aber sie hielt sie auf.

»Den Pyjama ziehe ich ihm lieber selbst aus«, sagte sie mit einem dünnen Lächeln. »Dafür, dass er sich nachts herumtreibt, statt zu schlafen, muss er nicht auch noch dadurch belohnt werden, dass ihm eine junge Frau beim Ausziehen hilft.«

Fehsen wartete, bis sie die Küche verlassen hatte.

»Du fragst gar nicht«, wandte er sich an Peppino, »woher wir DNA-Vergleichsproben von deinem Vater haben.«

»Ich vermute mal, dass die Kripo vor ungefähr zwanzig Jahren zu diesen Proben gekommen ist. Damals sind einige Kumpels meines Vater hochgenommen worden, einige wanderten hinter Gitter, anderen konnte nichts nachgewiesen werden.«

Fehsen nickte.

»Zu Letzteren gehörte dein Vater, aber die Kollegen haben damals natürlich auch von ihm Fingerabdrücke genommen, und als die Technik es möglich machte, wurden die Asservate wieder hervorgeholt, und an zwei Gegenständen, die den Protokollen zufolge nur dein Vater benutzt hatte, wurden DNA-Proben genommen und deinem Vater zugeordnet.«

Er seufzte.

»Wobei es im Fall deines Vaters nicht ganz klar ist, ob ihm damals nichts nachgewiesen werden *konnte* oder ob der ermittelnde Kommissar es nur nicht *wollte.*«

Fehsen nahm Peppino fest in den Blick.

»Der Name dieses Kommissars müsste dir übrigens geläufig sein.«

»Ich nehme an, du meinst Julius Maigert, den Vater von Jochen.«

Daraufhin lächelte Fehsen. Es war ein Test gewesen, und Peppino hatte ihn bestanden.

»Wusstest du, dass dort, wo Sadik gestern sein *Shqipëria* eröffnen wollte, damals der wichtigste Treffpunkt der Bande war, zu der auch dein Vater gehörte?«

»Na ja, Bande …«

»Gang, Kumpane, Kollegen … ganz wie du willst.«

»Das mit dem Treffpunkt habe ich von Maigert senior erfahren«, erzählte Peppino, um das Spielchen abzukürzen. »*Pik Ass* hieß der Schuppen, und Jochens Vater hat damals eine junge Bedienung als Spitzel eingeschleust. Mit der habe ich auch schon gesprochen, sie arbeitet heute als Altenpflegerin in einem Seniorenheim. Mit dem damaligen Wirt der Kneipe hätte ich gern ebenfalls gesprochen, aber das geht nicht. Nach Maigerts Aktion kam der nicht mehr auf die Beine, er lebte nach einer Weile unter der Brücke, und dort haben ihn offenbar einige Jugendliche totgetreten.«

Fehsen nickte anerkennend.

»So schwer war das nicht herauszufinden, das haben mir alles der alte Maigert und die Bedienung von damals erzählt, eine gewisse Pia Wächter. Es kann außerdem auch sein, dass mich die beiden angelogen haben.«

»Nein, das hat schon alles seine Richtigkeit. Wir haben es überprüft, und wir konnten inzwischen auch den Sohn des Kneipenwirts ausfindig machen. Um genau zu sein: Wir kennen seine aktuelle Adresse, aber dort haben wir ihn nicht angetroffen.«

»Glaubst du, der Mord an Sadiks Koch hat irgendeine Verbindung zu diesen alten Geschichten?«

»Kann ich nicht sagen, aber wir gehen allem nach. Der Sohn des toten Kneipenwirts ist verschwunden, der Fahrer des Lieferwagens wurde von Unbekannten niedergeschlagen, jemand hat Sadiks Koch mit bloßen Händen das Genick gebrochen und ihn anschließend in den Grill gepackt. Und dein Vater war zu dieser Zeit vor Ort und hat – wie und warum auch immer – DNA im Lieferwagen und im Bistro hinterlassen. Sonst haben wir noch nicht viel.«

Peppino senkte den Blick.

»Musst du ihn mitnehmen?«, fragte er den Kollegen schließlich.

»Irgendwann vermutlich schon, aber für den Moment reicht es, wenn du mir versprichst, dass er hier bei euch bleibt.«

»Danke«, murmelte Peppino.

»Und du hast mir nicht doch noch etwas zu sagen?«

Für einen Moment weitete der Schreck seine Pupillen, dann hatte sich Peppino wieder unter Kontrolle. Fehsen ließ nicht erkennen, ob er das bemerkt hatte.

»Und?«, fragte er nur, als ihm die Pause zu lang wurde.

»Es gibt ein paar Details, aber ich kann dir nicht sagen, ob die in irgendeiner Verbindung zu eurem Mordfall stehen.«

»Magst du sie mir trotzdem erzählen?«

»Sadik hat einen Tipp bekommen, daraufhin hat er im Stadthafen ein Ladeterminal, es heißt wohl Terminal vier, und eine Lagerhalle beobachten lassen. Dort treffen immer mal wieder Kühlcontainer mit Frachtschiffen ein, und heute Nacht wurde in der Lagerhalle ein Lieferwagen beladen. Er hat sich dann auf eine Liefertour durch die Stadt gemacht, hat gefrorenes Dönerfleisch zu diversen Grillbuden gebracht, darunter auch der Dönergrill in der Nähe des *Shqipëria*.«

Fehsen notierte sich einige Stichworte.

»Wenn's geht, wäre es super, wenn Camilla, also Frau Brown und ich mit ihr reden könnten, bevor ihr sie befragt.«

»Warum das?«

»Sie hat gestern schon mal mit der Frau gesprochen, vielleicht können wir sie dazu bringen, dass sie sich uns gegenüber verplappert.«

»Wann wolltet ihr zu ihr?«

»Eigentlich wollten wir gerade los«, sagte Peppino. »Dann bist du gekommen.«

»Und habe euch ziemlich aufgeregt in eurer Küche angetroffen. Was war denn los?«

Peppino erwiderte Fehsens prüfenden Blick so ruhig wie möglich.

»Na, hör mal«, protestierte er dann möglichst beiläufig. »Da erfahren wir, dass mein Vater nachts im Schlafanzug durch die Stadt fährt, das reicht doch, oder?«

Fehsen wollte gerade noch etwas sagen, da kam Gina Sensoni herein und hielt ihm eine Plastiktüte hin.

»Da ist der Pyjama drin, den Sie ins Labor bringen wollten, Herr Fehsen.«

Der Kommissar nahm die Tüte und erhob sich.

»Danke«, sagte er zu ihr, bevor er sich wieder an ihren Sohn wandte. »Und viel Glück nachher für das Gespräch.«

»Ich halte dich auf dem Laufenden«, versprach Peppino.

»Das wäre gut, für uns alle.«

Fehsen wirkte misstrauisch, aber er sagte nichts weiter, verabschiedete sich und ging durch den Hintereingang hinaus. Peppino begleitete ihn, sah ihm hinterher und zog dann die Tür zu.

Peppino hatte die Plastikdose mit Donatellas kleinem Finger vor Fehsen in seiner Hosentasche versteckt, aber kaum war der Kommissar gegangen, holte er sie wieder hervor.

»Wo können wir dieses Ding denn verstecken?«, fragte Gina Sensoni.

»Kühl halten wäre schon gut, nicht, dass das Ding noch zu riechen anfängt.«

»Okay, ich bringe es in den Kühlraum. Und das Erpresserschreiben?«

»Am besten dazulegen.«

»Und was unternehmen wir wegen Donatella?«, fragte Camilla. »Sollen wir deine Kollegen von der Kripo nicht doch einweihen? Vielleicht finden die Fingerabdrücke auf der Dose oder sonst einen Hinweis, der uns zu ihr führt.«

»Das ist eher unwahrscheinlich. Fehsen hat ja gesagt, dass der oder die Täter im *Shqipëria* Handschuhe getragen haben. Das gilt sicher auch für diejenigen, die Donatella in ihrer Gewalt haben.«

Peppino seufzte.

»Im Moment gibt sich Fehsen damit zufrieden, dass wir auf meinen Vater achtgeben, aber wenn er liest, dass papà ›alles gestehen soll‹, bringt ihn das natürlich noch weit mehr in Verdacht, als er es bisher schon ist. Und ich mag mir gar nicht vorstellen, was es mit papà macht, wenn er in U-Haft muss.«

»Warum soll ich denn in U-Haft?«

Toto betrat die Küche im Morgenmantel und schaute fragend in die Runde. Er erspähte die Plastikdose, bevor seine Frau sie vor ihm verstecken konnte. Ein schneller Griff, und schon betrachtete er den abgetrennten Finger.

»Sagt mal, hat nicht Donatella eine solche Tätowierung an jeder Hand?«

Gina wich seinem Blick aus, Peppino presste die Lippen zusammen und nickte.

»Ist das ein Finger von ihr?«

»Ja, papà.«

»Und wo ist der Rest?«

Peppino zuckte mit den Schultern.

»Und da steht ihr noch hier rum und quatscht?«

Toto brauste auf. Dass die junge Bedienung in Gefahr war oder dass ihr schon Schlimmeres widerfahren sein könnte als die Amputation eines kleinen Fingers, wühlte ihn auf. Dann sah er den Computerausdruck in der Hand seiner Frau.

»Und was ist das da?«

Damit hatte er ihr den Zettel bereits entrissen und las den Text. Als er fertig war, runzelte er ungläubig die Stirn.

»Ich soll gestehen, was ich damals getan habe? Meinen die meine Zeit mit Al und den Jungs?«

»Scheint so.«

»Aber das ist zwanzig Jahre her, wieso jetzt?«

Peppino zuckte erneut mit den Schultern.

»Und was soll ich von heute gestehen? Ich mach doch gar nichts mehr, liege im Bett und sitze tagsüber am Stammtisch oder vor dem Haus unter dem Baum. Und wenn ich mal was mache, vergesse ich es auch gleich wieder. Nicht wahr, Gina?«

Sie hatte sich abgewandt, nun war ein leises Schluchzen zu hören.

»Aber was ist denn, cara mia?«

Er legte ihr eine Hand auf die Schulter, doch sie wich ihm aus.

»Na, so kann das hier ja nicht weitergehen.«

Und noch bevor jemand etwas sagen konnte, stürmte er aus der Küche und riss den Telefonhörer aus der Ladeschale. Erst stutzte Peppino, aber als er begriff, was sein Vater da gerade tat, war es schon zu spät.

»Ciao, papà«, sagte Toto auf Italienisch ins Telefon. »Wir haben ein Problem, da könnten wir deine Hilfe brauchen. Donatella wurde entführt, sie haben ihr einen kleinen Finger abgenommen, und ich soll irgendetwas gestehen, habe aber keine Ahnung, was.«

Er hörte kurz zu. Peppino und die anderen waren inzwischen ebenfalls in den Gastraum geeilt.

»Prima, papà, so machen wir das. Und woran erkennen wir ihn?«

Wieder hörte er zu, dann nickte er.

»Geht klar, grazie.«

Er legte das Mobilteil weg und strahlte die anderen an. Erst dann fiel ihm auf, dass sie ganz blass geworden waren und ihn mit großen Augen anstarrten.

»Was ist denn mit euch los?«, fragte er.

»Hast du gerade Don Armando angerufen?«, wollte seine Frau wissen.

»Aber natürlich. Wozu hat man einen papà mit guten Verbindungen? Er schickt uns jemanden.«

Camilla sah ratlos zwischen den anderen hin und her. Peppino ließ sich auf einen Stuhl am Stammtisch fallen.

»Jetzt«, sagte er mit leiser Stimme, »jetzt könnte es etwas kompliziert werden.«

# 8

Albert Poner war ganz aufgeregt. Gerade hatte er einen Anruf aus Santa Maria di Leuca erhalten. Es war Jahre her, dass er mit Armando Sensoni gesprochen hatte, den daheim in Apulien alle nur Don Armando nannten. Der Alte lebte in einem kleinen Häuschen mit Blick aufs Meer, aber wann immer er Besuch empfing, brachte er seine Gäste gern in einem der Apartments unter, die ihm in Häusern überall in der Stadt gehörten. Womit er so wohlhabend geworden war, wollte man lieber nicht so genau wissen, aber im Süden Apuliens galt er als honoriger Mann, der Freunden half, für wohltätige Zwecke spendete und sonntags auf dem Weg zum Gottesdienst in der Chiesa di Cristo Re den Kindern der Nachbarn über die Haare streichelte.

Don Armando hatte ihm von dem Anruf seines Sohnes erzählt und ihm die Ankunft eines Mitarbeiters angekündigt, der ohnehin gerade in Deutschland für ihn unterwegs war. Der Mitarbeiter würde sich darum kümmern, Donatella zu finden, die hübsche Bedienung der Trattoria *Salento*, die am Vortag entführt worden war. Er beschrieb ihm den Mann, der gern l'Avvocato genannt werden wollte.

Alberts Herz machte einen Hüpfer. Das war wie in den alten Zeiten, als sie sich ebenfalls solche Arbeitsnamen gegeben hatten. Das musste er unbedingt den anderen Jungs erzählen. Ein Profi aus Italien, hier bei Ihnen, nach all der Zeit. Natürlich bot Al dem Don an, dem Avvocato eine Unterkunft zu besorgen, entweder auf seinem Hausboot oder in einer der Wohnungen des Fabrikanten. Aber Don Armando lehnte freundlich ab. Sein Mitarbeiter würde in einem Hotel der Stadt angemessen logieren, darum müsse sich sonst niemand kümmern.

Dann hatte Armando Sensoni aufgelegt. Al Poner hatte noch ein wenig gewartet, bis sich sein Herzschlag wieder etwas beruhigt hatte. Er musste ganz cool wirken, wenn er gleich den anderen Bescheid gab.

»Was können wir für Donatella tun?«, fragte Camilla.

Gina Sensoni hatte ihren Mann nach oben in die Wohnung gebracht. Dort wollte sie ihm eine Tasse Tee zur Beruhigung kochen, und weil das vermutlich nicht reichen würde, hatte sie auch noch eine Flasche Primitivo mitgenommen. Camilla und Peppino saßen am Küchentisch.

»Denn dass du Sadik versprochen hast«, fuhr sie fort, »dich wegen des Mordes an seinem Koch umzuhören, ist das eine – aber deshalb können wir eure Bedienung nicht in den Händen von jemandem lassen, der irre genug ist, ihr einen Finger abzuschneiden.«

»Aber haben wir denn einen Ansatz, eine Idee, wo wir nach ihr suchen könnten?«

»Also«, schlussfolgerte sie, »wenn dein Vater etwas von früher gestehen muss, können wir davon ausgehen, dass er selbst darüber Bescheid weiß. Wer kommt da alles infrage?«

»Die Jungs von Al Poner, der frühpensionierte Kommissar Maigert, die damalige Bedienung Pia Wächter«, zählte

Peppino auf. »Die alten Knaben würde ich ausschließen – ich habe den Eindruck, dass diese Gang noch immer ganz gut zusammenhält.«

»Außer einer derjenigen, die damals ins Gefängnis mussten, neidet es deinem Vater, dass er nicht hinter Gitter musste.«

»Aber warum dann so lange warten? Das ist zwanzig Jahre her, und alle Haftstrafen sind ebenfalls schon seit vielen Jahren verbüßt. Dasselbe gilt für den alten Maigert. Und Pia Wächter wirkte auf mich, als hätte sie aus der damaligen Zeit keine Rechnung mehr offen. Sie schien mit sich und ihrem derzeitigen Leben im Reinen zu sein.«

»Genau. Und auch Ronnie Geyer, der Sohn des verstorbenen Wirts vom *Pik Ass*. Sein Vater wird ihm vielleicht erzählt haben, wieso er seine Kneipe verloren hat. Das hat er sogar sicher getan, er wollte sich ihm gegenüber doch wohl dafür rechtfertigen, dass er die Kneipe nicht mehr hatte und auch sonst keine mehr zum Laufen bekam. Ein Opfer der Umstände, unter die Räder gekommen durch die Tricks eines Polizisten.«

»Und Ronnie Geyer wurde von der Polizei bisher nicht zu Hause angetroffen. Er kann also sonst wo sein.«

»Zum Beispiel hier in der Stadt und vorletzte Nacht vielleicht sogar im *Shqipëria*.«

»Du meinst, er hat sich als Wenne ausgegeben, als alten Kumpel meines Vaters?«

»Kann doch sein. Dein Vater kam damals ungeschoren davon, das findet Ronnie ungerecht und lockt ihn in eine Falle. Das würde dann auch erklären, warum der Erpresser ein Geständnis deines Vaters für damals und für heute will.«

»Aber dieser Ronnie, der sich vielleicht Wenne genannt hat, weiß doch dann, dass mein Vater nichts angestellt hat.«

»Na ja, der weiß, dass dein Vater früher Dreck am Stecken hatte, und womöglich hofft er darauf, dass ihm dann heute keiner seine Unschuld abnehmen wird. Zumal die Polizei ja wirklich seine DNA-Spuren am Tatort gefunden hat.«

»Aber einen Mord zu begehen, nur um ihn meinem Vater anzuhängen – ich weiß nicht recht.«

»Hinter dem Mord muss etwas anderes stecken, das sehe ich genauso. Aber dass der Mörder deinen Vater als Sündenbock nehmen will, das könnte ich mir schon vorstellen.«

»Okay, aber das bringt uns in der Suche nach Donatella keinen Schritt weiter.«

»Das stimmt leider.«

Sie sah ihn lange an, bevor sie ihren Vorschlag machte.

»Wir kennen die Autonummer des Mannes nicht, mit dem Donatella gestern weggefahren ist. Aber wir könnten über deine Kollegen herausfinden, ob die beiden irgendwo unterwegs geblitzt oder von einer Überwachungskamera gefilmt wurden.«

»Die Polizei möchte ich da wirklich raushalten. Überleg doch mal, Camilla, Fehsen hat schon alle Hände voll zu tun, meinem Vater zumindest zunächst die U-Haft zu ersparen. Wenn er den Erpresserbrief sieht, muss er annehmen, dass mein Vater doch etwas angestellt hat. Was sollte er denn sonst gestehen? Und Fehsen muss zu dem Schluss kommen, dass es sich dabei um keine Kleinigkeit handelt. Schließlich wird papà damit erpresst, und einen Finger schneidet man auch niemandem ab, wenn es einem mit der Drohung nicht ernst ist.«

»Aber ohne Hilfe der Polizei ...«

»Warte mal«, unterbrach Peppino sie. »Mir fällt da gerade was ein.«

Er sprang auf, zog das Handy aus der Tasche, tippte einen seiner Kontakte an und drückte den Wählen-Button. Sein Anruf wurde weggedrückt, kurz darauf ging eine Textnachricht ein.

»Kann grad nicht sprechen«, schrieb Sadik. »Fünf Minuten.«

Ungeduldig wartete er auf den Rückruf, der pünktlich erfolgte.

»Sadik, du hast mir heute früh von den alten Knaben erzählt, die du auf Al Poners Hausboot getroffen hast. Da war auch kurz die Rede von einem Computercrack.«

»Willy, ja.«

»Diese Leute wollen dir doch helfen, genauso wie ich. Könntest du mir den Kontakt zu diesem Willy herstellen? Ich hätte Arbeit für ihn.«

Sadik rief Al Poner an, der gab dessen Bitte telefonisch an Willy weiter, und dann klingelte Peppinos Handy. Das dauerte keine zehn Minuten. Auf dem Display wurde keine Nummer angezeigt, aber er konnte sich schon denken, dass es der Computercrack von Poners Jungs war.

»Willy?«, fragte Peppino dennoch.

»Am Apparat«, kam es postwendend zurück.

Die Stimme des Mannes klang relativ jung, er mochte vielleicht in seinen Fünfzigern sein und war damit gewiss das Küken von Als Ganovenclique. Außerdem schlug Willy einen sehr wachen Tonfall an, er schien ehrlich interessiert, womit er dem Sohn von Toto Sensoni helfen konnte.

»Sie sind doch ein Computerexperte.«

»Ich komme zurecht.«

»Wir suchen eine Frau, die verschwunden ist. Es ist eilig, und ich habe Gründe, die Polizei nicht einzuschalten.«

Heiseres Lachen am anderen Ende.

»Haben wir alle, mehr oder weniger«, versetzte Willy. »Aber sind Sie nicht selbst auch Kripokommissar?«

»Derzeit beurlaubt. Und die Entführung dieser jungen Frau ...«

»Geht's um die Bedienung, diese Donatella?«

»Sie wissen Bescheid?«

»Nur das, was ich von Al aufgeschnappt habe. Haben Sie denn schon eine Idee, wo Sie sie suchen könnten?«

»Nein, genau da kommen Sie ins Spiel. Haben Sie Möglichkeiten, an die Aufnahmen von Überwachungskameras heranzukommen?«

»Ich soll Überwachungskameras hacken? Klingt interessant.«

»Ja. Ist das möglich?«

»Natürlich. Sie müssten mir nur sagen, wonach ich suchen soll und in welchem Bereich.«

Seine Mutter hatte ihm beschrieben, was sie sich vom Aussehen des Autos gemerkt hatte, in dem sie Donatella zuletzt gesehen hatte. Auch den Gast konnte sie recht genau beschreiben. Das gab Peppino an Willy weiter, dazu die Uhrzeit, als der Gast mit Donatella die Trattoria verließ, und die Richtung, in die sie davongefahren waren.

»Ich kümmere mich gleich darum«, versprach Willy.

»Vielen Dank.«

»Ich habe zu danken.«

»Wofür?«

»Dass Sie mich um meine Hilfe bitten. Darüber freue ich

mich wirklich. Die Jungs sprechen nur noch von diesem Italiener, der wohl in Kürze eintreffen wird. Er soll Donatella aufspüren, mich hat da irgendwie keiner mehr auf dem Zettel.«

Die nächtliche Dönerlieferung ließ Sadik keine Ruhe. Zur Vorbereitung auf die Eröffnung des *Shqipëria* hatte er Erkundigungen darüber eingezogen, woher die anderen Imbissbetreiber in der Straße ihr Fleisch und ihr Gemüse bezogen. Im Fall der Metzgerei war das keine Frage, und *Hähnchen-Joe* kaufte Geflügel und Schweinehaxen seit Jahren auf dem Großmarkt. Die Familie, die den *Antakya Grill* besaß, kaufte ihre Fleischspieße direkt vom Hersteller. Das war etwas billiger als der Einkauf über seinen Händler Ghazi Ügal, aber weil das *Shqipëria* mit einer deutlich kleineren Menge Dönerfleisch kalkulierte, kam der Direktbezug vom Hersteller einstweilen nicht infrage. Dieser Hersteller hatte seine Produktionsstätte in einem kleinen Vorort, und er genoss einen guten Ruf für seine Fleischqualität und die Verarbeitung. Doch warum ließ sich der *Antakya Grill* Fleischspieße aus der Lagerhalle im Hafen liefern? Er kannte die Betreiberfamilie nur flüchtig, aber nach allem, was er gehört hatte, waren das seriöse Leute, die ihren Kunden keine B-Ware andrehen würden, nur um ein paar Euro zusätzlichen Gewinn zu machen.

Eine Weile ging er in seinem Büro auf und ab, dann beschloss er, Ügal zu fragen. Der musste sich als Händler in der Dönerbranche auskennen, und vielleicht konnte er sogar etwas zu dieser Firma sagen, die sich schiffsweise Lebensmittel aus der Türkei, aus Marokko und Norwegen kommen ließ.

Azi fuhr ihn zu dem Händler, und wie immer, wenn er das protzige Schild von Ügal Enterprises sah, musste er grinsen. Doch die Tür zu Ügals so hochtrabend benannter Klitsche war verschlossen. Sadik beugte sich vor und legte die Hände rechts und links von seinen Augen gegen die Fensterscheibe. Das Büro war tatsächlich leer, aber etwas kam Sadik seltsam vor. Er brauchte einen Moment, bis er begriff, was ihn störte. Ghazi Ügal war kein ordentlicher Mensch, aber so zerwühlt hatte er dessen Büro noch nie gesehen.

Auf seinen Wink hin knackte Azi das Türschloss, und außer der Unordnung in Ügals Büro fiel ihm ein unangenehmer Geruch auf. Metallisch, etwas süßlich – die Blutlache sah er vor sich, als er den Schreibtisch umrundet hatte. Er schätzte die Menge ab, es war eine recht eindrucksvolle Pfütze, aber trotzdem konnte Ügal es noch zum Arzt geschafft haben. Oder er hatte den Notarzt gerufen. Aber was war geschehen, wer hatte ihm die blutende Wunde zugefügt?

Aus den Augenwinkeln bemerkte Sadik eine Bewegung vor Ügals Büro. Er gab Azi ein Zeichen, und dann eilten die beiden Männer ins Freie. In einiger Entfernung spritzte etwas Kies auf, Azi rannte sofort in die entsprechende Richtung. Sadik blieb stehen und schaute sich um. Dann trat er zu einem Bretterverschlag ein paar Meter vom Haupteingang des Gebäudes entfernt und klopfte an.

Erst regte sich nichts, dann ließ sich ein hagerer Junge blicken, der vierzehn oder fünfzehn Jahre alt sein mochte.

Sadik grinste ihn an. Der Junge hatte noch ein paar von den Kieselsteinen in der Hand, mit denen er Azi auf eine falsche Fährte gelockt hatte. Offenbar wusste er nicht recht, was er von dem Mann vor sich halten sollte. Und als Azi wieder zurückkam, nun deutlich langsamer, weil er schon von Weitem gesehen hatte, dass sein Chef mit dem vermeintlich Flüchtenden redete, wurde der Junge nervös und checkte die Umgebung nach Fluchtmöglichkeiten.

»Du hast nichts von uns zu befürchten«, beruhigte Azi ihn, der sie inzwischen erreicht hatte. »Aber es wäre schön, wenn du uns sagen könntest, was hier passiert ist.«

»Ich hab nichts gesehen. Hab ich noch nie.«

»Das ist mir meistens auch am liebsten, aber diesmal wüsste ich doch ganz gern, was du tatsächlich gesehen hast. Herr Ügal …« Er nickte zu dem Büro hin. »… ist ein Lieferant von uns, und wir machen uns Sorgen um ihn. Im Büro ist Blut auf dem Boden.«

»Springt was für mich raus?«

Sadik lachte. Azi schüttelte grinsend den Kopf und streifte wie nebenbei seine Ärmel ein bisschen hoch. Der Blick auf seine gut trainierten Unterarme half oft.

»Jetzt red schon. Ich werde doch nicht nachhelfen müssen, oder?«

»Nein, nein, müssen Sie nicht. Aber viel hab ich wirklich nicht gesehen.«

»Jetzt erzähl schon.«

»Vor etwa zwei Stunden kam ein Lieferwagen, so ein Transporter mit geschlossenem Aufbau und einer Kühlvorrichtung. Zwei Männer stiegen aus und gingen zu Herrn Ügal ins Büro. Dann hörte ich ihn kurz schreien, die Männer kamen wieder raus und fuhren weg. Ich habe gewartet, bis sie mich nicht mehr sehen konnten, dann wollte ich mich um Herrn Ügal kümmern. Aber durchs Fenster konnte ich sehen, dass er ein Papiertaschentuch auf seine

Nase drückte und dass er telefonierte. Kurz darauf kamen die Sanis und nahmen ihn mit.«

»Hast du dir das Kennzeichen des Transporters gemerkt?«

»Natürlich«, sagte der Junge stolz und nannte es ihnen.

Azi sah Sadik an, der nickte kurz, und daraufhin drückte Azi dem Jungen einen Zehner in die Hand.

»Danke für deine Hilfe.«

»Jederzeit wieder.«

Damit flitzte der Junge auch schon davon, den Geldschein fest umklammert. Binnen Sekunden war er irgendwo zwischen den Gebäuden verschwunden, und Azi und Sadik machten sich auf den Rückweg.

»Sollen wir mit einigen unserer Jungs mal zu dieser Lagerhalle fahren und uns um diese Fremden kümmern?«

Sadik schüttelte den Kopf.

»Aber wir dürfen uns von denen nicht zu viel gefallen lassen, Chef.«

Sadik nahm das Handy und tippte eine kurze Nachricht. Als direkt danach der Klingelton ertönte, hob Azi sein Smartphone mit einer Hand hoch und las.

»Find raus, wo Ügal liegt, und lass ihm was bringen.«

»Wird gemacht«, sagte Azi und sah den Chef an.

Der sah plötzlich etwas erschrocken aus und deutete nach vorn. Azi drehte den Kopf wieder und konnte dem Lieferwagen, der ihnen entgegenkam, gerade noch ausweichen.

Nach dem Telefonat mit Willy hatten sie alles für Donatella getan, was ihnen im Moment möglich war. Also beschlossen Camilla und Peppino, mit der Chefin des Dönergrills zu sprechen. Als Camilla und Peppino vor dem Imbiss eintrafen, sahen sie noch das Flatterband vor dem Eingang des *Shqipëria*, aber zumindest von hier aus konnten sie dort keinen Beamten mehr arbeiten sehen. Klaas Pöhlmann war wieder auf der Pirsch, fotografierte Kennzeichen und gab Daten in sein Handy ein. Peppino suchte deshalb besonders gründlich nach einem regelkonformen Parkplatz, und er gab sich auch mehr Mühe als sonst, möglichst gerade einzuparken.

Die Geschäfte des Imbisses florierten. Es war jetzt elf Uhr durch, und vor der Verkaufstheke im Inneren hatte sich eine Schlange gebildet, die bis vor die Tür reichte. Essen wollte Camilla diesmal nichts, aber sie mussten sich notgedrungen anstellen. Und sollten sich weitere Kunden hinter ihnen einfinden, würde sich die Frau wohl kaum Zeit nehmen, mit ihnen zu reden. Doch sie hatten Glück, nach ihnen kam niemand mehr, und die Schlange vor ihnen wurde zügig abgearbeitet. Als die Frau vor ihnen ihre Bestellung in Empfang nahm, wandte sich die Chefin ihnen zu – und der Anblick Camillas verdüsterte ihre Miene schlagartig.

»Wieder einen veganen Döner?«, knurrte sie und machte Anstalten, einen Brotfladen zu erwärmen.

»Nein, heute nichts zu essen, vielen Dank. Wir möchte Sie nur kurz etwas fragen.«

»Zum Reden habe ich keine Zeit.«

Camilla drehte sich theatralisch um.

»Wirklich nicht? Ist doch sonst niemand da.«

»Ich muss hinten alles Mögliche vorbereiten, bis die nächsten Kunden kommen. Tut mir leid.«

Damit fuhr sie herum und machte einige schnelle Schritte auf die Tür zu, die in die anderen Räume führte.

»Müssen Sie nach den Fleischspießen schauen, die heute Nacht geliefert wurden?«

Sie blieb abrupt stehen. Langsam drehte sie sich wieder um.

»Was meinen Sie damit?«

»Na, heute Nacht wurden Ihnen einige Dönerspieße geliefert. Sie haben mit dem Fahrer geschimpft, weil er vor Ihrem Imbiss parken wollte. Daraufhin ist er zum Hintereingang gefahren und hat dort ausgeladen.«

Ihre Miene schwankte zwischen Überraschung und Empörung.

»Spionieren Sie mir nach?«

»Nein, aber Sie und der Lieferant wurden beobachtet.«

Sie straffte sich.

»Wir können uns leider nicht immer aussuchen, wann uns der Hersteller mit frischer Ware beliefert.«

»Die Spieße stammten nicht vom Hersteller, sondern aus einer Lagerhalle im Stadthafen.«

Ihr Unterkiefer klappte nach unten, aber sie hatte sich schnell wieder im Griff.

»Erstens geht Sie das nichts an, und zweitens war die Ware sehr wohl direkt vom Hersteller. Wo der die Spieße zwischendurch lagert, ist nicht meine Sache, Hauptsache, die Kühlkette wird nicht unterbrochen. Und das ist der Fall, die Spieße sind einwandfrei.«

»Die Spieße, die Sie heute Nacht bekommen haben, stammen nicht von einem deutschen Hersteller, sondern wurden aus der Türkei herbeigeschafft, mit dem Lastkahn zu einem Terminal im Hafen gebracht und kamen von dort aus mit einem Lieferwagen zu Ihnen.«

Nun wurde sie doch etwas blass. Um das zu überspielen,

holte sie tief Luft für eine Tirade gegen Camilla, aber die hob nur die Hand und deutete auf Peppino.

»Und das alles interessiert auch meinen Begleiter sehr. Darf ich vorstellen? Kriminalhauptkommissar Giuseppe Sensoni.«

Das war dann doch zu viel für sie. Ihre Schultern sanken, sie presste die Lippen zu einem dünnen Strich zusammen, und langsam taumelte sie zu einem der Tische, die im Raum standen. Dort ließ sie sich auf einen Stuhl nieder und machte eine Geste, dass auch die beiden anderen sich setzen sollten.

Dann erzählte sie. Von den schwierigen Zeiten, in denen alles teurer werde, nur der Döner dürfe nicht das kosten, was er wert sei. Vom Hersteller der Fleischspieße, ihrem regulären Lieferanten, der lange versucht hatte, den alten Preis zu halten, der am Ende aber doch auch eigene Verluste verhindern musste.

»Und dann kam dieser Typ und versprach uns das Blaue vom Himmel«, sagte sie. »Seinen Namen hat er nicht genannt, auch nicht den seiner Firma, aber dafür brauchte er auch keine Rechnung. Und der Preis, den er uns für die Fleischspieße anbot, war der Hammer. Der unterbot unseren bisherigen Lieferanten um mehr als die Hälfte. Selbst wenn ich das wegen der fehlenden Rechnung nicht mehr von der Steuer absetzen konnte, hätte sich das für uns allemal gerechnet.«

»Hätte?«

»Ja, ich habe noch gezögert. Nicht, dass wir wegen der schwarz gelieferten Spieße noch Ärger mit der Polizei bekommen.«

Sie schnaubte.

»Und als ich diesem Kerl sagte, dass ich es mir noch überlegen werde, wurde er plötzlich unangenehm. Ich solle lieber nicht so lange überlegen, meinte er, und das klang für mich wie eine Drohung. Ich habe ihn rausgeschmissen, das war erst vor ein paar Tagen. Und gestern Mittag rief er an und fragte wegen des Angebots nach. Und noch bevor ich irgendetwas dazu sagen konnte, wies er mich darauf hin, dass doch ganz in unserer Nähe erst am frühen Morgen ein Mann auf tragische Weise ums Leben gekommen und tot in seinem Dönergrill aufgefunden worden sei. Und dass er sich da schon Sorgen um meine Familie und mich machen würde.«

Sie sank noch ein wenig in sich zusammen.

»Was hätte ich da machen sollen?«

Der treuherzige Blick, den sie nun Peppino zuwarf, war große Schauspielkunst.

»Und jetzt, Herr Kommissar? Bekomme ich jetzt Ärger? Obwohl ich doch eigentlich nur das Opfer von üblen Machenschaften bin?«

Peppino musste lächeln.

»Ich schlage Ihnen vor, die Spieße, die Ihnen aufgedrängt wurden, im Kühlraum separat zu lagern und sie vor allem nicht zu verwenden. Sie haben doch bisher noch keinen von denen verarbeitet?«

»Wo denken Sie hin, Herr Kommissar! Die Spieße, die wir zum Auftauen vorbereitet haben, reichen mindestens noch bis morgen, erst danach hätten wir einen von den anderen gegrillt.«

»Hätten Sie natürlich nicht.«

»Nicht?«

»Nein, denn Sie haben mir ja alles erzählt, damit wir

diese Typen aus der Lagerhalle dingfest machen können. Richtig?«

»Äh … ich … ja, richtig, absolut richtig.«

»Kollegen von mir werden nachher bei Ihnen vorbeischauen, bitte versuchen Sie sich bis dahin so gut wie möglich daran zu erinnern, wie der Mann mit dem Angebot ausgesehen hat, was er getragen hat, ob Ihnen sonst etwas an ihm aufgefallen ist. Kam er im Auto?«

»Nein.«

»Also haben Sie kein Kennzeichen gesehen. Und der gestrige Anruf?«

»Leider mit unterdrückter Rufnummer. Aber ich kann Ihnen das Kennzeichen des Lieferwagens nennen.«

»Danke, das kennen wir schon. Wie gesagt, versuchen Sie sich an möglichst viel zu erinnern, jedes Detail kann wichtig sein.«

Ein Räuspern direkt hinter ihm ließ Peppino herumfahren. Dort stand Klaas Pöhlmann und sah ungnädig auf ihn herunter.

»Soso«, schnarrte er, »spielen Sie hier wieder den Kripokommissar?«

Die Imbisschefin riss die Augen auf.

»Spielen? Wieso spielen?«

»Dieser Herr hier war mal Kripokommissar, aber er ist im Moment beurlaubt, außer Dienst. Falls er Sie also etwas gefragt hat, dann nicht als Polizist, sondern als Privatperson.«

Sie sprang auf und bebte vor Zorn.

»Raus hier, aber sofort!«

Peppino und Camilla erhoben sich ohne Eile.

»Befolgen Sie trotzdem meinen Rat«, sagte er noch. »Auf diese Weise kommen Sie am besten aus der Sache heraus.«

»Raus!«

Sie blieb stocksteif stehen, mit ausgestrecktem Arm, bis die beiden den Imbiss verlassen hatten.

»Ich störe ja nur ungern«, warf Pöhlmann nach kurzem Warten ein, »aber wären Sie so freundlich, mir einen Döner zu machen? Mit allem und scharf.«

Im ersten Moment war im Wagen nur Azis Fluchen zu hören. Er schimpfte wie ein Rohrspatz und drohte dem Fahrer des Lieferwagens, mit dem er gerade um ein Haar zusammengestoßen wäre, mit der Faust. Dabei hätte Azi diesen Unfall selbst verschuldet, weil er zuvor zu lange erst auf sein Handy und dann zu seinem Beifahrer geschaut hatte.

Doch noch im Fluchen und Schimpfen begriff er, welcher Lieferwagen da gerade an ihm vorbeigeflitzt war, und schon quietschten die Reifen. Der Wagen kam durch die Vollbremsung leicht ins Schlingern, und bevor das Auto ganz zum Stillstand gekommen war, riss Azi auch schon das Lenkrad herum, gab wieder Gas und folgte dem anderen Fahrzeug.

Der Transporter hatte inzwischen vor Ügals Büro angehalten. Azi ließ seinen Wagen wenige Meter dahinter ausrollen und stieg aus. Wie aus dem Nichts stand plötzlich der Junge von vorhin neben ihm.

»Das ist nicht der Transporter, mit dem die Schläger zu Herrn Ügal kamen«, sagte er.

»Ich weiß«, antwortete Azi und ging neben Sadik auf den Lieferwagen zu.

Dessen Fahrer war inzwischen ausgestiegen und sah verblüfft die Tür von Ügals Büro offen stehen.

»Herr Brodtbeck?«

Der Fahrer wandte sich um und sah Azi auf sich zukommen, den er vor einigen Tagen in einer Besprechung wegen der anstehenden Lieferungen ans *Shqipëria* kennengelernt hatte. Neben ihm stand dieser seltsame Typ, Azis Boss, der nie sprach und seine Leute mit Textnachrichten und Gesten kommandierte. Auch in der Besprechung hatte er nur stumm dagesessen, hatte mal genickt oder den Kopf geschüttelt, wenn Azi ihn vor einer Entscheidung kurz ansah.

»Wissen Sie, was hier passiert ist?«, fragte Bernd »Brot« Brodtbeck.

Er fasste kurz zusammen, was ihm der Junge vor ein paar Minuten erzählt hatte. Brot musterte den Buben, der in Hörweite stand und aufmerksam lauschte, dann ließ er den Kopf hängen.

»Nicht gut für mich«, brummte er. »Erst werde ich überfallen, dann untersucht die Kripo meinen Lieferwagen, und jetzt habe ich ihn zwar wieder, aber mein einziger Auftraggeber liegt im Krankenhaus.«

Sadik und Azi wechselten einen kurzen Blick.

»Das ist natürlich Pech«, sagte Azi. »Wie viel geht Ihnen denn am Tag durch die Lappen?«

Er nannte eine Summe, Azi lächelte gequält. Brot korrigierte sich daraufhin um fast die Hälfte nach unten.

»Mein Chef, Herr Sadik, möchte Ihnen gern einen Vorschlag machen.«

Brot schaute zu dem anderen, aber es sprach weiterhin nur Azi.

»Wir werden unser Bistrogrill hoffentlich bald trotz aller Widrigkeiten eröffnen können. Da wäre ein Lieferservice sicher eine gute Ergänzung, und frische Ware brauchen wir auch laufend. Hätten Sie Lust, für uns als Fahrer zu arbeiten? Die Ware könnten Sie mit Ihrem Kühltransporter vom Händler oder vom Hersteller bringen, und für das Ausliefern könnten Sie einen Kleinwagen nehmen, den wir Ihnen stellen.«

»Klingt gut. Aber was mache ich bis dahin?«

»Auch da gibt es eine Möglichkeit. Sie werden wahrscheinlich nur ein, zwei Stunden Ihrer Zeit opfern müssen, und wir bezahlen Ihnen drei Tagessätze.«

»Das klingt gut.«

Brot strahlte.

»Sehr gut, sogar. Was muss ich tun?«

Auf dem Weg zurück zum Auto checkte Peppino sein Handy zum ersten Mal, seit sie sich vor der Dönertheke angestellt hatten. Eine Nachricht von Sadik war eingegangen.

»Ügal wurde verprügelt, liegt im Krankenhaus.«

Eine aufgedrängte Lieferung für den *Antakya Grill*, ein verprügelter Dönerhändler – die neuen Betreiber des Terminals im Hafen machten Nägel mit Köpfen. Er rief Fehsen an und berichtete ihm, was er soeben von Sadik erfahren hatte. Der Kommissar wirkte nicht sehr überrascht.

»Die Kollegen sind schon dran an dieser Firma, aber bisher haben sie nicht viel über sie herausgefunden. Scheint ein ziemlich verschachtelter Konzern zu sein. Die Kühlcontainer und die entsprechende Ausstattung der Lagerhalle deuten auf Lebensmittel hin.«

»Die Ware, die sie sich über den Fluss liefern lassen, stammt ursprünglich aus dem Südosten der Türkei – da könnten die Döner herstammen, die sie hier in den Markt drücken wollen.«

Er erzählte, was sie von der Betreiberin der Dönerbude erfahren hatten und was die Chefin sehr wahrscheinlich behaupten würde.

»Können wir gern so stehen lassen«, sagte Fehsen. »Ich habe kein großes Interesse daran, den Imbissbetrieben in unserer Stadt Schwierigkeiten zu machen.«

»Weitere Ware bekommen die neuen Nutzer des Terminals meinen Informationen zufolge aus Tétouan, einer Stadt im Norden von Marokko, und von der norwegischen Atlantikküste.«

Fehsen dachte kurz nach.

»Du meinst, wir dürfen uns nicht nur auf Dönerspieße freuen, die halb Europa bereist haben, sondern auch auf frisch gepulte Nordseekrabben und auf Lachs aus Aquakultur?«

Das deckte sich mit dem, was Peppino über die Herkunftsorte der Lieferungen herausgefunden hatte.

»Klingt sehr lecker, und danke für die Infos.«

Peppino hatte das Gespräch kaum beendet, da kam ein weiterer Anruf rein. Willy meldete erste Ergebnisse.

»Donatella und ihr Entführer haben es mir relativ leicht gemacht, wobei sie das wahrscheinlich nicht ahnen können. Es gibt auf der ganzen Strecke, die sie gefahren sind, keine öffentliche Überwachungskamera, aber ich habe mich mit dem Auto auf ihre Fährte gesetzt. Und mit einem geübten Blick erkennt man die privaten Kameras, die an Ladengeschäften und an einigen Privathäusern angebracht sind. Ich kann jetzt die ganze Strecke rekonstruieren, aber Sie interessiert vermutlich vor allem die Adresse des Hauses, in dem die Reise endete.«

»Die haben Sie rausgefunden?«

»War kein großes Ding. Die letzten Aufnahmen stammen übrigens vom Nachbarhaus gegenüber. Da ist die Limousine des Entführers zu sehen, bevor sie in der Tiefgarage verschwindet. Ich gebe Ihnen gleich das Kennzeichen des Autos durch und die Adresse des Hauses. Ich kann nicht versprechen, dass sich Donatella wirklich noch drin aufhält, aber bisher bin ich nicht auf Bilder gestoßen, die sie oder den Typen oder die Limousine zeigen, wie sie das Gebäude oder die Tiefgarage wieder verlassen. Ich bleibe dran und melde mich, wenn ich das restliche Material gesichtet habe.«

»Vielen Dank, Willy. Wir sind gerade mit dem Auto unterwegs, und sobald Sie mir die Adresse durchgegeben haben, fahren wir hin.«

»Wollen Sie nicht lieber Verstärkung mitnehmen? Al ist sicher ganz scharf drauf, da mitzumischen, und Ihr Sadik hat ja auch einige Leute an der Hand. Übrigens ist inzwischen auch der Italiener eingetroffen. Mindestens von ihm sollten Sie sich helfen lassen. Nach allem, was ich gerade von Al gehört habe, scheint das wirklich ein Profi zu sein.«

»Danke, ich denke darüber nach.«

»Ach, noch was. Sitzt Frau Brown neben Ihnen?«

»Ja, wieso?«

»Sie kennt das Haus schon, in das Donatella gefahren wurde. Gestern Abend hat sie Pizza dorthin geliefert.«

Camilla, die dank der Freisprecheinrichtung alles mit anhören konnte, riss die Augen auf und schlug die Hand vor den Mund.

»Das war garantiert dieser seltsame Typ«, murmelte sie, »der mich die Pizzakartons an der Tür hat ablegen lassen.«

Aus dem, was ihm Azi erzählt hatte, war Brodtbeck nicht ganz schlau geworden. Es gehe in dieser Lagerhalle im Stadthafen nicht alles mit rechten Dingen zu, hatte Azi gemeint, und er solle dort fragen, ob noch Fahrer mit eigenem Kühltransporter gesucht wurden. Bei dieser Gelegenheit solle er einfach Augen und Ohren offen halten und ihnen hinterher jedes Detail berichten, das ihm in der Halle und drum herum aufgefallen sei. Und falls er als Fahrer genommen werde, dürfe er den Verdienst daraus einstreichen, zusätzlich zu dem Geld, das Azi ihm vor der Abfahrt schon mal in bar in die Hand gedrückt hatte.

Die Lagerhalle hatte er bald erreicht, aber keines der Zufahrtstore war offen, und auch die Tür, zu der eine schmale Treppe hinaufführte und hinter der er ein Büro vermutete, war verschlossen. Also kehrte Brot zu seinem Fahrzeug zurück, um sich der Halle von der anderen Seite her zu nähern. Er kam an dem alten Hausboot vorbei, das ihm Azi beschrieben hatte. Neben der Gangway, die ins Boot hinaufführte, stand eine teure Limousine, in der ein Mann in einer Art Uniform saß. Im Rückspiegel sah er, wie der Chauffeur ausstieg und die Gangway hinaufeilte.

Hatte das etwas mit ihm zu tun? Darum konnte er sich jetzt nicht kümmern, er musste sich auf das Gespräch mit den Betreibern des Terminals konzentrieren und darauf, alles genau zu inspizieren.

Nach einigen Hundert Metern stellte er seinen Lieferwagen auf der Hafenseite der Lagerhalle ab. Auch hier waren alle Türen zu, und hinter keinem der Fenster, durch die er spähte, konnte er eine Bewegung oder eine Silhouette sehen. Doch noch bevor er eine der Türen erreichte, um auszuprobieren, ob sie vielleicht nicht verschlossen war, ließ sich auf dem Frachter, der am Terminal vor Anker lag, ein Mann blicken. Brot begann sofort damit, sich alles einzuprägen, was er Azi später über diesen Kerl berichten wollte. Um die vierzig, sehr muskulös, und der Blick, den er Brodtbeck zuwarf, wirkte nicht allzu freundlich.

»Was gibt's?«, schnauzte er ihn an, während er lässig über die Bordwand des Lastkahns sprang.

»Ich habe einen Kühlwagen, und mir wurde gesagt, hier werden Fahrer gesucht.«

»So, wurde dir das gesagt?«

Das Muskelpaket musterte ihn.

»Von wem?«

»Ach, ein entfernter Bekannter.«

»Soso.«

Er deutete zu dem Transporter hin.

»Kühlung funktioniert?«

»Natürlich, alles top in Schuss.«

»Und wieso hast du dann nicht sowieso schon mehr Aufträge, als du fahren kannst? Ich habe den Eindruck, als Fahrer mit Kühltransporter kannst du dir in dieser Stadt die Jobs aussuchen.«

»Konnte ich bisher, aber mein bisheriger Chef fällt bis auf Weiteres als Auftraggeber aus. Liegt im Krankenhaus.«

Brot hatte entschieden, so weit wie möglich bei der Wahrheit zu bleiben. Je weniger er log, desto geringer war die Gefahr, dass er sich in eine Geschichte verrannte, die er sich womöglich nicht lange genug merken konnte.

»Für wen bist du bisher gefahren?«

»Ghazi Ügal, der handelt mit Fleisch, Geflügel, Rinderhälften, Döner vor allem.«

Der Muskelprotz blinzelte kurz, aber Brot bemerkte es nicht.

»Ügal? Und warum ist der im Krankenhaus?«

»Wurde verprügelt, erst heute. Es wird etwas dauern, bis er mir wieder Aufträge geben kann.«

»Und da dachtest du, jetzt fragst du bei uns mal, ob wir jemanden brauchen können.«

»Genau.«

»Weil dir das dein Bekannter erzählt hat.«

»Ja.«

Brodtbeck wurde etwas nervös, weil er befürchtete, der andere könnte noch einmal wegen des erfundenen Bekannten nachbohren. Aber er musterte ihn nur.

»Kennst du unsere Firma?«

Welche Antwort wollte der Typ jetzt hören? Brot beschloss, die Wahrheit zu sagen.

»Nein, bisher nicht. Aber mein Bekannter ...«

»Schon recht. Du siehst ja an der Halle, dass wir nicht so ein Gewese machen um unseren Firmennamen. Die Halle trägt keine Aufschrift, und das müssen unsere Lieferwagen auch nicht. Von daher passt deine weiße Kiste ohne Aufschrift ganz gut.«

Er sah ihn noch einmal genau an, Brot begann unter dem prüfenden Blick zu schwitzen.

»Kennen wir uns eigentlich? Haben wir uns schon mal gesehen?«

Brot schüttelte sofort den Kopf.

»Nein«, sagte er dann noch, »nicht dass ich wüsste.«

Noch ein prüfender Blick, dann klatschte der Muskelprotz dem anderen auf die Schulter.

»Dann fang doch gleich morgen bei uns an. Im Moment

ist außer mir niemand da, hier ist eher nachts und frühmorgens Betrieb. Kannst du um halb drei da sein?«

»Klar.«

»Dann besprechen wir die Konditionen, und wenn das für dich passt, kannst du auch gleich die erste Fuhre rausbringen.«

Er nickte ihm zum Abschied zu und ging zu der Tür, die Brot hatte überprüfen wollen. Als der Muskelprotz die Klinke in die Hand nahm, drehte er sich noch einmal zu Brodtbeck um und grinste. Offenbar wartete er darauf, dass sein neuer Fahrer das Firmengelände jetzt verließ. Brot stieg ein, winkte dem anderen, dann stieß er zurück, drehte um und fuhr davon. Im Rückspiegel sah er den anderen in die Halle gehen.

Und Brodtbeck wusste nicht, ob er enttäuscht oder zufrieden sein sollte. Er hatte den Job, aber außer dem Aussehen eines Mannes konnte er Azi nichts beschreiben. Kurz darauf, er hatte das Terminalgelände eben erst hinter sich gebracht und sah die Halle nur noch klein im Rückspiegel, war er heilfroh, dass das Gespräch nicht länger gedauert hatte.

Ihm kamen zwei zivile Kombis und vier Streifenwagen entgegen.

Brot achtete penibel auf das Einhalten der Höchstgeschwindigkeit, als ihn die Polizeifahrzeuge passierten. Danach wurde er etwas langsamer und behielt über den Rückspiegel im Blick, was vor sich ging. Die Streifenwagen verteilten sich links und rechts der Straße, eines der beiden zivilen Autos hielt neben einem Streifenwagen, der andere fuhr bis zur Lagerhalle.

Hoffentlich versauen mir die Bullen meinen Job nicht, dachte Brot, dann nahm er die nächste Kurve und legte sich die kürzeste Strecke zu dem Gewerbegebiet zurecht, das ihm Azi genannt hatte und wo er schnellstmöglich Bericht erstatten sollte, sobald etwas zu berichten war.

Fehsen hatte den Fahrer des Lieferwagens als Erster erkannt.

»Das war doch dieser Brodtbeck«, sagte er zu Aglaia Bommers, die am Steuer saß. »Wieso fährt der in den Stadthafen, kaum dass er seinen Transporter zurückhat?«

Er sah nach vorn, wo ihr Ziel, die Lagerhalle, verlassen wirkte.

»Und kann es wirklich Zufall sein, dass er uns auf einer Straße entgegenkommt, die zu dieser seltsamen Logistikfirma führt?«

»Eher nicht«, antwortete Bommers und setzte den Kombi neben einen der Streifenwagen.

Fehsen ließ das Seitenfenster herunter.

»Kollegen, könnt ihr bitte dem Lieferwagen folgen, der uns gerade entgegengekommen ist? Ich muss wissen, wo der hinfährt. Und es wäre gut, wenn er euch nicht bemerken würde.«

»Geht klar«, sagte der uniformierte Fahrer und sah in den Seitenspiegel. »Ich warte nur noch kurz, bis er um die nächste Kurve verschwunden ist.«

Aglaia Bommers fuhr das letzte Stück bis zur Lagerhalle. Sie stiegen aus und gingen mit Jochen Maigert, der schon auf sie gewartet hatte, zu der Tür, die am ehesten wie der Eingang zu einem Büro wirkte.

»Nicht auch noch die Bullen!«, stöhnte der Muskelprotz und setzte das Fernglas ab.

»Glaubst du, dass die uns dieser Lieferfahrer auf den Hals gehetzt hat?«

»Nein. Jedenfalls hat er nicht angehalten, als sie ihm begegnet sind. Ich konnte auch nicht erkennen, dass er ihnen ein Zeichen gegeben hat. Und der Streifenwagen, der jetzt hinter ihm herfährt, scheint ihn beschatten zu wollen. Wahrscheinlich haben die keine Ahnung, was er hier wollte.«

»Hoffen wir es. Dann lass uns lieber mal in Deckung gehen. Ich habe im Moment keine Lust, mit der Polizei zu reden.«

Sie verließen den Büroraum, gingen zügig die Treppe ins Erdgeschoss hinunter und zogen sich in die Waschräume zurück. Von hier aus konnten sie jeden beobachten, der sich Zugang zur Halle verschaffte. Von außerhalb des Gebäudes konnte sie niemand sehen, und solange sie kein Licht einschalteten, musste die Halle verlassen wirken. Und falls jemand die Halle betreten sollte, konnten sie über eine schmale Treppe in den Keller hinunter und von dort aus zu einer versteckten Tür in einem kleinen Anbau gelangen.

# 9

Camilla war sehr dafür, dass sie mit Unterstützung zu dem Haus fuhren, in dem Donatella mutmaßlich gefangen gehalten wurde. Peppino war nicht wirklich dagegen, allerdings war er unschlüssig, wen er gern dabeihätte.

»Die alten Knaben von Al Poner, die sich Jungs nennen, möchte ich lieber nicht mitnehmen. Nachher hat noch einer einen Bandscheibenvorfall und stöhnt im falschen Moment auf. Und mit Willy, dem IT-Crack, haben wir uns vermutlich schon die Rosine aus dieser Gang herausgepickt.«

»Die Polizei willst du raushalten. Dann also eher Sadik mit seinen Handlangern?«

»Ich weiß nicht recht. Er hat eher Leute fürs Grobe. Wie geschickt die sind, sich anzuschleichen und jemanden zu befreien, kann ich nicht einschätzen.«

»Bleibt noch dieser Italiener, den dein Großvater geschickt hat.«

»Das ist ein einzelner Mann, Camilla.«

»Dein Großvater scheint viel von ihm zu halten. Und Albert Poner war auch ganz angetan von ihm, du hast Willy doch gehört.«

»Aber ich weiß auch nicht … Die Polizei halte ich raus, dafür nehme ich einen von der Mafia mit, oder was auch immer das für ein Typ ist? Womöglich ist es ein Auftragskiller, der einfach nur dafür sorgen will, dass es keine Zeugen gegen meinen Vater gibt. Keine *lebenden* Zeugen.«

Er sah nicht begeistert aus.

»Außerdem sind wir gleich da.«

Peppino deutete auf das Navi, das nur noch wenige Hundert Meter Entfernung angab.

»Ich schau schon mal nach einem Parkplatz, dann gehen wir den Rest zu Fuß. Das ist sicher weniger auffä…«

Ein schwarzer Sportwagen flitzte mit hoher Geschwindigkeit an ihnen vorbei, zog so scharf nach rechts, dass Peppino im Reflex das Bremspedal trat, um einen Zusammenstoß zu vermeiden. Nun bremste auch der Sportwagen, bis sie hintereinander am Straßenrand zum Stehen kamen.

»Was ist das denn für ein …?«

Peppino war stinksauer, aber Camilla beobachtete gespannt, wie die Fahrertür des Boliden aufschwang. Erst war ein Hosenbein zu sehen, dann ein zweites, die Strümpfe farblich passend und die Füße in teuer aussehenden Lederschuhen. Der Mann, der da vor ihnen recht schwungvoll aus seinem Fahrzeug stieg, die Tür beiläufig zuschlug und ganz entspannt auf sie zukam, war vielleicht eins achtzig groß und schlank. Sein Jackett saß am Oberkörper und an den Schultern etwas straff und beulte sich über der linken Hüfte ein wenig aus. Darunter verbargen sich vermutlich austrainierte Muskeln und eine Schusswaffe. Schick gekleidet, sportlich und mit einem markanten, durchaus attraktiven Gesicht – der Mann vor ihnen erfüllte jedes Klischee eines erfolgreichen Auftragskillers. Nur die Sonnenbrille fehlte.

Wie auf Kommando zauberte der Mann in diesem Moment eine Sonnenbrille aus seinem Jackett hervor, klappte die Bügel mit einer eleganten Bewegung auf und schob sie sich auf die Nase.

»Signora Brown? Signore Sensoni?«

Peppino schnaubte genervt. Der andere schien es nicht zu bemerken und schenkte Camilla ein umwerfendes Lächeln.

»Schön, dass ich Sie noch antreffe, bevor Sie das Haus erreichen. Ich wurde informiert, dass dort möglicherweise Donatella festgehalten wird, womit Don Armando nicht einverstanden ist, wie Sie sich denken können. Immerhin ist sie die Tochter eines wichtigen Geschäftspartners, und Don Armando hat Verantwortung für das Mädchen übernommen, als er sie zu Ihnen nach Deutschland geschickt hat.«

Seine Stimme hatte einen warmen Klang, sein Deutsch war perfekt, ein italienischer Akzent kaum auszumachen. Inzwischen lag seine linke Hand lässig auf seiner Hüfte. Darunter steckte vermutlich eine Pistole in ihrem Holster. Peppino kam eine Redewendung in den Sinn, die meistens Al Capone zugeschrieben wird.

Man kommt mit einem freundlichen Wort und einer Waffe weiter als mit einem freundlichen Wort allein.

»Wenn Sie einverstanden sind«, fuhr er fort, »schlage ich vor, dass wir die Autos hier stehen lassen und den Rest des Weges zu Fuß gehen.«

Und wenn wir nicht einverstanden sind, wird es trotzdem so gemacht, dachte Peppino, schwieg aber.

Camilla und Peppino stiegen aus.

»Sie sind l'Avvocato?«, fragte Peppino.

Sein Tonfall war etwas gereizt, er wollte wenigstens ein wenig auf Krawall gebürstet bleiben, um einen letzten Rest Würde zu bewahren.

»Ja, so können Sie mich gern nennen.«

»Und warum dieser Name? Haben Sie Jura studiert?«

»Ein wenig«, antwortete er lächelnd. »Aber inzwischen halte ich mich lieber von allen fern, die länger Jura studiert haben als ich.«

Camilla fand seine Bemerkung offenbar witzig, was Peppinos Laune weiter verschlechterte.

»Gut, Herr Anwalt«, sagte er, »wie gehen wir vor?«

»Um ehrlich zu sein, arbeite ich am liebsten allein. Aber da Sie nun schon mal hier sind, möchte ich Sie bitten, sich noch ein wenig Zeit zu lassen. Ich würde mich auf einem kleinen Umweg dem Zielgebäude nähern. Wenn Sie hier entlangschlendern, sollte ich kurz vorher dort eintreffen. Dann werden derjenige oder diejenigen, die Donatella in ihrer Gewalt haben, von Ihnen abgelenkt, und mir fällt es noch etwas leichter, sie zu überrumpeln.«

Prima, der lässt uns als Köder aufs Haus zutrampeln, zu mehr sind wir in seinen Augen offenbar nicht zu gebrauchen.

Etwas anders, um einiges heldenhafter hatte sich Peppino seinen Auftritt in dieser Situation schon vorgestellt, aber Camilla ließ ihm gar keine Zeit zu protestieren.

»Klingt vernünftig, so machen wir das.«

Peppino funkelte sie wütend an, aber Camilla achtete gar nicht auf ihn. Sie warf dem Avvocato einen Blick zu, der ihm einen gehörigen Stich versetzte, und als er sich zwischen zwei Gärten in die Büsche schlug und kurz darauf nicht mehr zu sehen war, schaute sie ihm so bewundernd hinterher, dass in ihm noch mehr Wut aufstieg.

»Genug geschaut?«, maulte er und marschierte los.

»Was soll das denn jetzt wieder?«, fragte sie. »Und renn nicht so. Du hast doch gehört, was er gesagt hat: Wir lenken diese Typen ab, und er überwältigt sie. Dafür dürfen wir natürlich das Haus nicht allzu lange vor ihm erreichen.«

Insgeheim gefiel es ihr allerdings, dass Peppino es nicht mochte, wenn sie dem Avvocato zu lange hinterherschaute. Das war grundsätzlich kein schlechtes Zeichen.

Sie waren von ihrem Ziel noch zwei Gebäude entfernt, als Peppinos Handy klingelte.

»Peppino!«, tadelte Camilla ihn. »Das Gerät musst du schon auf stumm schalten.«

»Schon recht«, erwiderte er.

Peppino blieb stehen und nahm das Telefonat an. Willy war dran.

»Ich bin nun mit allen Aufnahmen durch. Donatella hat das Haus nicht mehr verlassen, sie müsste noch drin sein.«

»Und der Typ, der sie entführt hat?«

»Ist einmal aus der Tiefgarage gefahren und kam nach einer Weile zurück. Das war heute sehr früh am Morgen, vermutlich hat er den abgetrennten Finger zur Trattoria gebracht. Seither hat niemand das Gebäude verlassen oder betreten.«

»Gibt es keinen Hintereingang?«

»Doch, nach hintenraus geht es durch mehrere Gärten, aber auf keinem der Wege kommt man durch, ohne mindestens einer Kamera vor die Linse zu laufen. Die Leute hier scheinen sehr viel Angst vor Einbrechern zu haben. Moment, da ist …«

Peppino lauschte, es dauerte ein paar Sekunden, bis sich Willy wieder meldete.

»Sagen Sie mal, haben Sie den Avvocato inzwischen getroffen?«

»Gerade eben.«

»Ist das ein sportlicher, schlanker Typ im teuren Anzug?«

»Ja, wieso?«

»Der ist gerade hinter dem Haus eingetroffen und scheint auf etwas zu warten.«

»Auf uns, vermutlich«, knurrte Peppino, drückte das Gespräch weg und wandte sich an Camilla. »Dein Held ist in Position, wir können mit dem Ablenken beginnen.«

»Stumm schalten«, sagte sie nur und deutete auf sein Handy.

Er tat ihr den Gefallen, steckte das Smartphone weg, und dann machten sie sich auf den Weg. Langsam schlenderten sie auf das Haus zu. Camilla drückte die Türklingel, und kurz darauf bemerkten sie eine Bewegung hinter einem der Fenster.

»Ja, bitte?«

Die Stimme aus der Sprechanlage war kaum verzerrt, und Camilla erkannte sie sofort wieder. Sie nickte Peppino kurz zu und beugte sich zum Mikrofon hinunter.

»Vielleicht erinnern Sie sich, ich war gestern hier und habe Ihnen Pizza geliefert.«

»Okay. Falls das eine dieser Umfragen ist: Die Pizzen haben sehr gut geschmeckt.«

»Das freut mich, aber mir lässt ihr allzu großzügiges Trinkgeld keine Ruhe.«

Peppino sah sie fragend an, aber sie winkte nur kurz ab.

»Äh …«

Auch der Mann im Haus wusste offenbar nicht, was er darauf sagen sollte.

»Ich möchte Ihnen gern noch etwas zurückgeben. Jetzt habe ich kleinere Scheine, die hatte ich gestern nicht dabei.«

»Und dafür haben Sie sich extra Verstärkung mitgebracht?«

Camilla hatte inzwischen die Kamera entdeckt, die auf sie gerichtet war.

»Das ist Signore Sensoni, der Chef der Trattoria, für die ich die Pizzen geliefert habe.«

»Die Trattoria hieß nicht Sensoni, und ich weiß auch gar nicht, was das alles soll.«

Er verlor hörbar die Geduld, aber Camilla wollte ihn unbedingt so lange wie möglich an die Sprechanlage binden. Sie stellte sich vor, dass er dazu den Blick auf das Display der Kamera richtete und deshalb mit dem Rücken zum Inneren des Hauses stand. Und von dort musste eigentlich jeden Moment der Avvocato über ihn herfallen.

»Sie haben recht, die Trattoria heißt nicht Sensoni, sondern *Salento*. Aber die Familie, die sie betreibt, heißt Sensoni und …«

»Jetzt hören Sie endlich auf mit diesem Mist! Sie dürfen davon ausgehen, dass ich in dieser bescheuerten Pizzeria …«

»Trattoria«, fiel Camilla ihm ins Wort, um noch ein, zwei Sekunden zu schinden.

Wann kam denn endlich der Avvocato? Wieso brauchte der so lange?

»Von mir aus auch Trattoria«, schimpfte der Mann im Haus weiter. »Jedenfalls werde ich dort nie wieder etwas bestellen. Und jetzt stehlen Sie nicht länger meine Zeit.«

»Aber ich …«

Jetzt sagte er nichts mehr, aber er hatte nicht eingehängt. Aus dem Lautsprecher der Sprechanlage waren mehrere dumpfe Geräusche zu hören, ein Stöhnen vielleicht, aber da war Camilla nicht ganz sicher.

Fehsen ging voran. Die Tür, zu der eine Stahltreppe hinaufführte, war verschlossen. Es gab zwei Fenster, durch die sie tatsächlich einen Büroraum sehen konnten. Der war aber menschenleer. Es war auch kein Computer eingeschaltet, und eine weitere Tür, die nach hinten in die Halle führte, war zu. Die Halle selbst lag dahinter im Dämmerlicht, auch dort konnte Fehsen niemanden sehen, sosehr er sich auch konzentrierte.

»Und jetzt?«, fragte Maigert. »Gehen wir rein?«

»Ungern. Mir wäre lieber, die Hausherren würden uns reinlassen. Scheint aber niemand da zu sein.«

Maigert tippte gegen den Schließzylinder der Eingangstür.

»Das Schloss hier kostet mich keine zwei Minuten.«

»Schon gut, Jochen, aber das lassen wir lieber. Wir haben die Firma in Verdacht, dass sie mit unsauberen Methoden im hiesigen Fast-Food-Markt Fuß fassen will. Der Laden gehört außerdem zu einem verschachtelten Konzern. Solche Firmen haben oft sehr gewiefte Anwälte. Da sollten wir nicht riskieren, dass alles, was wir mit etwas Glück hinter dieser Tür finden, vor Gericht nicht verwertet werden darf.«

»Dann holen wir uns einen Durchsuchungsbeschluss?«

»Mit welcher Begründung? Herr Richter, die haben nachts Döner geliefert, da ist doch was faul ...«

Er lachte trocken. Maigert wirkte beleidigt. Fehsen lächelte ihn aufmunternd an.

»Wir werden wohl ein anderes Mal wiederkommen müssen«, sagte er. »Aber für alle Fälle sollen unsere uniformierten Kollegen mal um die Halle herumfahren und sich auf dem Terminal umsehen. Das sollen sie ruhig auffällig machen, und es kann sicher nicht schaden, wenn sie das Blaulicht dazu kreisen lassen.«

Maigert stutzte.

»Wenn wirklich niemand da ist«, erklärte Fehsen grinsend, »dann stört das ja keinen. Und falls sich in der Halle doch jemand vor uns versteckt, bringt es vielleicht deren Fantasie ein bisschen auf Trab.«

Nun grinste auch Maigert. Er richtete den Kollegen Fehsens Auftrag aus und wollte einstweilen hierbleiben, in der Hoffnung, dass das Blaulicht vielleicht doch noch jemanden aufschreckte.

Und als Fehsen sich auf den Beifahrersitz fallen ließ, während Bommers hinter dem Steuer auf seine Anweisung wartete, was als Nächstes zu tun sei, kam die Meldung des Streifenwagens, der Brodtbeck verfolgt hatte. Fehsen hörte zu und bedankte sich. Er wirkte nun sehr nachdenklich.

»Der kommt von der Lagerhalle, wo er vermutlich auch niemanden angetroffen hat, so wie wir, und danach fährt er schnurstracks in den Boxclub von Sadik, dessen Koch ermordet wurde. Sieht ganz danach aus, als habe Sadik den Fahrer auf die Firma angesetzt, die das Terminal und die Halle betreibt.«

»Ob er diese Leute im Verdacht hat, dass sie seinen Koch auf dem Gewissen haben?«

»Kann sein. Auch Sadik will in seinem Bistro Döner anbieten, da könnte es schon einen Zusammenhang geben. Aber wenn die Mörder hier in der Halle zu finden sind, ist es ganz schön riskant, ausgerechnet Brodtbeck zu den Männern zu schicken, die ihn niedergeschlagen und ihm den Transporter geklaut haben.«

»Und jetzt fahren wir zu Sadik und fragen ihn, was das alles soll, was er weiß und was er nur vermutet?«

»Das wäre eine Möglichkeit, aber ich schlage vor, dass

wir stattdessen zur Trattoria *Salento* fahren. Ich wette, Peppino kann uns auch einiges zu diesem Durcheinander sagen.«

Aglaia Bommers wirkte verwirrt, aber sie legte den Gang ein und fuhr los. Unterwegs erzählte er ihr, was er bisher über Peppino Sensoni und seinen Vater Toto für sich behalten hatte.

Camilla lauschte. Nach einer kurzen Pause war aus der Sprechanlage ein Räuspern zu hören und dann die Stimme des Avvocato.

»Signora Brown, Signore Sensoni? Sie können jetzt reinkommen.«

Der Öffner summte, und Peppino stieß das Gartentor auf. Die Haustür schwang auf, bevor sie noch ganz dort waren, und dann eilten beide ins Innere des Gebäudes. Der Mann, den Camilla mit ihrer Trinkgeldgeschichte abgelenkt hatte, saß auf dem Boden, den Rücken an die Wand gelehnt, die Augen geschlossen. Mit Handschellen war er an einen Stahlfuß der Wandgarderobe gefesselt.

»Sie ist hier oben«, hörten sie den Italiener aus dem Obergeschoss rufen.

Camilla und Peppino rannten hinauf, und sie wappneten sich für das Schlimmste. Aber Donatella saß relativ bequem auf einem riesigen Doppelbett, hatte eine Zeitschrift auf dem Schoß und ein Getränk neben sich auf dem Nachttisch. Sie wirkte auch nicht über Gebühr lädiert. Es schien ihr den Umständen entsprechend gut zu gehen. Außer dem Verband an der linken Hand deutete nichts auf eine Verletzung hin.

Der Avvocato hatte sich neben sie aufs Bett gesetzt, hatte

ihren Puls gemessen und ihr mit einer kleinen Stabtaschenlampe in die Augen geleuchtet.

»Haben Sie etwa auch Medizin studiert?«, fragte Peppino.

»Noch kürzer als Jura«, antwortete er lächelnd, »aber für eine erste grobe Untersuchung sollte es reichen.«

Camilla war unterdessen ums Bett herumgegangen und inspizierte nun Donatellas Verband. Er sah frisch aus, war vermutlich vor Kurzem gewechselt worden. Nirgends war Blut zu sehen.

»Hast du schlimme Schmerzen?«

»No, nich slimm. Und das da …« Sie nickte zu einer Schachtel neben dem Getränk. »Smerztablette. Ma … nich notig.«

Der Avvocato war mit seiner Untersuchung fertig. Nun lächelte er zu Donatella hinunter.

»Sie sprechen ein ganz bezauberndes Deutsch.«

Donatella dankte ihm mit einem umwerfenden Lächeln, und er löste ihre Fesseln. Dabei ging er sehr behutsam vor und beobachtete genau, ob eine seiner Bewegungen ihr womöglich wehtat. Aber sie zuckte kein einziges Mal, und als er ihre Arme befreit hatte, hob sie sie vorsichtig an und rieb sich dann die Handgelenke.

»Viele Dank«, sagte sie.

Er antwortete ihr auf Italienisch, und die italienischen Sätze flogen nur so hin und her. Camilla verstand so gut wie nichts, aber wenn sie Peppinos grimmige Miene und Donatellas leuchtendes Gesicht richtig interpretierte, flirteten die beiden gerade, was das Zeug hielt.

»Und was machen wir jetzt mit dem Entführer?«, fragte Peppino, als ihm das Geturtel zu viel wurde.

»Gut, dass Sie mich erinnern«, sagte l'Avvocato. »Schauen

wir besser mal nach ihm, er müsste demnächst wieder zu sich kommen.«

»Können wir dich kurz allein lassen?«, fragte Camilla.

»Ma certo.«

Dann folgte sie den beiden anderen, die sich schon auf den Weg ins Erdgeschoss gemacht hatten. Der Entführer regte sich noch nicht, und Camilla vertrieb sich die Wartezeit damit, die Bilder zu betrachten, die zwischen Treppe und Hausflur auf dem Mauersims aufgestellt waren. Eine Familie war zu sehen, Schnappschüsse mit Freunden oder Kollegen, ein älteres Paar – der Mann, der auf jedem Foto abgebildet war, hatte mit dem Entführer keine Ähnlichkeit. Der Avvocato hatte bemerkt, dass Camilla die Fotos studierte.

»Der Mann, den Sie da sehen, ist der Eigentümer des Hauses. Geschieden inzwischen, er lebt hier allein und ist seit einer Woche im Urlaub. Das Haus wird voraussichtlich noch zwei Wochen lang unbewohnt sein.«

»Woher wissen Sie das?«

»Ich habe ein bisschen recherchiert, und das hat er …«, er nickte zu dem Bewusstlosen hin, »… vermutlich auch getan, bevor er sich das Gebäude als Unterschlupf ausgesucht hat.«

»Uns hat jemand erzählt, dass hier überall Überwachungskameras installiert sind. Müsste dieses Haus dann nicht über eine Alarmanlage verfügen, die den Eigentümer warnt, sobald sich jemand unberechtigt Zutritt verschafft?«

»Die hat unser Freund deaktiviert. Im Moment wird hier im Haus gar nichts aufgezeichnet.«

Er trat zu dem Bewusstlosen und kickte ihm zwei-, dreimal mit der Schuhspitze gegen den Oberschenkel. Schließlich kam Leben in den anderen. Er stöhnte, wollte sich bewegen, bemerkte, dass er gefesselt war, und riss vor Schreck die Augen auf.

»Was ist denn jetzt wieder?«

Er erkannte Camilla.

»Nicht schon wieder diese Pizzatante.«

Der Italiener beugte sich etwas hinunter und scheuerte ihm eine.

»Aua!«

»Bitte nicht in diesem Ton«, sagte der Avvocato.

»Wer sind Sie denn?«

»Sie können mich l'Avvocato nennen.«

Der Entführer gönnte sich ein hämisches Grinsen.

»Erst die Pizzatante, dann noch eine Avocado. Danke, aber ich habe gar keinen Hung…«

Die nächste Ohrfeige unterbrach ihn mitten im Wort.

»Ich mag es nicht, wenn man Witze über meinen Arbeitsnamen macht«, sagte der Avvocato mit derselben ruhigen Stimme wie eben. Der andere verzog das Gesicht. Die Schläge waren nicht nur laut, sondern auch schmerzhaft gewesen.

»Wieso …?«, begann er, und jetzt klang seine Stimme etwas weinerlich.

»Sie haben genug Fragen gestellt. Das übernehme ich jetzt.«

Der andere schluckte.

»Also, fangen wir mit dem Einfachsten an. Warum haben Sie die Signorina entführt?«

Der Mann am Boden presste die Lippen zusammen, der Avvocato seufzte und beugte sich wieder vor.

»Mitgekomme bin isch freiwillig«, rief Donatella.

Sie kam etwas wacklig die Treppe herunter und hielt sich mit festem Griff am Handlauf fest. Der Avvocato wandte sich zu ihr um.

»Geht's wieder?«, fragte er besorgt.

»Va bene, grazie.«

Sie wechselten einige italienische Sätze, Peppino ließ durch leises Räuspern und dadurch, dass er betreten den Blick senkte, erkennen, dass er alles verstand. Danach fasste der Avvocato für Camilla auf Deutsch zusammen, dass sie und der Mann miteinander geflirtet und sich dann beeilt hatten, hierher ins Haus und gleich rauf ins Schlafzimmer zu kommen. Es sei schön gewesen, und auch sonst habe er sie gut behandelt – bis auf die Fesseln und die Amputation des Fingers, die sie aber verschlafen hatte. Vermutlich hatte er sie zuvor betäubt.

Camilla schaute kurz zu Donatella, die lächelte entschuldigend.

»Das wollen wir dir mal zugutehalten«, sagte der Italiener zu dem Mann am Boden. »Aber es bleibt die Frage, wozu das Ganze?«

»Das kann ich nicht sagen«, kam die Antwort leise, und sofort danach schloss er die Augen und wappnete sich für die nächste Ohrfeige.

»Du kannst die Augen wieder aufmachen. Ich werde dir sicher nicht stundenlang eine nach der anderen klatschen.«

»Nicht?«

»Nein.«

Sein Lächeln sah beruhigend aus, anders als das Messer, das er plötzlich in seiner Hand hielt.

»Fangen wir erst mal mit deinem Namen an. Wie heißt du?«

»Kai.«

»Okay, Kai. Aber da wir ja keine Kumpels sind, brauche ich schon noch deinen Nachnamen.«

Kai schluckte. Der Avvocato bewegte das Messer ein paar Zentimeter in seine Richtung.

»Semmler«, beeilte sich der Mann. »Kai Semmler.«

»Vielen Dank, Kai. Du hast dieses Haus ausspioniert, weißt, dass der Eigentümer noch eine Weile im Urlaub ist, und hast die Alarmanlage und alle Kameras im Haus deaktiviert. So weit richtig?«

Kai nickte.

»Dann noch einmal die Frage: Warum hast du Signorina Donatella hier im Haus gefangen gehalten?«

»Ich … ich …«

»Ja?«

»Schauen Sie, das ist für mich eine echt beschissene Situation. Wenn ich es Ihnen nicht sage, bekomme ich Ärger mit Ihnen. Wenn ich es Ihnen sage, bekomme ich Ärger mit den anderen.«

»Ich würde mir an deiner Stelle im Moment lieber Sorgen um mich machen. Du willst keinen Ärger mit mir, glaub mir.«

»Und eigentlich weiß ich ja auch gar nichts«, sagte er schnell.

Der Avvocato musterte ihn. Dass dieser Mann nicht wusste, worum es wirklich ging, war durchaus möglich. Aber irgendjemand musste ihm einen Grund genannt haben, warum er eine junge Frau ans Bett fesseln und ihr den Finger abschneiden sollte.

»Wenn du gar nichts weißt, ist das schlecht für dich. Das werde ich dir nämlich nicht glauben, und ich werde mir einiges einfallen lassen, die Informationen doch aus dir herauszukitzeln.«

Kais Augen flackerten.

»Kitzeln ist hier nicht wörtlich gemeint«, fügte der Avvocato lächelnd hinzu.

»Aber ich weiß wirklich …«

»Pst«, machte der Avvocato.

Er war blitzschnell in die Hocke gewechselt, drückte Kai jetzt seinen Zeigefinger auf den Mund und hielt das Messer so, dass er die Klinge genau sehen konnte. Kai schluckte, der Avvocato nahm den Finger wieder weg, blieb aber in der Hocke.

»Also, Kai, diese anderen haben dich auf Signorina Donatella angesetzt.«

»Ja.«

»Wer die anderen sind, willst du mir vermutlich nicht verraten.«

»Nein.«

»Okay, lassen wir das einstweilen. Du hast die Signorina also gesehen, und dann seid ihr in deiner Limousine hierhergefahren.«

Kai nickte.

»Wobei, ist das wirklich deine Limousine?«

»Nein, die ist geliehen.«

»Bringt es uns weiter, wenn wir das Kennzeichen checken?«

»Eher nicht«, gab Kai zu. Ein dünnes Grinsen spielte um seine Mundwinkel. »Der Wagen gehört dem Hausbesitzer.«

»Dachte ich mir. Keine schlechte Idee, gerade für den Fall, wenn doch mal ein Nachbar sieht, wer da in die Tiefgarage fährt.«

»Außerdem ist in der Limousine ein Sender angebracht, der das Tor der Tiefgarage steuert.«

»Das ist natürlich praktisch. Übrigens schön, dass wir nun ein wenig ins Plaudern kommen. Dann kannst du mir vielleicht doch noch erzählen, warum du die Signorina ans Bett gefesselt hast.«

»Ich …«

»Ja?«

»Ich sollte sie einfach hier im Haus festhalten.«

»Und was sollte das mit dem Finger?«

»Das war Teil des Auftrags. Ich wollte erst nicht, aber ohne den Finger hätte ich keine Kohle bekommen. Und ich habe die Wunde auch gut versorgt. Ich bin Krankenpfleger in einem Hospital hundert Kilometer von hier entfernt.«

»Hat sich der Auftrag gelohnt?«

»Finanziell meinen Sie? Allerdings.«

Er warf Donatella einen entschuldigenden Blick zu.

»Als ich dich gesehen habe, hätte ich auf das Geld am liebsten verzichtet. Vielleicht können wir, wenn das hier alles vorbei ist …«

Die nächste Ohrfeige verpasste ihm Donatella. Sie war überraschend schnell zu ihm gehuscht, hatte zugeschlagen und stolperte danach ein paar Schritte rückwärts von ihm weg.

»Hörst du dir eigentlich selbst zu?«, fragte der Avvocato. »Du fesselst diese junge Frau und schneidest ihr einen Finger ab, und dann versuchst du, dich mit ihr auf ein Date zu verabreden?«

Er schaute verblüfft zu Camilla.

»Läuft das so in Deutschland?«

# 10

Albert Poner hatte sich von seinem üblichen Sitzplatz zwischen Wand und Tisch zur kleinen Bühne bemüht, die sich am anderen Ende des großen Raums befand. In seinem Hausboot war er im Moment allein, und das wollte er nutzen, um ein wenig zu trainieren. Vor Jahren, damals als er mit seinen Jungs allerhand Geschäfte betrieb, hatte er vielleicht das halbe Gewicht von heute auf die Waage gebracht. Er war fit gewesen und schnell auf den Beinen. Das war lange her, und in die damalige Form würde er sich nicht mehr bringen können.

Aber als ihn der Avvocato hier auf dem Schiff besucht hatte, der Abgesandte des großen Don Armando aus Santa Maria di Leuca, hatte der ihn schon nach wenigen Blicken als potenziellen Helfer aussortiert. Natürlich hatte der Italiener nichts dergleichen gesagt, er war höflich und verbindlich geblieben, bis er wieder gegangen war. Aber Al kannte diesen Blick, dieses kaum verhüllte Erschrecken über seine allzu massige Erscheinung. Dagegen musste er etwas unternehmen. Er musste die Reserven seines Körpers aktivieren, musste seine Fitness erhöhen, so gut es in der kurzen Zeit ging.

Nun stand er vor der Bühnenkante, schon ein wenig erschöpft von dem Fußmarsch einmal quer durch den Raum. Er atmete mehrmals tief ein und aus, dann ließ er sich etwas nach vorne fallen, bis seine Hände auf der Bühne lagen und seinen Körper abstützten. Das hatte doch schon ganz gut geklappt, nun würde er eine Schippe drauflegen. Ganz langsam knickte er die Arme ein und ließ den Oberkörper etwas nach unten sinken. Nur Zentimeter, denn man sollte mit dem Sport behutsam beginnen. Wie schnell hatte man sich übernommen, hatte sich eine Zerrung zugezogen und war danach erst recht nicht mehr für Anstrengungen aller Art zu gebrauchen.

Zehn Zentimeter, fünfzehn Zentimeter ließ er seinen Oberkörper absinken, dann strengte er sich an und streckte die Arme allmählich wieder aus. Das wiederholte er zweimal, dann musste er verschnaufen. Kraftsport mit dem eigenen Körpergewicht, das war ein Trend, von dem er unlängst gelesen hatte. Und in dieser Hinsicht hatte er einiges zu bieten. Noch zweimal deutete er diese abgeschwächte Form einer Liegestütze an, dann machte er sich ermattet und schnaufend wieder auf den Weg zurück zu seinem Sitzplatz.

Der Avvocato wandte sich wieder an Kai Semmler.

»Du hast zusammen mit Signorina Donatellas Finger einen Erpresserbrief zu den Sensonis gebracht. Was meinst du damit, dass Toto Sensoni alles gestehen soll – alles von damals und alles von heute?«

»Der Text ist nicht von mir. Den Zettel haben mir die anderen gegeben, zusammen mit einer kleinen Plastikdose. Da sollte ich den Finger reinlegen, den Zettel dazu, und alles zusammen sollte ich frühmorgens vor der Hintertür dieser Pizzeria ablegen.«

»Trattoria«, korrigierte Peppino ihn, und Kai hob entschuldigend beide Hände, so hoch ihm die Handschellen es erlaubten.

»Du weißt also nicht, was das Erpresserschreiben zu bedeuten hat?«

Kai schüttelte den Kopf.

»Du kennst Toto Sensoni auch nicht?«

»Nein, ich fand es nur eine witzige Idee, mir ausgerechnet in der Pizz… in der Trattoria etwas zu Abend zu bestellen, in der ich mittags noch gegessen hatte.«

»Sehr witzig«, versetzte Peppino mit einer Miene, die keinerlei Belustigung erkennen ließ.

»Und du kannst mir die Namen der anderen nicht verraten? Oder willst du nur nicht?«

»Ich kann nicht, bitte, das müssen Sie mir glauben!«

»Okay.«

Der Avvocato erhob sich und wandte sich den anderen zu.

»Er scheint wirklich nichts zu wissen. Also ist er für uns ohne weiteren Wert. Ich vermute mal, Herr Sensoni, Sie wollen jetzt nicht die Polizei rufen?«

»Lieber nicht.«

»Gut, dann sollte ihn natürlich auch niemand hier vorfinden. Denn ob nun ein Nachbar misstrauisch wird oder ob der Hausherr früher als erwartet heimkommt: Wenn jemand an diese Garderobe gekettet ist, wirft das Fragen auf.«

Peppino stutzte. Er ahnte, worauf der Mitarbeiter seines apulischen Großvaters hinauswollte, aber er konnte nicht glauben, dass er das wirklich ernst meinte. Ein ähnlicher Gedankengang war auch Kai Semmler auf dem Gesicht abzulesen. Dem jungen Mann stand der Schweiß auf der Stirn, er rüttelte halbherzig an den Handschellen.

»Weißt du«, sprach der Avvocato nun wieder ihn an, »wenn du keine Informationen für uns hast, bist du einfach nur ein lästiger Zeuge. Und du kannst dir sicher vorstellen, was einer wie ich mit lästigen Zeugen macht.«

Kai schluckte.

»Denk doch bitte noch einmal nach. Du kennst also die Namen der anderen nicht?«

Kai schüttelte den Kopf.

»Keinen einzigen?«

Er schüttelte.

»Haben die sich in deiner Gegenwart mal mit Namen angesprochen? Vornamen, Spitznamen, irgendetwas?«

Der junge Mann kam gar nicht mehr aus dem Kopfschütteln heraus.

»Aber du kannst sie doch sicher beschreiben, oder?«

»Ja, das … das sollte gehen.«

»Schön. Dann los.«

»Der eine war Mitte zwanzig, sah ziemlich fertig aus, ein aggressiver Typ. Ich kann es nicht mit Sicherheit sagen, aber er war, glaube ich, auf diesen Toto Sensoni nicht gut zu sprechen. Als mir das mit dem Zettel erklärt wurde, hat er höhnisch gegrinst, als würde ihm gefallen, was mir da aufgetragen wurde.«

»Gut, und weiter?«

»Ein anderer war um die vierzig, würde ich schätzen. Ein richtiges Muskelpaket, wenn dem etwas nicht passte, hat an seiner Schläfe eine Ader zu pochen begonnen. Vor dem hatte ich richtig Angst.«

»Wen hast du noch getroffen?«

»Getroffen habe ich sonst keinen, aber am Telefon hatte ich mal kurz einen dritten Mann. Der machte klare Ansagen, sprach dabei aber so ruhig wie Sie. Ich könnte mir vorstellen, dass der das Sagen hatte.«

»Ist dir an der Stimme was Ungewöhnliches aufgefallen?«

»Nein, nichts. Obwohl …«

»Ja?«

»Als er mit mir telefoniert hat, war es im Hintergrund recht laut. So, als würde er in einer Halle stehen, wo gerade auf- oder abgeladen wird.«

»Das ist alles?«

Kai zuckte mit den Schultern.

»Ja, mehr kann ich zu den anderen leider nicht sagen.«

Er sah den Avvocato ängstlich an.

»Jetzt konnte ich Ihnen doch etwas helfen, oder? Dann könnten Sie mich doch laufen lassen.«

»Du bist aber immer noch ein lästiger Zeuge.«

»Ich? Ein Zeuge?«, beeilte sich Kai zu versichern. »Im Leben nicht! Ich weiß ja jetzt schon nicht mehr, wie Sie aussehen. Von einer Trattoria habe ich nie gehört, und wie Sie sich nennen, habe ich irgendwie vergessen.«

Der Avvocato ging erneut vor ihm in die Hocke.

»Du meinst, das soll ich riskieren?«

»Ja, unbedingt.«

»Es stimmt natürlich, du hast selbst kein Interesse daran, dass irgendjemand von der Entführung erfährt und davon, dass du ihr einen Finger abgeschnitten hast.«

»Sehen Sie? Ich werde schweigen wie ein Grab.«

Er erschrak.

»Ich meine …«

»Schon gut, Kai«, sagte der Avvocato, zog einen kleinen Schlüssel aus der Tasche und öffnete die Handschellen.

»Ich darf gehen?«

»Wir nehmen dich sogar ein Stück mit. Unsere Autos stehen nur ein paar Hundert Meter von hier entfernt.«

»Okay …«

Er zögerte. Offenbar befürchtete er immer noch, unterwegs getötet und entsorgt zu werden.

»Du musst keine Angst haben. Ich lass dich laufen, Ehrenwort.«

»Danke.«

»Hast du noch Zeug hier im Haus?«

»Nicht viel. Soll ich es kurz holen?«

»Ja, aber du musst dich nicht beeilen. Ich räume im Schlafzimmer und im Bad noch etwas auf, und die Pizzaschachteln müssen wir ja auch noch wegbringen.«

Peppino begleitete Kai Semmler auf seinem Weg durchs Haus, auch aus der Limousine in der Tiefgarage war noch etwas zu holen, und als Semmler nach zehn Minuten Kleider, Waschzeug und sonstigen Kleinkram in einem Rucksack verstaut hatte, kam auch der Avvocato die Treppe ins Erdgeschoss herunter.

»Oben müsste alles wieder so sein, als wärt ihr nie hier gewesen.«

Donatella senkte den Blick, die Situation schien ihr peinlich zu sein. Camilla hatte unterdessen die Pizzaschachteln geholt.

»Es war alles aufgegessen«, sagte sie, »und gespült hatte er auch.«

»Sehr gut«, lobte der Avvocato.

Semmler lächelte unsicher.

»Dann wollen wir mal los«, wandte sich der Italiener an Camilla und Peppino. »Ich schlage vor, ihr beiden verlasst das Haus jetzt gleich. Wir anderen folgen in fünf oder zehn Minuten.«

So wurde es gemacht. Camilla legte die Pizzakartons in den Kofferraum, und Peppino fuhr zu dem Treffpunkt, den sie kurz zuvor vereinbart hatten. Keine Viertelstunde später rollte neben ihm der Sportwagen des Avvocato aus. Peppino ließ sein Fenster herunter.

»Fahrt mir bitte hinterher. Wir haben noch einen kurzen Halt vor uns, dort lassen wir Kai gehen. Danach würde ich euch gern zur Trattoria begleiten.«

Er fuhr los, und Peppino folgte ihm kreuz und quer durch das Stadtviertel. Es ging offenbar zum Stadtrand, nach einer Weile waren hinter den Häusern und Gärten Wald und Felder zu sehen. Der Mann vor ihm hielt sich penibel an alle Verkehrsregeln, und während sich Peppino orientieren wollte, wo sie sich befanden, fiel ihm auf, dass immer mehr Schilder auf ein Krankenhaus hinwiesen. Das Hospital war bereits zu sehen, als der Avvocato nach links in einen Waldweg einbog. Es ging gut einhundert Meter zwischen Bäumen und Büschen hindurch, dann blieb der Sportwagen stehen. Peppino hielt ebenfalls an, blieb sitzen und wartete darauf, dass sie gleich weiterfuhren.

Der Avvocato stieg aus, öffnete Kai Semmler galant die Hintertür und ging ein Stück mit ihm ins Unterholz.

Peppino sah den beiden nach, bis sie hinter einer dicht stehenden Baumgruppe verschwunden waren.

»Glaubst du, er …«

Camilla musste den Satz nicht zu Ende bringen. Peppino wusste auch so, dass sie die gleiche Befürchtung hegte wie er.

»Ich hoffe nicht.«

Aglaia Bommers hielt ein Stück vor der Trattoria an und stellte den Dienstwagen so am gegenüberliegenden Straßenrand ab, dass sie einen guten Blick auf das Gebäude hatten, in dem sich das Lokal befand, aber selbst zwischen den anderen dort geparkten Autos nicht gleich bemerkt wurden. Unter der großen Linde vor dem *Salento* saßen Gina und Toto Sensoni beisammen. Sie lehnte auf einem Stuhl, er saß vornübergebeugt und mühte sich damit ab, aus Papier und Tabak Zigaretten zu drehen. Immer wieder zerknüllte er einen Fehlversuch und warf ihn weg, danach zog er das nächste Papierchen hervor und begann von vorn.

»Wenn ich nicht wüsste, wie elend das mit Peppinos Vater noch werden kann«, sagte Fehsen, »und wie sehr seine Mutter darunter leidet, würde das da vor uns glatt als Seniorenidyll durchgehen.«

Der Familienkombi stand in der Garage, deren Tor offen stand, den Kleinwagen von Peppino Sensoni konnten die beiden Kommissare nirgendwo sehen.

»Wir werden wohl warten müssen«, schloss Fehsen daraus. »Peppino ist offenbar unterwegs. Er wollte die Chefin vom Dönergrill noch einmal befragen, Camilla Brown sollte ihn begleiten.«

Fehsen sah auf die Uhr.

»Damit müssten die beiden eigentlich längst fertig sein. Ich bin gespannt, was sie danach unternommen haben.«

Er warf der neben ihm sitzenden Kollegin einen kurzen Blick zu.

»Sie brauchen mich gar nicht so ansehen«, versetzte Aglaia Bommers, ohne sich zu ihm umzudrehen. »Was Peppino macht und mit wem, ist nicht mein Thema.«

»Höre ich da ein *leider* heraus?«

Jetzt wandte sie sich ihm doch zu. Ihr Blick war nicht sehr freundlich.

»Vielleicht sollten wir lieber schweigend warten«, sagte sie.

Fehsen unterdrückte ein Grinsen, hielt den Mund und lümmelte sich etwas bequemer auf den Beifahrersitz.

Kai Semmler wurde unruhig. Der Avvocato ging ihm voraus, aber er drehte sich immer wieder zu ihm um, an Flucht war nicht zu denken. Wann immer der andere ihn ansah, lag ein freundliches Lächeln auf seinen Lippen, aber was hatte es zu bedeuten, wenn ein Killer oder was immer dieser Typ sein mochte, mit einem in den Wald geht. Kai spürte einen starken Druck auf der Blase, und sein Magen rebellierte. Würde das der letzte Weg werden, den er in seinem Leben ging?

Er drehte sich um, der Weg und die beiden Autos waren nicht mehr zu sehen. Aus der Ferne rauschte etwas, aber er konnte nicht unterscheiden, ob das eine entfernte Schnellstraße war oder der Wind, der die Blätter aufbauschte. Als er wieder nach vorne sah, war der Avvocato stehen geblieben.

»Hier werde ich dich allein lassen.«

Er deutete in eine Richtung.

»Dort befindet sich das Krankenhaus, das du vorhin vielleicht schon bemerkt hast.«

»Okay.«

»Direkt vor dem Krankenhaus gibt es eine Haltestelle, dort kannst du später einen Bus in die Stadt nehmen. Und danach hast du am besten alles vergessen, was du seit gestern erlebt hast.«

»Ich schwöre«, versprach Kai, hob auch tatsächlich die rechte Hand und streckte den Zeige- und den Mittelfinger nach oben.

»Ich glaube dir.«

»Danke nochmals.«

Semmler machte Anstalten, sich auf den Weg zum Krankenhaus und zur Bushaltestelle zu machen, aber der andere hielt ihn auf.

»Warte bitte, nur noch eins. Kommst du kurz?«

Kai zögerte, dann ging er auf den anderen zu.

»Ich habe dir ja versprochen, dass ich dich am Leben lasse und dass du gehen kannst«, plauderte er weiter, während sich Semmler ihm näherte. »Daran halte ich mich natürlich.«

Jetzt standen sich die beiden Männer direkt gegenüber.

»Und weil weder du noch ich ein Interesse daran haben, die Polizei einzuschalten, wird dich auch niemand dafür belangen, dass du Signorina Donatella für mehrere Stunden ans Bett gefesselt und versucht hast, jemanden zu erpressen.«

»Aber ich wollte doch gar niemanden …«

»Ich weiß, ich weiß, das war nur dein Auftrag. Wir werden die Typen, die dich in diese Situation gebracht haben, zur Rechenschaft ziehen.«

Der Avvocato legte Kai eine Hand auf die rechte Schulter. Mit der freien Rechten griff er nach Semmlers linker Hand.

»Donatella hat den Beginn eurer Nacht wohl in angenehmer Erinnerung, und sie hat auch betont, dass du sie sehr anständig behandelt hast. Dazu passte auch, wie wir sie vorgefunden haben, mit Lesestoff und einem Getränk.«

Kai schaute etwas besorgt auf seine linke Hand, die der Avvocato ganz langsam höher hob. Doch da war kein Messer, und das Lächeln des Mannes verriet keine Anspannung.

»Das alles rechnen wir dir positiv an. Aber das mit dem Finger …«

Kais Augen weiteten sich, und er versuchte seine Hand zurückzuziehen. Doch sie steckte fest wie in einem Schraubstock.

»Das mit dem Finger kann ich dir leider nicht einfach so durchgehen lassen.«

Semmler schluckte.

»Und deshalb schneiden Sie mir jetzt auch meinen kleinen Finger ab?«

Der Avvocato lächelte unverdrossen weiter und schüttelte den Kopf. Kai wollte schon aufatmen, da fuhr der andere schwungvoll herum, seine linke Hand noch fest im Griff. Der plötzliche Ruck fühlte sich an, als würde ihm der Arm ausgerissen. Semmler stolperte nach vorn, dann spürte er etwas Hartes, Raues. Er sah über die Schulter des Avvocatos hinweg seinen kleinen Finger in einer Astgabel eingeklemmt, wieder gab es einen kurzen, heftigen Ruck, dann ließ der andere seine Hand los.

Kai Semmler schaute auf die Astgabel, das Blut ließ Übelkeit in ihm aufsteigen. Dann sah er seinen kleinen Finger, der unter der Astgabel lag, weich gebettet auf altem Laub. Und schließlich starrte er auf den blutenden Stumpf, in dem der Rest seines kleinen Fingers endete. Der Avvocato bückte sich und reichte ihm das abgerissene Stück.

»Wie gesagt, dort drüben ist ein Krankenhaus. Erzähl denen, dass du ganz unglücklich in der Astgabel hängen geblieben bist und dir im Reflex die beiden vorderen Fingerglieder abgerissen hast. Solche Dinge passieren. Das ist weniger auffällig als ein sauberer Schnitt mit dem Messer. Und wenn du Glück hast, können Sie dir den Finger wieder annähen.«

Kai Semmler stand stocksteif da und nässte sich ein. Dann brandete der Schmerz auf, und er schrie.

»Beeilen musst du dich natürlich schon«, sagte der Avvocato und tätschelte ihm die Schulter. »Es kommt für deinen Finger auf jede Minute an.«

Nun kam Bewegung in Semmler. Er taumelte ein paar Schritte, dann stolperte er über eine Wurzel, fing sich aber und begann zu rennen. Nach zehn, fünfzehn Metern übergab er sich, versuchte weiterzurennen, schlug jedoch der Länge nach hin. Er rappelte sich wieder auf, wischte sich das Ärgste aus dem Gesicht und hastete weiter, bis er zwischen den Bäumen verschwunden war.

Der Avvocato inspizierte noch kurz die Stelle, an der er sich befand. Mit den Schuhen schob er etwas Laub über die Vertiefungen, die er im weichen Waldboden hinterlassen hatte. Auch auf dem Weg zurück zum Wagen verwischte er seine Spur. Am Ende müsste alles dafürsprechen, dass die Geschichte des Verletzten stimmte. Ein Spaziergang im Wald, eine unglückliche Bewegung, etwas Pech, und schon war ein Finger ab.

Es konnte so schnell gehen.

Camilla und Peppino hatten die Seitenfenster heruntergelassen und lauschten. Lange Zeit war nichts zu hören, dann war es ihnen, als habe im Wald jemand aufgeschrien. Kurz darauf raschelte es, Zweige bogen sich, und der Avvocato trat auf den Weg.

»Glaubst du, er hat Semmler umgebracht?«

Der Mann war nicht außer Puste, sein Anzug saß perfekt, und seine Finger waren sauber. Nur an den Schuhen klebte etwas Laub.

»Den hätte er doch vermutlich verscharrt, notfalls mit bloßen Händen. Dann hätte er aber doch wohl wenigstens Schmutz unter den Fingernägeln.«

Der Avvocato nickte ihnen freundlich zu, setzte sich ans Steuer seines Sportwagens und fuhr los. Peppino blieb hinter ihm, und am Ende ihrer Fahrt stellten sie die Autos vor der Trattoria am Straßenrand ab. Donatella stieg aus und lief zum Gastraum, wo Gina Sensoni schon ungeduldig wartete. Ihr Sohn hatte ihr von unterwegs durchgegeben, dass sie auf dem Weg ins *Salento* waren. Der Avvocato war noch einen Moment im Wagen beschäftigt. Als er ausstieg, fiel Peppino auf, dass sich sein Jackett an der Hüfte nicht mehr ausbeulte. Offenbar hatte er seine Waffe samt Holster im Auto gelassen. Jetzt verriegelte er mit der Fernbedienung seinen Wagen und schaute sich interessiert um. Wollte er sich die Umgebung der Trattoria einprägen, die der Sohn und der Enkel seines Chefs betrieben? Camilla und Peppino nutzten die Gelegenheit, vor ihm ins Haus zu gehen.

Gina hatte ihre Arme um Donatella geschlungen und schluchzte. Camilla und Peppino stellten sich neben die beiden Frauen.

»Hat er Semmler …?«

Dazu zog Peppino mit der flachen Hand eine waagrechte Linie vor seinem Hals.

»No«, flüsterte sie. »Er 'at gesagt, dass er ihm nur den kleine Finger abgenomme 'at. Des'alb 'abe wir in die Nähe von Kranke'aus ange'alte. Dort kann ihm ge'olfe werde.«

»Was sagst du da, Donatella?«

Gina Sensoni hatte sich von der jungen Bedienung gelöst und sah sie jetzt fragend an.

»Niente, Signora Sensoni. Isch 'abe Ihre Sohn nur gerade gesagt, dass isch gar keine Schmerze wege meine Finger 'abe.«

Sie hielt der anderen die Hand hin. Der Verband sah gut aus.

»Guardi qui, Signora! Alles in Ordnung.«

Gina atmete auf, aber dann schlich sich ein Lächeln auf ihr Gesicht.

»Von wegen *Signora*. Du nennst mich bitte Gina, verstanden? Wir siezen uns doch nicht innerhalb der Familie, und du gehörst natürlich zur Familie.«

Der Avvocato betrat den Gastraum, Gina bemerkte ihn sofort und beugte sich zu ihrem Sohn.

»Ist er das?«

Peppino nickte.

»Signora Sensoni, nehme ich an?«

Der Avvocato ging auf sie zu und streckte ihr die Hand zur Begrüßung entgegen.

»Ich hoffe, Sie können sich nun wieder ein wenig entspannen, nachdem Ihre Mitarbeiterin wieder hier und ... na ja ...« Er tippte sich gegen den kleinen Finger. »... weitgehend wohlauf ist.«

»Ja, vielen Dank Signore ... Signore ...«

»L'Avvocato, wenn es keine Umstände macht.«

»Signore l'Avvocato, darf ich Ihnen etwas anbieten?«

»Ein Kaffee wäre schön, aber vorher würde ich gern noch mit Ihrem Mann reden.«

»Wissen Sie was? Ich mache uns Kaffee, und mein Sohn holt Toto zu uns.«

Peppino machte sich auf den Weg.

»Camilla, nehmen Sie auch einen Espresso?«

Kurz darauf saßen sie zu dritt beisammen, und nach wenigen Minuten betrat Toto Sensoni den Gastraum. Er und Peppino setzten sich zu den anderen.

»Auch einen Kaffee?«, fragte sein Frau.

»Mir wäre ein Grappa lieber«, knurrte Toto und musterte den Fremden.

»Ihr Vater schickt mich«, sagte der Avvocato, »und ich bin froh, dass ich Ihrer Familie ein wenig helfen konnte.«

»Während wir den Entführer abgelenkt haben«, erzählte Camilla, »ist er von hinten in dessen Haus und hat den Mann überwältigt.«

Toto war offensichtlich zufrieden mit dem, was er sah. Er nickte und grinste. Peppino stand missmutig auf, ließ sich einen Espresso aus der Maschine und schenkte seinem Vater einen Grappa ein.

»Ach, wie süß«, ätzte der, »tatsächlich in einem dieser winzigen Schnapsgläschen. Da wirst du wohl mehrmals laufen müssen.«

Er griff den Stiel des Glases und wollte schon zum Trinken ansetzen, da legte ihm Peppino eine Hand auf den Arm.

»Der Avvocato will sicher erst mal mit dir reden. Den Grappa kannst du auch danach noch trinken.«

»Avvocato, ja?«

Toto wiegte seinen Kopf hin und her, sein Grinsen wurde breiter.

»Wir haben uns früher auch Arbeitsnamen gegeben«, sagte er. »Ein Avvocato war nicht dabei, aber einen Fabrikanten hatten wir. Und Al, natürlich.«

»Unter welchem Namen waren Sie bekannt?«, fragte der Gast zuvorkommend.

»Mich haben alle immer nur Toto genannt.«

»Klingt ja auch gut, nicht wahr?«

Der Avvocato hob seine Tasse, und Toto prostete mit dem Schnapsglas zurück. Im nächsten Moment war der Grappa verschwunden.

»Warum kommen die nicht rein?«

Muskelprotz Werner Holt wurde immer nervöser. Er und Roman Vanten hatten sich erst in die Waschräume zurückgezogen, aber als sie erkannten, dass niemand die Halle betrat, hatten sie wieder ihren ursprünglichen Beobachtungsposten eingenommen. Sie hörten am Terminal Schritte und Stimmen, und das Blaulicht, das von draußen hereindrang und hektisch über die Container in der Halle und die Decke des Lagerraums strich, ließ keinen Zweifel daran, dass draußen noch immer die Polizei zugange war.

Vanten war irgendwann die Treppe hinaufgestiegen, hatte auch die steile Stiege genommen, über die man die Dachluke erreichte. Die Luke ließ er geschlossen, damit niemand womöglich durch ein lautes Quietschen auf ihn aufmerksam wurde, und er kletterte auch nicht auf das Flachdach der Halle hinaus, aber eine halbe Etage unter der Decke gab es eine Plattform, von der aus er durch ein Oberlicht nach draußen schauen konnte. Hierher folgte ihm Holt, und dann beobachteten sie das Treiben der Polizisten zwischen Lastkahn und Lagerhalle.

Uniformierte Beamte fotografierten alles Mögliche, der einzige Beamte in Zivil gab ihnen dazu gelegentlich Anweisungen, ansonsten lehnte er an einem Stützpfeiler des

Krans und schaute gelangweilt umher. Ab und zu hob er den Blick zu den Fenstern der Lagerhalle, aber sie standen zu weit von dem Oberlicht entfernt, als dass er sie im Dämmerlicht hätte ausmachen können.

»Ich kann dir sagen, warum sie nicht reinkommen«, knurrte Holt schließlich. »Die haben nix in der Hand, gar nix. Nicht mal einen Durchsuchungsbeschluss haben die, und deshalb sind sie darauf angewiesen, dass wir sie reinbitten.«

»Darauf können sie aber lang warten, oder?«

»Sehr lang, ja.«

Vanten klang entschlossen, trotzdem bemerkte Holt die Sorgenfalten auf seiner Stirn.

»Es ist nur noch einer von den Kripoleuten da. Die anderen sind davongefahren. Glaubst du, die holen einen Durchsuchungsbeschluss?«

»Nein, die sind vermutlich wieder zurück in ihr Büro. Wie ich schon sagte: Die haben nix in der Hand, und die anderen wollen uns nur nervös machen.«

Vanten sah Holt an.

»Hat in deinem Fall auch schon geklappt, stimmt's?«

Holt lächelte entschuldigend.

»Schon ein bisschen, tut mir leid. Warten ist nicht so meins. Ich bin eher fürs Zupacken.«

Das wusste Vanten. Holt hatte für ihn schon Einbrüche verübt, hatte nachts einen Rivalen vermöbelt, und nie war er dabei erwischt worden. Und so hatte die Polizei vermutlich längst seine DNA in der Datenbank, konnte den Spuren aber keinen Namen zuordnen. Er war zufrieden mit Holt. Nur einmal hatte er ihn zum Teufel gejagt. Da hatte sich Holt betrunken, war nach ein paar Stunden mit einer ebenfalls längst nicht mehr nüchternen Barbesucherin nach draußen gegangen. Doch sie wollte nur schmusen, was ihm nicht reichte. Vanten dachte mit Schaudern daran, wie Holt die Frau in dieser dunklen Gasse zugerichtet hatte, und der andere musste lange betteln, bis er ihn wieder in seine Dienste nahm. Seither hatte sich Holt nichts mehr geleistet, worüber er als sein Boss sich hätte beschweren können.

Vanten klopfte ihm auf die mächtigen Schultern.

»Schon recht. Aber bevor die uns doch noch zu sehr auf die Pelle rücken, wird's Zeit für Plan B.«

»Ronnie?«, fragte Holt.

»Genau. Du weißt, was du zu tun hast?«

»Ja«, sagte Werner Holt und grinste.

Endlich bekam er mehr zu tun, als hier zu warten und der Polizei beim Fotografieren zuzusehen.

»Pass nur auf, dass dich keiner rausgehen sieht«, bat ihn Vanten noch.

Dann war Holt auch schon auf dem Weg. Die Stiege hinunter, die Treppe abwärts, dann durch den Keller zum Nebenausgang. Diese Stahltür lag recht versteckt, und zwischen Büschen und ausgemusterten Containern sollte es Holt ungesehen bis zu dem Wagen schaffen, der ein Stück entfernt abgestellt war.

Roman Vanten schlich zu einem anderen Oberlicht und checkte die Umgebung. Alle Polizisten waren an der Anlegestelle versammelt, entlang von Geyers Fluchtweg schien sich niemand herumzutreiben. Und dann sah er seinen Helfer, wie er geduckt von Deckung zu Deckung huschte und kurz darauf aus seinem Blickfeld verschwand.

Jochen Maigert rief an und fragte, wie lange sie das Theater am Terminal noch aufrechterhalten sollten.

»Habt ihr irgendeine Bewegung in der Halle bemerkt?«

»Nein.«

»Es ist auch niemand rausgekommen?«

»Wir haben niemanden gesehen, aber vermutlich gibt es irgendwo einen versteckten Nebenausgang. Soll ich das checken?«

»Nein, lass gut sein. Es ging ja nur darum, Leute, die sich womöglich doch in der Halle befinden, nervös zu machen. Falls jemand da war, hat das vermutlich geklappt. Falls die Halle so leer war, wie sie aussah, hat unsere kleine Aufführung niemandem geschadet.«

»Wo seid ihr gerade?«

»Wir stehen vor dem *Salento*. Der Fahrer des Kühltransporters fuhr von der Lagerhalle schnurstracks zu Sadiks Boxclub, vermutlich um dort Bericht zu erstatten. Und Peppino recherchiert für Sadik, dem er nach dem Fall mit der vergifteten Wurst noch einen Gefallen schuldet.«

Maigert seufzte vernehmlich.

»Deshalb haben wir uns gedacht, wir können auch gleich Peppino fragen, den Sadik ja vermutlich auf dem Laufenden halten wird. Vor einigen Minuten ist Peppino zurückgekommen. Er ist zusammen mit Camilla Brown hier eingetroffen, außerdem hat ihn die junge Bedienung begleitet, diese Donatella, und ein Mann war dabei, der ziemlich durchtrainiert und cool aussieht. Keine Ahnung, wer das ist. Wir gehen gleich rein zu ihnen.«

»Ich habe den Zettel gelesen, der Signorina Donatellas Finger beilag«, sagte der Avvocato zu Toto Sensoni. »Haben Sie eine Ahnung, was Sie gestehen sollen?«

»Von damals? Ach Gott, da gibt es nichts, das nicht

längst verjährt wäre. Wir waren ja nur Hehler, Betrüger, es gab keinen Mord, und körperliche Gewalt nur, wenn es sich nicht vermeiden ließ.«

Gina funkelte ihn böse an. Toto deutete grinsend auf sie.

»Sehen Sie, Signore l'Avvocato, meine Frau mag es nicht, wenn ich so tue, als hätte ich damals Leute bedroht oder verprügelt. Vielleicht ist es das, was ich gestehen muss: dass ich nur ein kleiner Fisch war, kein richtiger Gangster, nur ein bescheidener Ganove. Und der harmloseste in unserer ohnehin harmlosen Bande.«

Er lachte heiser und schob seinem Sohn das Schnapsglas hin.

»Also gibt es aus Ihrer Vergangenheit mit Al Poner nichts, was heute noch strafwürdig wäre?«

»Nein.«

»Und heute?«

»Daraus werden wir, glaube ich, alle nicht schlau. Allerdings habe ich den Verdacht, dass eine Geschichte, die ich meinem Sohn erzählt und die ich für einen seltsamen Traum gehalten habe, womöglich tatsächlich so passiert ist.«

Toto berichtete dem Mann von der Nacht, in der Sadiks Koch ermordet und seine Leiche im Dönergrill inszeniert wurde.

»Aber wenn ich Sie richtig verstanden habe, gibt es auch da für Sie nichts zu gestehen«, zog der Avvocato Bilanz. »Sie wurden Zeuge eines Verbrechens, haben aber selbst nichts von der Polizei befürchten.«

»Das wiederum kann bisher niemand bezeugen«, warf Peppino ein. »Und die Polizei hat inzwischen DNA von meinem Vater gefunden. Am Tatort und in dem Lieferwagen, mit dem die Täter nach dem Mord mutmaßlich geflohen sind.«

»Verstehe.«

»Und wenn Sie einen Moment Zeit für mich hätten, würde ich gern noch etwas unter vier Augen mit Ihnen besprechen.«

»So weit kommt's noch, mio figlio!«

Toto Sensoni hatte von den DNA-Spuren gerade erst erfahren, und als sein Sohn offenbar noch etwas vor ihm verheimlichen wollte, bebte er vor Zorn.

»Schließlich geht's hier um mich, capisce? Die Polizei hat Spuren von mir am Tatort gefunden, ich stecke in Schwierigkeiten, also wirst du gefälligst alles, was zu besprechen ist, hier in meiner Anwesenheit besprechen!«

Der Avvocato zuckte mit den Schultern.

»Wo er recht hat …«

Peppino stand auf und stellte seinem Vater die Grappa-Flasche hin. Toto schenkte sich sofort ein und ließ sich einen kleinen Schluck mit geschlossenen Augen auf der Zunge zergehen.

»So, jetzt kannst du loslegen, mio figlio«, sagte er und lehnte sich auf seinem Stuhl zurück.

»Vor zwanzig Jahren, als mein Vater einer der Jungs von Al Poner war, schleuste ein Kripokommissar eine junge Bedienung in die Stammkneipe der Kumpane ein. Dieses *Pik Ass* befand sich dort, wo heute das *Shqipëria* albanische Spezialitäten anbieten möchte.«

Er erzählte von den Haftstrafen für Poner und einige andere, von Julius Maigert, der noch immer mit seiner Frühpensionierung haderte, vom *Pik-Ass*-Wirt Walle Geyer und seinem tragischen Ende und schließlich von dessen Sohn

Ronnie, der nach Absturz und Tod des Vaters vermutlich Rachegelüste gegen alle empfand, die damals in die erzwungene Schließung der Kneipe verwickelt waren.

Unterdessen schenkte sich Toto zweimal Grappa nach und machte es sich auf seinem Stuhl immer bequemer.

»Könnte dieser Ronnie nicht versuchen, meinem Vater etwas anzuhängen? Aus Rache, dass er als einer der wenigen – und ganz anders als Ronnies Vater – ungeschoren davonkam?«

Der Avvocato dachte darüber nach und nickte schließlich.

»Und was ist mit diesem pensionierten Kommissar?«, fragte er.

»Falls mein Vater damals wirklich Dreck am Stecken hatte, müsste Maigert erklären, warum er ihn trotzdem hat davonkommen lassen. Falls er späte Genugtuung oder Anerkennung will, sollte das aber besser unter der Decke bleiben.«

»Das ist wohl wahr.«

»Und Kai Semmler hat von zwei Männern gesprochen, die er im Zusammenhang mit seinem Auftrag zu Gesicht bekommen hat. Einer davon, Mitte zwanzig und aggressiv hat er ihn beschrieben, könnte Ronnie Geyer gewesen sein. Er hat ja auch erwähnt, dass dieser Typ die Erpressung meines Vaters gut fand.«

»Stimmt, und das würde auch den Text des Erpresserbriefs erklären. Was vor zwanzig Jahren geschehen ist, kann der Sohn des Kneipenwirts nur mutmaßen, vielleicht hat er einen Schuss ins Blaue versucht. Und das, was Ihr Vater heute gestehen soll, ist womöglich nur der Hinweis auf eine falsche Fährte, auf die die Polizei gelockt werden soll.«

»Falsche Fährte?«, war eine Stimme von der Tür zur Küche her zu hören. »Da kommen wir ja genau im richtigen Moment.«

Peppino und keiner der anderen im Gastraum hatte Hanns Fehsen bis dahin bemerkt, hinter ihm kam Kommissarin Aglaia Bommers in den Gastraum.

»Wird das allmählich zur Angewohnheit, dass du dich durch die Hintertür in die Küche schleichst?«, beschwerte sich Peppino nach einer Schrecksekunde.

»Ich habe geklopft«, behauptete Fehsen.

»Ich habe nichts gehört.«

»Na gut, ich habe nur ganz leise geklopft«, gestand er grinsend. »Und den Weg durch die Küche kannte ich ja noch vom letzten Mal. Aber jetzt mal zurück zu der falschen Fährte für die Polizei, von der ihr gerade gesprochen habt.«

Peppino zögerte, aber der Avvocato sah ihn an und nickte nur. Fehsen musterte den Mann. Er kannte ihn nicht, aber der Fremde erfüllte gewisse Klischees. Während Peppino noch überlegte, was er seinem Kollegen sagen und was er lieber verschweigen sollte, zog er langsam den Computerausdruck des Erpresserschreibens hervor, prüfte mit einem schnellen Blick noch einmal, ob auch ja kein Blut darauf zu sehen war, und reichte ihn Fehsen. Peppino sah, wie sich die Miene des Kommissars beim Lesen veränderte.

»Okay«, sagte Fehsen und gab das Schreiben zurück. »Das soll also eine falsche Fährte sein? Welcher Art?«

Peppino deutete auf die entsprechende Textstelle.

»Mein Vater hat im *Shqipëria* nichts getan, er ist Zeuge und kein Täter.«

»Wir haben DNA von ihm im Bistro gefunden …«

»… wo er Zeuge davon geworden ist, wie der tote Koch in den Grill gebunden wurde.«

»… und seine DNA war außerdem auch in dem Lieferwagen, in dem die Täter abgehauen sind.«

»Dort wird er halt auch reingeschaut haben. Wo genau habt ihr die DNA meines Vaters denn gefunden?«

»Am hinteren Ende der Ladefläche.«

»Nicht am Steuer oder am Griff einer der Türen?«

»Nein. Nur hinten, und du hast recht, er könnte sich dort festgehalten haben, als er in den Laderaum des Transporters geschaut hat.«

Peppino stutzte.

»Gab es DNA-Spuren von papà auch nicht am Griff der hinteren Ladeklappe?«

»Nein, die Ladeklappe muss geöffnet gewesen sein, als dein Vater hineingeschaut hat. Die Leiche des Kochs wurde mit Kabelbinder befestigt, davon lag einiges auf der Ladefläche bereit, weil sie wohl auch der Fahrer des Kühltransporters benutzte, um seine Ware zu fixieren.«

»Na also, Hanns, das spricht doch dafür, dass mein Vater wirklich nur Zeuge war.«

»Das und die Tatsache, dass keine der Flusen, die wir an der Kleidung des Mordopfers gefunden haben, zum Stoff des Pyjamas deines Vaters passt.«

»Gut«, sagte Peppino und atmete erleichtert auf.

»Ja, das ist gut, und das freut mich für Sie, Herr Sensoni.«

Fehsen wandte sich an Toto Sensoni, doch Peppinos Vater war eingeschlafen. Sein Kopf war ihm auf die Brust gesunken, und er schnarchte leise.

»Gehen wir in die Küche?«, schlug Peppino vor. »Ich mag ihn nur ungern wecken.«

Fehsen, Bommers und er wechselten den Raum.

»Was meinst du mit der falschen Fährte, von der du vorhin gesprochen hast?«

Peppino wollte gerade seine Theorie ausbreiten, da klingelte sein Handy. Auf dem Display war Sadiks Name und seine Handynummer zu sehen. Peppino zeigte es Fehsen.

»Geh lieber ran«, meinte der grinsend. »Wenn ich mich nicht täusche, hat er dir Neues zu erzählen. Vielleicht passt das ja zu deinen Überlegungen, die du mir gerade schildern wolltest.«

Peppino meldete sich und hörte zu. Nach einer Weile bedankte er sich und trennte das Gespräch.

»Brodtbeck, der von den Mördern des Kochs niedergeschlagen wurde, hat seinen Lieferwagen wieder. Mit dem ist er im Auftrag von Sadik zur Lagerhalle im Stadthafen gefahren und danach wieder zurück zu Sadik, dem er berichtet hat.«

»Der Mann ist vergeblich in den Hafen gefahren, er hat dort niemanden angetroffen, richtig?«

»Nein, falsch. Er hat mit einem Muskelprotz gesprochen, der ihm für kommende Nacht einen Job versprochen hat.«

»Mist«, entfuhr es Fehsen. »Dann war also doch jemand in der Halle und hat sich nur vor uns versteckt.«

Peppino sah ihn fragend an, und Fehsen erzählte ihm, dass sie Brodtbeck begegnet waren und ihn hatten verfolgen lassen, dass sie in der Lagerhalle und am Terminal niemanden angetroffen, aber für alle Fälle mit einigem Getöse so getan hatten, als würden sie Spuren sichern und Hinweisen nachgehen.

»Immerhin war dieses Schauspiel dann nicht umsonst«, sagte Peppino. »Falls ihr damit jemanden in der Halle nervös gemacht habt, bin ich gespannt, was als Nächstes passiert.«

# 11

Werner Holt hatte klare Anweisungen. Erst hatte er den Plan für zu simpel gehalten, aber dann leuchtete ihm alles ein. Roman Vanten war ein schlauer Fuchs. Bisher war er stets gut damit gefahren, genau das zu tun, was Vanten ihm auftrug.

Die Strecke von der Lagerhalle bis zum Wagen war das Schwierigste. Es gab ein paar Stellen, an denen ihn ein Polizist hätte entdecken können, wenn er nur im richtigen Moment in seine Richtung geblickt hätte. Aber das passierte nicht, und als er vor sich schon seinen Wagen sehen konnte, klopfte und zupfte er sich die Kletten und Zweige aus Kleidern und Haaren, die er sich auf dem Weg durch das Dickicht der verwilderten Gartenflächen eingehandelt hatte.

Der Wagen sprang problemlos an, und obwohl er sich zu weit von den Polizisten am Terminal entfernt befand, als dass die ihn hätten hören können, fuhr er mit niedriger Drehzahl los und gab erst mehr Gas, als er schon zwei Straßen des Hafengebiets gekreuzt hatte. Weil sich das Haus, zu dem er musste, in Sichtweite des *Shqipëria* befand, stellte er auch diesmal sein Fahrzeug so ab, dass er notfalls zu Fuß fliehen und erneut unbemerkt davonfahren konnte. Langsam ging er den Gehweg entlang. Das *Shqipëria* lag verlassen da, kein Streifenwagen war zu sehen. Vor dem *Antakya*

*Grill* hatte sich eine kleine Schlange gebildet. Diese Bude lief richtig gut, und es war sicher kein Fehler gewesen, genau hier mit der Lieferung zu beginnen. Er achtete darauf, dass er sein Gesicht die meiste Zeit über vom Grill abwandte, aber wenn er kurz hinüberblickte, sah er die Chefin und ihren Sohn unablässig Fleisch vom Spieß säbeln, Brotfladen anwärmen, Pommes frittieren und Speisen in Alufolie einschlagen. Sie hatten ganz sicher keine Zeit, zwischendurch die Umgebung im Auge zu behalten.

Das Gebäude, zu dem er unterwegs war, lag etwa auf halbem Weg zwischen *Antakya Grill* und *Shqipëria*, und die Steuereinheit des Gittertores, das den Zugang zur Tiefgarage regelte, war hinter einer betonierten Mülleimereinhausung etwas versteckt an der Wand angebracht. Ideal für seine Zwecke. Holt schlenderte auf das Tor zu, blickte kurz zu den Fenstern im zweiten Stock auf, sah sich nach allen Seiten um, und als er nirgends etwas Verdächtiges bemerkte, drückte er sich zwischen den Mülleimern hindurch und ging vor dem Kasten mit der Steuereinheit in die Hocke. Er hatte einen Schlüssel für die Tiefgarage, aber den konnte er nicht benutzen, wenn Vantens Plan aufgehen sollte.

Es brauchte nur wenige Handgriffe, da ratterte das Gittertor nach oben. Kaum hatte es die halbe Höhe erreicht, schlüpfte Holt gebückt hindurch und huschte zu den Stellplätzen, die sich im hinteren Bereich der Garage befanden und in einem diffusen Halblicht lagen. Ronnies Wagen ließ er links liegen. Dass jemand diese alte Karre klauen wollte, würde kein Polizist für glaubhaft halten. Aber die beiden Autos daneben würden als lohnende Beute durchgehen. Und so dilettierte er zunächst am Türschloss des Porsche-Geländewagens herum und schlug dann die Scheibe der

Fahrertür am AMG-Mercedes ein. Die Alarmanlagen beider Fahrzeuge heulten auf, und Holt flitzte zum rückwärtigen Ausgang der Tiefgarage. Durch einen Kellerflur erreichte er die Hintertür, dort ging es in einen vernachlässigten Garten hinaus und zwischen Schuppen, Garagen und Innenhöfen zur nächsten Straße.

Auch hier beobachtete niemand, wie sich Werner Holt durch eine Lücke im Zaun schob, gemächlich auf sein Auto zusteuerte, sich hinter das Lenkrad setzte und ohne Eile davonfuhr.

Klaas Pöhlmann fuhr reiche Ernte ein. Eine Verwarnung nach der anderen tippte er in sein Handy, und mit jedem Bußgeld, das er verhängte, gingen seine Mundwinkel noch etwas weiter nach oben. Er war so in Schwung, dass er das Heulen der beiden Alarmanlagen zunächst eher störend fand. Doch dann wurde ihm klar: Wenn er den ruhenden Verkehr für eine kurze Zeit tatsächlich ruhen ließ, konnte er jetzt mit etwas Glück ein Verbrechen verhindern oder zumindest den Täter stellen.

Er steckte sein Handy weg, orientierte sich einen Moment lang und spurtete schließlich in Richtung des Lärms. Wobei es *spurten* mit Blick auf die im Schnitt erzielte Geschwindigkeit nicht ganz traf. Pöhlmann schlackerte nach Kräften mit seinen langen Beinen, musste aber alle paar Schritte innehalten, um zu verschnaufen, bevor er seinen seltsamen Laufstil wieder aufnehmen konnte.

Ein vor dem *Antakya Grill* wartender Kunde stieß seinen Vordermann an und deutete auf den hageren Stadtpolizisten, der abwechselnd auf sie zugaloppierte und dann wieder keuchend stehen blieb, den Oberkörper nach vorn gebeugt und mit beiden Händen auf den Oberschenkeln abgestützt. Der vordere Wartende zückte sein Smartphone und filmte Pöhlmann, bis er auf halbem Weg zu ihnen mit wilden Sprüngen die Straße überquerte und in einer Tiefgarage verschwand.

Pöhlmann hatte weder bemerkt, dass er gefilmt wurde, noch beachtete er das Lachen, das vom Dönergrill her durch die Straße schallte. Er lauschte und versuchte das Halbdunkel vor sich mit seinem Blick zu durchdringen. Das Lauschen ließ er gleich wieder sein, weil ihm die Alarmsignale der beiden Autos schier das Trommelfell zerrissen. Schnell kramte er Ohrstöpsel aus der Tasche, die er manchmal in die Ohren steckte, um sich nicht von den Beschwerden sanktionierter Falschparker ablenken zu lassen. Mit Händen, die wegen der ungewohnten Anstrengung zitterten, brachte er die Stöpsel jetzt nur schwer hinein, aber nach einer Weile konnte er aufatmen. Das Hupen und Heulen drang jetzt nur noch stark gedämpft an sein Gehör.

Er sah sich um. Die beiden Autos, die gestohlen werden sollten, erkannte er schnell. Ein Porsche, ein Mercedes. Er musterte das Schloss des einen und die eingeschlagene Scheibe des anderen Luxusgefährts, dann drehte er sich mehrmals um die eigene Achse, aber nirgends war der verhinderte Dieb zu sehen. Pöhlmann notierte die Kennzeichen der beiden beschädigten Fahrzeuge und auch das des alten Wagens daneben, danach bezog er Posten im Eingangsbereich der Tiefgarage und rief die Polizei. An ihm würde niemand vorbeikommen, und natürlich hatte er nichts angefasst, um keine Spuren zu verwischen.

So stand er starr und stumm, bis kurz darauf der Streifenwagen eintraf.

Fehsen und Bommers hatten sich überreden lassen, eine Kleinigkeit zu essen. Und während Peppino weiter mit seinen Kollegen sprach, hantierte Camilla mit Pfannen und Töpfen und gab sich Mühe, so leise zu sein, dass sie Toto Sensoni im Gastraum nicht aufweckte.

»Ihr lasst die vegane Köchin an euren Herd?«, fragte Fehsen grinsend.

»Sie hat schon gestern Mittag ausgeholfen, meine Mutter war ganz begeistert.«

»Ich bin gespannt«, gab Fehsen zu und beobachtete sie einen Moment lang. Sie holte frische Teigwaren aus dem Vorratsraum, füllte einen großen und einen kleineren Topf mit heißem Wasser und breitete verschiedene Zutaten vor sich aus, Brokkoli, je eine Flasche Olivenöl und Weißwein, Knoblauch, Salz und Pfeffer.

»Auf jeden Fall«, kehrte Fehsen zum eigentlichen Thema zurück, »sollte sich dieser Brodtbeck genau überlegen, ob er heute Nacht wirklich wegen dieses Jobangebots in den Stadthafen fahren will. Sadiks Imbisskoch ist das Genick mit bloßen Händen gebrochen worden, und einen Toten in diesen Dönergrill zu hieven und ihn dort festzubinden, ist auch keine Kleinigkeit. Angenommen dieser Muskelprotz vom Terminal hat damit zu tun, dann weiß der natürlich ganz genau, wer Brodtbeck ist. Möglicherweise war er es sogar, der ihn niedergeschlagen und ins Gebüsch geschleift hat. Und wenn der Fahrer dann plötzlich bei ihm vor der Halle auftaucht, muss er befürchten, dass Brodtbeck doch jemanden erkannt oder sonst etwas mitbekommen hat.«

»Sadik schickt einige seiner Leute mit, die im Notfall eingreifen und ihm aus der Patsche helfen können. Und auch Al Poner will mit seinen Jungs bereitstehen.«

Fehsen schnaubte.

»Ihr wisst schon noch, dass es in dieser Stadt auch Polizeibeamte gibt?«

»Wenn ihr heute Nacht auch dort seid, wäre das natürlich noch besser.«

»Wie großzügig«, ätzte Fehsen. »Weißt du, als ich damit einverstanden war, dass du ein bisschen recherchierst, dachte ich eigentlich nicht daran, dass alle möglichen Hobbydetektive mitmischen. Und jetzt haben wir als freiberufliche Kollegen zwei Köche, die Gang eines angeblichen Albaners und eine Handvoll hüftsteifer Ex-Ganoven.«

Er schüttelte den Kopf.

Camilla grinste, trennte die Röschen vom Brokkoli, schnitt die harten Stellen des Stiels ab und hackte den Rest in kleine Stücke.

Fehsen deutete zum Avvocato, der sich im Gastraum mit Gina Sensoni und Donatella an den Tresen gestellt hatte.

»Und ihn, wer immer das sein mag.«

»Das ist ein Bekannter aus Italien.«

»Ein Kumpel von dir, den du in einem Urlaub in Apulien kennengelernt hast?«

»Nein, eher ein Bekannter meines Großvaters.«

Fehsen stöhnte auf, Aglaia Bommers sah ihn fragend an.

»Unser lieber Kollege Peppino hat nicht nur einen Vater, der sich früher mit Gaunereien ein Zubrot verdient hat. Er hat auch einen Großvater, der am Südzipfel von Apulien wie eine Spinne in seinem Netz sitzt. Don Armando wird er genannt, und wenn dieser ehrenwerte Herr jemanden aus seiner ehrenwerten Gesellschaft nach Deutschland schickt, geht es vermutlich nicht um eine Kleinigkeit.«

Bommers schüttelte grinsend den Kopf.

»Peppino, ihr seid so eine Familie«, murmelte sie.

Camilla salzte das kochende Nudelwasser und gab die Orecchiette hinein. Die Brokkoliröschen verschwanden im anderen Topf. In einer Schüssel gab sie Eiswürfel in kaltes Wasser. Knoblauchzehen wurden geschält und in hauchdünne Scheiben geschnitten, eine geschälte Zwiebel fein zerhackt, der Saft einer halben Zitrone ausgedrückt und etwas Schale abgerieben.

»Was soll ich machen?«, verteidigte sich Peppino. »Mein Vater hat seinen Vater um Hilfe gebeten, und der Avvocato ist gekommen.«

»Der Avvocato? Ich vermute mal, du kennst seinen bürgerlichen Namen nicht?«

»Nein.«

Fehsen ließ theatralisch die Augen rollen.

»Und, konnte er helfen?«

»Ja.«

»Wobei?«

»Er hat … er …«

Um ein Haar hätte sich Peppino verplappert. Fehsen verstand sein Handwerk, und fast hätte er ihn mit dem Geplauder und den kurzen Zwischenfragen überrumpelt.

»Darüber möchte ich nicht sprechen«, sagte er schließlich. »Das ist etwas Privates, eine Familienangelegenheit, gewissermaßen.«

Vom Herd her zischte und brutzelte es, und ein kräftiger Duft nach Zwiebeln und Knoblauch zog durch den Raum. Die blanchierten Brokkoliröschen wurden herausgenommen und ins Eiswasser gegeben, dafür wanderten nun die kleinen Stückchen des Stiels ins Kochwasser. Camilla goss die Nudeln ab, einen Teil des Wassers fing sie in einer Schüssel auf.

»Du weißt schon, was ich als Kripobeamter denke, wenn mir ein italienischstämmiger Kollege von der *Familie* erzählt?«

»Du denkst falsch.«

»Hat es mit Donatellas Finger zu tun?«

Peppino zuckte nur ganz kurz mit den Augen, aber das genügte Fehsen.

»Also ja. Und was ist mit dem Finger?«

»Eine blöde Geschichte«, wand sich Peppino. »Ein Unfall, aber die Wunde ist gut versorgt, es ist keine Entzündung zu befürchten.«

Die Pfanne zischte erneut, als Camilla den Inhalt mit etwas Weißwein und kurz darauf mit einer Kelle Nudelwasser ablöschte.

»Ist der Finger ab?«

»Ja, wie gesagt, eine blöde Geschichte.«

Bommers und Fehsen wechselten einen vielsagenden Blick, dann legte Fehsen ihm eine Hand auf die Schulter.

»Ich bin gespannt, wie du wieder zu regulärer Polizeiarbeit zurückfindest, wenn deine Beurlaubung mal endet.«

Das war Peppino auch, aber er schwieg und presste die Lippen zusammen.

»Aber zurück zu der falschen Fährte, von der du vorhin gesprochen hast.«

Fehsen wartete, und zusammen mit Aglaia Bommers hörte er sich aufmerksam die Theorie des beurlaubten Kollegen an.

»Dann wäre das Ganze also nur passiert, damit diese Firma einen Fuß ins Fast-Food-Geschäft dieser Stadt bekommt?«, fasste er schließlich zusammen.

Peppino zuckte mit den Schultern.

Camilla hob nun die Stückchen vom Brokkolistiel aus dem Wasser, gab sie mit etwas Kochwasser und einem Spritzer Zitronensaft in eine Schüssel und pürierte alles mit dem Stabmixer. Das Ergebnis kam in die Pfanne, dann schüttete sie die Nudeln und die abgetropften Brokkoliröschen dazu und vermischte alles.

»Ein Mord als Drohkulisse«, fuhr Fehsen fort, »unbestellte Fleischspieße, die den Grillbetreibern aufgedrängt werden, ein verprügelter Dönerhändler … Mit gefrorener Billigware für Imbissbuden wollen die ein Hafenterminal und eine Lagerhalle lukrativ betreiben?«

»Döner aus der Türkei, Krabben, frisch gepult in Marokko, und Lachs aus norwegischer Aquakultur«, zählte Peppino auf, »das kann sich schon rechnen, wenn diese Firma nur groß genug denkt. Und ich vermute, dass sie zwar hier in der Stadt anfangen, ihr Zeug zu verticken, aber dass das nur der Anfang ist. Sonst wäre der Aufwand, dafür Schiffe durch Kanäle und über Flüsse zu schicken, natürlich schon zu groß.«

»Und wie kommt dein Vater ins Spiel?«

»Das weiß ich noch nicht genau, aber kann das alles wirklich Zufall sein? Der Koch stirbt ausgerechnet in den Räumen, in denen sich früher die Stammkneipe von papà und seinen Kumpanen befand. Jene Kneipe, in der diese Bande aufgeflogen ist und deren Wirt danach aus der Spur geriet und schließlich elend ums Leben kam. Ronnie Geyer, der Sohn des toten Kneipiers, hätte schon einen Grund, sich an den Ganoven, die sich damals im *Pik Ass* getroffen haben, zu rächen. Vor allem an denen, die wie mein papà damals ungeschoren davonkamen.«

»Aber warum hat er damit so lange gewartet? Und wieso

soll er ausgerechnet in dieser Fast-Food-Schieberei seine Finger mit drinhaben?«

»Das sind alles gute Fragen, auf die ich leider keine Antwort habe«, gab Peppino zu.

»Okay«, seufzte Fehsen. »Das müssen dann wohl wir herausfinden.«

Er sah in den Gastraum hinüber und bemerkte, dass ihn der Avvocato musterte. Die beiden maßen sich einen Moment lang mit Blicken, dann lächelte der Italiener, und Fehsen wandte sich an Peppino.

»Und sieh zu, dass uns euer Bekannter aus Apulien keinen Ärger macht.«

»Jetzt wird erst einmal gegessen«, sagte Camilla und postierte die große Schüssel, drei Teller und Besteck auf den Küchentisch. Während sich alle aufschöpften, stellte sie noch einen Teller mit Pinienkernen dazu, kleine Schälchen mit Zitronensaft und dem Schalenabrieb sowie einen Teller mit hauchdünnen Parmesanscheiben, die sie so fein vom Käsestück geschnitten hatte, dass sie sich neben der Schüssel mit der warmen Pasta aufrollten wie Butterflocken.

»Ist das vegan?«, fragte Fehsen und schnupperte genießerisch.

»Nur solange Sie keinen Parmigiano reingeben«, versetzte Camilla grinsend. »Und das andere können Sie ganz nach Geschmack untermischen. Guten Appetit.«

»Vielen Dank, Camilla. Aber … isst du nicht mit uns?«

»Ich habe genug für uns alle gemacht. Jetzt bringe ich den anderen den Rest und esse mit ihnen am Stammtisch.«

Fehsen pickte etwas Brokkoli und zwei, drei Orecchiette auf die Gabel, steckte sich die Kostprobe in den Mund, und dann sagte er lange gar nichts mehr.

Ronnie Geyer war von dem Krach zwar wach geworden, aber er hatte nur die Fenster geschlossen und nicht weiter darauf geachtet, woher das Heulen der Alarmanlage kam. Ihn betraf das nicht. Mit seiner alten Karre hatte er keine Diebe zu befürchten, da gab es selbst in der Tiefgarage, in der er seinen Wagen abgestellt hatte, andere Fahrzeuge, die eher einen Bruch lohnten. Grinsend kroch er zurück ins Bett und zog sich die Decke über den Kopf. Als er trotz geschlossener Fenster noch immer den Alarmton hörte, wenn auch deutlich leiser, schaltete er den Radiowecker ein. Der Popsong übertönte das Heulen, und er entspannte sich wieder.

Die Nacht im *Shqipëria* hing ihm noch immer nach. Er war nicht mehr daran gewöhnt, nächtelang aufzubleiben. Kurz darauf war er wieder eingeschlafen.

Aglaia Bommers und Hanns Fehsen bedankten sich überschwänglich für das leckere Essen. Auch den anderen hatte es geschmeckt, und Gina Sensoni strahlte Camilla so beseelt an und zwinkerte ihrem Sohn zwischendurch immer wieder zu, bis der sich genervt abwandte und die Kollegen nach draußen begleitete.

Fehsen hatte fast den Dienstwagen erreicht, da klingelte sein Handy. Jochen Maigert war dran.

»Wir haben Ronnie Geyer«, sagte er knapp.

»Was heißt das, ihr habt ihn?«

»Wir wissen, wo er sich aufhält. Kommt ihr dazu?«

Fehsen ließ sich die Adresse geben, Bommers startete den Motor, und bevor er sich auf den Beifahrersitz fallen ließ, drehte er sich noch einmal zu Peppino um.

»Könnt ihr jetzt bitte mal die Füße stillhalten, bis wir mit diesem Ronnie gesprochen haben?«

Peppino zuckte mit den Schultern.

»Nichts machen, bitte«, flehte er beinahe. »Nur warten, einfach warten. Ich melde mich, sobald wir ihn befragt haben.«

»Eins würde ich trotzdem gern versuchen«, widersprach Peppino, »aber das würde eurer Befragung nicht in die Quere kommen. Kannst du mir ein Foto von Ronnie Geyer schicken? Ein Porträt und vielleicht eins, auf dem man auch seine Statur sieht?«

»Will ich wissen, wem du die Fotos zeigen willst?«

Peppino grinste.

»Nein.«

Fehsen stieg seufzend ein, nachdem er es versprochen hatte. Peppino sah ihnen nach, dann ging er in den Gastraum, um mit dem Avvocato ihre Möglichkeiten zu besprechen.

Als Aglaia Bommers den Wagen etwa dreißig Meter entfernt von der durchgegebenen Adresse in eine Parklücke rangierte, sah sie vor sich Maigerts zivilen Dienstkombi, Streifenwagen und uniformierte Polizisten waren auf den ersten Blick nicht zu entdecken. Sie näherten sich dem Haus. Den Angaben Maigerts zufolge vermuteten die Kollegen Ronald Geyer in der mittleren Wohnung, mit Fenstern nach drei Seiten. Im Erdgeschoss war eine Anwaltskanzlei untergebracht, im zweiten Stock wohnte ein Ehepaar, dem außer dem getunten Mercedes noch ein Cabrio gehörte. Mit dem Cabrio war die Frau zur Arbeit gefahren und hatte unterwegs ihren Mann an der U-Bahn-Haltestelle abgesetzt. Die beiden wussten Bescheid, dass die Alarmanlage ihres Wagens angeschlagen hatte, waren aber gebeten worden, wegen eines laufenden Polizeieinsatzes einstweilen noch nicht nach Hause zu kommen.

Der Besitzer des Porsche-Geländewagens war vor fünf Tagen in den Urlaub geflogen, zum Flughafen hatte er ein Taxi genommen. Diese Wohnung stand derzeit also leer und diente vermutlich Ronnie Geyer als Unterschlupf. Er musste über einen Schlüssel oder Nachschlüssel zur Tiefgarage verfügen, weil sein Wagen dort geparkt war. Dasselbe galt wohl auch für die Wohnung. Das Gittertor der Tiefgarage war offen, dort stand Maigert und winkte sie zu sich. Im Vorübergehen sahen sie die Silhouetten mehrerer Personen hinter dem Glas der Eingangstür. Offenbar waren die Beamten bereit für den Zugriff.

»Wir hatten Glück, fast schon etwas zu viel, um es für Glück zu halten«, sagte Maigert mit gesenkter Stimme und führte sie weiter in die Tiefgarage hinein. »Ausgerechnet in dieser Garage wollte jemand zwei teure Autos klauen, hat die Alarmanlagen ausgelöst, und dadurch ist Herr Pöhlmann auf den versuchten Diebstahl aufmerksam geworden.«

Er deutete auf einen hageren Mann in der Uniform des städtischen Ordnungsdienstes.

»Er hat gut reagiert. Als er keinen Dieb antraf, hat er die Kollegen informiert und die Kennzeichen der beiden beschädigten Fahrzeuge durchgegeben. Außerdem schickte er der Zentrale ein Foto von der alten Karre, die neben den Luxusautos stand und die ihm hier wohl unpassend vorkam. Die Kollegen haben das Kennzeichen gecheckt, und weil wir die Suche nach Geyers Wagen mit der entsprechenden Nummer hinterlegt haben, bekam ich die Info mit der Adresse hier.«

»Okay, ob wir nur Glück gehabt haben oder ob da jemand

was gedreht hat, können wir später noch herausfinden. Jetzt sollten wir erst mal nach oben gehen und uns diesen Geyer schnappen. Falls er überhaupt da ist.«

»Das sieht ganz gut aus«, sagte Maigert. »Die Kollegen hören durch die Wohnungstür ganz leise Musik.«

Fehsen ließ Bommers und Maigert vorgehen, er mühte sich ins Obergeschoss und versuchte, sein schweres Atmen zu überspielen, so gut es ging. Maigert sah ihn fragend an, Fehsen nickte, und auf ein Zeichen des Einsatzleiters brach die Hölle los.

Eigentlich hätte er sich etwas in der Art denken können, und als der Avvocato ihm erzählte, wie und wann er Kai Semmler einen winzigen Peilsender verpasst hatte, musste er dessen breites Grinsen erwidern.

»Die Sache hat nur einen Haken«, gab der Italiener zu bedenken. »Wenn er seine Hose wechselt und für die neue nicht denselben Gürtel verwendet, verliert sich seine Spur.«

»Hat er denn Grund, seine Hose zu wechseln?«

»Ich an seiner Stelle würde mich umziehen, sobald ich aus dem Krankenhaus komme. Im ersten Moment drängt die Zeit, um den Finger vielleicht noch retten zu können, und er hat ja keine andere Kleidung dabei. Aber wenn er rauskommt, wird er wohl etwas Neues anziehen wollen.«

»Vielleicht haben wir ja Glück, und er muss wegen der OP ein bisschen im Hospital bleiben.«

»Wann wird Ihnen der Kommissar die Fotos schicken?«

»Ich hoffe, so schnell wie möglich. Aber erst müssen sie Ronnie haben. Hoffen wir, dass er ihnen nicht entwischt.«

Der Avvocato machte ein Gesicht, von dem Peppino ablesen konnte, dass ihm als Profi dieser Ronnie ganz sicher nicht durch die Lappen gehen würde. Doch noch bevor er etwas sagen konnte, meldete das Handy zwei eingehende Dateien. Es waren Fotos von Ronnie Geyer, ein Porträt und eine Ganzkörperaufnahme. Allem Anschein nach war die Festnahme des Mannes nicht ganz ohne Gegenwehr abgelaufen. Er hatte mehrere Schrammen abbekommen, über einer Platzwunde am Wangenknochen war getrocknetes Blut zu sehen, und unter dem linken Auge war das Gewebe dunkel eingefärbt und geschwollen.

»Dann wollen wir mal«, sagte Peppino.

Er fuhr, diesmal hatte er den Familienkombi genommen. Camilla saß auf dem Beifahrersitz, und der Avvocato lehnte bequem auf der Rückbank und dirigierte ihn durch die Stadt zu der Stelle, an der sich der Peilsender im Moment befand. Die Markierung auf der Karte passte zur Position des Krankenhauses, sie würden Kai Semmler also hoffentlich nicht lange suchen müssen.

Camilla gab sich am Empfang als Freundin von Semmler aus, sie spielte ihre Besorgnis so überzeugend, dass sie nicht einmal gefragt wurde, wer ihre beiden Begleiter waren. Semmler lag im zweiten Stock, er war allein in einem zweckmäßig eingerichteten Zweierzimmer, saß im Bett und hielt das Smartphone in der rechten Hand und wischte mit dem Daumen herum. Und als Camilla und die beiden Männer eintraten, blickte er auf, riss entsetzt die Augen auf und rückte auf der Matratze ein bisschen nach hinten, als würde ihn das irgendwie schützen.

»Wie geht es Ihnen?«, fragte der Avvocato, als sei er ein Arzt auf Visite.

Er griff nach Semmlers linker Hand und begutachtete den Verband.

»Konnten die Ärzte Ihren Finger wieder annähen?«

»Ja, aber …«

Semmler hustete und räusperte sich.

»Aber es ist noch nicht sicher, dass es auch geklappt hat. Deshalb werde ich noch ein paar Tage hier sein.«

Über einem Stuhl hingen Semmlers Kleider. Er selbst trug eines dieser OP-Hemden. Der Avvocato trat zu dem Stuhl und verdeckte dem Mann im Krankenbett die Sicht auf Hose und Gürtel.

»Das wird nachher zum Waschen abgeholt«, sagte Semmler.

»Das ist sicher eine gute Idee«, antwortete der Avvocato, während er mit einer kurzen Bewegung die Finger unter die Gürtelschnalle legte und danach etwas sehr Kleines in seiner Hosentasche verschwinden ließ. Dann drehte er sich um und betrachtete Semmler.

»Was wollen Sie denn noch von mir?«, brachte der ängstlich hervor. »Hatten wir nicht einen Deal? Ich vergesse, dass ich Sie jemals gesehen habe, und Sie sprechen nicht über die Sache mit Donatella und lassen mich in Frieden. So war's doch ausgemacht, oder?«

»Genau so. Und wir haben nur eine Bitte, eine Frage, dann sind wir auch sofort wieder weg.«

Semmler stöhnte.

»Versprochen«, sagte der Avvocato.

Er ließ sich Peppinos Handy geben, trat an die Seite des Bettes und hielt Semmler das Display hin. Der blinzelte, dann sah er genauer hin, und schließlich nickte er.

»Das ist er«, sagte er.

Der Avvocato wechselte auf das Ganzkörperfoto.

»Ja, kein Zweifel, das ist der Kerl. Ich habe Ihnen doch

gesagt, dass der ziemlich fertig aussah und er sich richtig gefreut hat, als es darum ging, dass ich der Familie Sensoni den Erpresserbrief bringen sollte.«

»Gut, das war's auch schon.«

»Das war alles?«

»Ja. Sie haben doch gesagt, dass Sie keine Namen von diesen Typen kennen, und wir glauben Ihnen. Von einem von ihnen haben wir jetzt diese Fotos bekommen, da wollten wir auf Nummer sicher gehen und Sie schnell fragen, ob das einer der Typen ist, die Sie beauftragt haben.«

»Ja, das ist er. Vom anderen haben Sie kein Foto?«

»Leider nein.«

»Und wenn Sie später eins haben?«

»Werden wir Sie nicht damit behelligen. Sie haben uns gerade sehr geholfen, und damit soll es nun auch gut sein.«

Er sah den Avvocato an, und es war nicht schwer zu erkennen, dass er aus diesem Mann nicht schlau wurde.

»Ist das in Ordnung für Sie?«, fragte er noch, und Semmler nickte eifrig.

»Sehr«, sagte er.

Sie verabschiedeten sich, und auf dem Krankenhausflur gab Peppino seinem Kollegen Fehsen durch, dass Ronnie Geyer einer der Männer war, die hinter dem Schreiben steckten, mit dem Toto Sensoni erpresst worden war.

Kai Semmler setzte sich in seinem Bett wieder etwas bequemer hin, aber es dauerte noch eine Weile, bis er sich erneut auf die Webseite konzentrieren konnte, die er auf seinem Handy geöffnet hatte. Ab und zu warf er einen ängstlichen Blick zur Tür. Doch die öffnete sich erst wieder, als die Putzkraft nach fast einer Stunde hereinkam und seine Wäsche mitnahm.

Zurück in der Trattoria ging Peppino in der Küche nervös auf und ab. Seine Mutter und er hatten kurzfristig entschieden, das Lokal heute geschlossen zu lassen, und nun warteten sie darauf, dass Fehsen ihnen berichtete, wie die Befragung von Ronnie Geyer gelaufen war. Das Herumgehen zerrte auch an den Nerven von Camilla Brown und Gina Sensoni, die am Küchentisch saßen und sich immer wieder genervte Blicke zuwarfen.

Der Avvocato, der lässig an einer Arbeitsplatte lehnte, nutzte die Zeit, sich auf den aktuellen Stand bringen zu lassen. Und das wiederum brachte Peppino dann doch ein wenig zur Ruhe. Einige Besonderheiten schienen ihn sehr zu amüsieren, jedenfalls grinste er ab und zu, als er wiederholte, wie er die Zusammenhänge verstanden hatte.

»Sadik, der Albaner, ist eigentlich kein Albaner, sondern stammt aus Detmold, und damit das nicht auffliegt, tauscht er sich mit seinen Mitarbeitern nur über Gesten und Textnachrichten aus?«

Peppino nickte. So wie es der Mann ausdrückte, wirkte es tatsächlich etwas albern.

»Albert Konrad Poner kürzt seinen Namen am liebsten mit Al K. Poner ab, damit auch jeder merkt, dass er in seiner Gang das Sagen hat.«

Peppino zuckte lächelnd mit den Schultern.

»Und die alten Knaben, mit denen er früher seine krummen Dinger durchzog und die er noch heute regelmäßig zum Tanztee auf seinem Hausboot trifft, nennt er nach wie vor Jungs.«

»Ja, und einer der Jungs war mein Vater. Er hat keinen Kontakt mehr mit ihm, zumindest behauptet er das. Allerdings weiß er sehr genau Bescheid, was bei uns Sensonis los ist. Keine Ahnung, wer ihm das immer erzählt, aber sein Interesse an unserer Familie scheint vor allem damit zu tun zu haben, dass er ein alter Verehrer meiner Mutter ist.«

»Ach, was du dir da zusammenreimst«, winkte Gina Sensoni ab.

Camilla registrierte amüsiert, dass sie ein wenig rot anlief. Toto schlurfte herein. Er trug wieder einen Pyjama und setzte sich neben seine Frau, was sie nur noch verlegener machte.

»Aber wer ihn mit Neuigkeiten über uns versorgt, kann ich dir sagen, mio figlio.«

Er sah sie fragend an.

»Der alte Ole gehört zu den Jungs, und er berichtet alles brühwarm seinem Albert.«

»Echt? Und trotzdem spendierst du ihm Wein und Essen und hältst auch nichts wirklich vor ihm geheim?«

Darauf sagte sie nichts, sondern fixierte sehr aufmerksam einen Punkt vor sich auf der Tischplatte.

»Meine liebe Gina ist selbst ein bisschen verschossen in Al«, antwortete Toto an ihrer Stelle. »Er ist halt auch ein galanter Kerl.«

Gina schlug ihm spielerisch mit der flachen Hand an den Oberarm.

»Che sciocchezza!«, maulte sie. »So ein Blödsinn.«

»Nur schöner bin ich halt noch«, fügte Toto hinzu und grinste breit.

»Na, das ist ja nun wirklich dummes Zeug, wie jeder

sehen kann«, brachte sie prustend heraus, und Toto stimmte vergnügt in ihr Lachen ein.

Der Avvocato betrachtete die beiden Alten wohlwollend, er schien das familiäre Gekabbel zu genießen. Dann wurde er wieder ernst.

»Sadik hat den Fahrer Bernd Brodtbeck samt seinem Kühltransporter zur Lagerhalle im Stadthafen geschickt, damit er sich dort um Aufträge bewirbt, in Wirklichkeit aber Informationen über diese Food-Logistik-Firma und ihre Methoden beschafft.«

»Genau«, stimmte Peppino ihm zu.

»Wir nehmen aber an, dass in dieser Lagerhalle die Männer Geschäfte machen, die Brodtbeck vor dem Mord an Sadiks Koch niedergeschlagen haben und in seinem Lieferwagen vom Tatort geflohen sind.«

»Ja, und weil Brodtbeck das vermutlich nicht ahnt, könnte er heute Nacht, wenn er angeblich dort zur Arbeit antreten soll, aus dem Weg geschafft werden.«

»Weil diese Männer zu Unrecht befürchten, dass Brodtbeck etwas gesehen oder sie sonst wie als Zeuge belasten könnte.«

»Und das wollen Sadik mit seinen Leuten ebenso verhindern wie Al Poner mit seinen Jungs. Beide Parteien wollen sich heute Nacht im Stadthafen auf die Lauer legen und zur Stelle sein, falls es für Brodtbeck eng werden sollte.«

»Was wiederum der Polizei nicht recht ist, weil sie ihre Arbeit gern selbst machen würde.«

Peppino nickte grinsend, da klingelte sein Handy. Fehsen rief an.

»Wie aufs Stichwort«, sagte er, »die Kripo.«

Während er das Gespräch entgegennahm, beugte sich

der Avvocato zu Camilla und flüsterte ihr etwas ins Ohr. Viel war es nicht, und Peppino hatte kein Wort davon erlauschen können, aber danach nickte ihm der Avvocato noch kurz zu und verschwand aus der Trattoria.

»Sorry, Hanns, ich war gerade etwas abgelenkt. Was hat die Befragung von Ronnie Geyer ergeben?«

Er hörte zu, und ab und zu blinzelte er irritiert. Was Fehsen ihm sagte, war etwas ganz anderes, als er erwartet hatte. Ohne selbst viel gesagt zu haben, ließ er das Handy nach einer Weile wieder sinken und sah seinen Vater nachdenklich an.

»Du solltest dir etwas Richtiges anziehen, papà.«

Jochen Maigert stand neben Hanns Fehsen, und je länger der mit Peppino Sensoni telefonierte, desto ungläubiger starrte Maigert den Kollegen an.

»Das ist nicht dein Ernst«, brachte Maigert hervor, nachdem die Verbindung getrennt war.

Fehsen zuckte nur mit den Schultern.

»Hast du eine bessere Idee?«

Maigert schnaubte.

»Am besten gehst du schon mal runter zum Empfang«, sagte Fehsen ungerührt, »und erwartest sie dort. Mehr als fünfzehn, zwanzig Minuten sollten sie nicht brauchen. Ich mache so lange Kaffee für uns alle.«

Aglaia Bommers saß nebenan in dem Büro, das sie sich teilten. Ronnie Geyer lümmelte ihr gegenüber auf einem Drehstuhl und wippte auf seinem Platz hin und her. Bommers wirkte genervt, ließ ihn aber nicht aus den Augen. Geyer war zwar unruhig, gab sich aber den Anschein, als wisse er von nichts, als gehe ihn das alles nichts an, und schuld sei er sowieso an nichts und habe auch keine Ahnung, was die Kripo von ihm wolle.

»Kann ich dann mal endlich wieder gehen?«, fauchte er die Kommissarin nun an.

»Das wird noch etwas dauern.«

»Wir sitzen doch sowieso bloß blöd hier rum. Wie gesagt, ich weiß auch gar nicht, was Sie von mir wollen.«

Sie musterte den Mann vor ihr und sagte kein Wort mehr.

»Er hat echt gesagt, dass dein Vater ins Kommissariat kommen soll?«

Camilla war verblüfft.

»Ja, und meine Mutter soll ihn begleiten. Er soll sich etwas nachlässig kleiden und insgesamt keinen besonders fitten Eindruck machen, so habe ich ihn verstanden.«

»Und was soll das?«

Peppino, der Fehsen gut kannte, musste grinsen.

»Vermutlich soll das eine etwas andere Art der Gegenüberstellung werden.«

Dann fiel ihm etwas ein.

»Sag mal, Camilla, als ich mit Fehsen telefoniert habe, hat der Avvocato dir etwas zugeflüstert, und dann war er weg. Was hat er denn gesagt?«

»Er wollte zu Al Poner und zu Sadik. Er befürchtet wohl, dass der Fahrer, dieser Brodtbeck, heute Nacht unnötig in Gefahr gerät, wenn diese beiden Gruppen jede für sich für seine Sicherheit sorgen wollen. Er möchte das koordinieren.«

Peppinos Grinsen war wie weggewischt.

»Das wird Sadik nicht gefallen«, brummte er. »Und meinen Kripokollegen auch nicht.«

Nach knapp zwanzig Minuten Wartezeit war zu hören, dass sich Menschen dem Büro näherten. Kommissarin Bommers sah über Ronnie Geyers Schultern hinweg zum Flur und lächelte zufrieden. Geyer wiederum wollte sich weiterhin cool geben, aber es war ihm anzusehen, dass er sich nur zu gern umgedreht und gesehen hätte, was da hinter seinem Rücken vor sich ging.

Dann schwang die Tür auf und knallte so laut gegen die Wand, dass Ronnie Geyer zusammenschrak und sich nun doch umwandte. Durch die hüfthohen Fenster konnte er ins benachbarte Büro schauen. Dort hatte sich eine Gruppe von Besuchern hinter einem Tisch versammelt. Er sah die Bewegungen, konnte aber keines der Gesichter ausmachen. Kommissar Jochen Maigert stand neben den Neuankömmlingen und grinste herüber. Die Tür war von Hanns Fehsen so schwungvoll geöffnet worden, der mit einer Kaffeekanne zu seiner Kollegin und Geyer trat und ihr und sich die Tassen vollschenkte.

»Sie auch, Herr Geyer?«, fragte er.

»Was wird das hier?«, brauste Geyer statt einer Antwort auf.

»Wir wollen Ihnen Fragen stellen.«

»Das haben Sie schon getan, und ich habe Ihnen gesagt, dass ich auf all diese bescheuerten Fragen keine Antworten habe. Sie fragen den Falschen, und Sie stehlen mir meine Zeit.«

»Sie haben geschlafen, als meine Kollegen Sie abgeholt haben.«

»Pah, abgeholt – hier, hier und hier«, rief er und deutete auf Schrammen und blaue Flecken, die er davongetragen hatte. »So haben Sie mich zugerichtet, als ich völlig unschuldig im Bett lag und – wie Sie ja selbst sagen – geschlafen habe.«

»In der Wohnung eines anderen, den Sie unseren Ermittlungen zufolge nicht kennen. Sie sind dort also eingebrochen, haben sich versteckt, sind untergetaucht.«

»Blödsinn. Ich habe einen Schlüssel zur Wohnung, einen für die Haustür und einen zur Tiefgarage. Die hat mir der Wohnungseigentümer überlassen. Den Schlüsselbund haben mir Ihre Leute vorhin abgenommen. Den brauche ich wieder.«

»Diese Schlüssel werden Sie eine ganze Weile nicht mehr brauchen. Und wir werden noch klären, wie Sie an die gekommen sind. Aber das muss uns jetzt nicht interessieren. Die Wohnung hatte eine gute Lage, schon wegen der guten Sicht auf das *Shqipëria*.«

»Was soll mir das bringen? Der Laden hat ja nicht mal geöffnet.«

»Woran Sie nicht unschuldig sind.«

»Ach, das kommt jetzt noch dazu? Erst Einbruch, und dann … wie nennt sich dieser Straftatbestand? Verhinderung der Öffnung einer Pommesbude?«

Er lachte, es wirkte aufgesetzt.

»Vielleicht doch Kaffee?«

»Meinetwegen.«

Fehsen goss ein.

»Milch? Zucker?«

»Weder noch, aber gehen würde ich gern.«

»Bitte gedulden Sie sich noch etwas. Möchten Sie vielleicht Ihren Anwalt herbitten?«

»Wozu brauche ich einen Anwalt? Ich habe gar keinen. Was ich regeln muss, kann ich selbst regeln.«

»So wie die Sache mit Ihrem Vater?«

Ronnie Geyer blinzelte. Fehsen quittierte die unkontrollierte Reaktion mit einem Grinsen.

»Dachte ich's mir doch«, sagte Fehsen und nickte.

Bisher hatten sie ihn nur mit dem gewaltsamen Tod von Sadiks Koch konfrontiert und nach seinem Alibi für die Tatzeit gefragt. Geyer wollte geschlafen haben von elf Uhr abends bis halb neun am Morgen.

»Was soll das denn jetzt wieder? Sie reißen mich aus dem Schlaf, verschleppen mich und halten mich hier widerrechtlich fest. Und alles nur, weil Sie zu dämlich sind, einen Täter für einen Mord zu finden, mit dem ich nichts zu tun habe!«

Aglaia Bommers machte ein finsteres Gesicht, beleidigen lassen wollte sie sich von diesem Typen nicht. Doch Fehsen winkte nur ab.

»Dass Sie sich so aufregen, seit ich Ihren Vater erwähnt habe, verstehe ich gut.«

»Lassen Sie meinen Vater ...«

Fehsen hob eine Hand, Geyer verstummte. Offenbar war er tatsächlich etwas verunsichert.

»Ich will Ihnen eine Geschichte erzählen«, begann Fehsen. »Erst mal den Teil, der sich in der Nacht von vorgestern auf gestern abgespielt hat.«

Geyer setzte ein dünnes Lächeln auf und setzte sich bequemer hin.

»Aus Gründen, auf die wir noch zurückkommen werden, sind Sie mit einem Kumpan gegen vier Uhr früh zum *Shqipëria* gegangen. Das ist ja nicht weit von hier, und Ihr Kumpan wird wohl irgendwo in der Nähe einen Wagen abgestellt haben. Sie haben dem Fahrer eines Kühltransporters aufgelauert, haben ihn niedergeschlagen und in ein Gebüsch gezerrt. Dann haben Sie am Hintereingang des *Shqipëria* geklopft. Der Koch, der Sie für den Lieferanten hielt, hat Ihnen geöffnet, Sie haben ihn getötet und anschließend mit Kabelbinder, den Sie auf der Ladefläche des Lieferwagens vorgefunden haben, am Metallspieß des Dönergrills festgebunden.«

»Hatten wir diese Märchenstunde nicht schon?«

»Meine Kollegen haben Ihnen ja gerade Fingerabdrücke und eine DNA-Probe abgenommen. Ich gehe davon aus, dass wir Treffer haben werden, wenn wir das mit den Spuren abgleichen, die unsere Kriminaltechniker am Tatort und im Lieferwagen gefunden haben.«

Ein leichtes Flackern in Geyers Blick, dann schaute er wieder gelangweilt drein.

»Wir haben die Aussage eines Zeugen, der sich ungefähr zu dieser Zeit ebenfalls am Hintereingang des *Shqipëria* befand.«

Um Geyers Lippen spielte ein leichtes Grinsen.

»Dieser Zeuge«, fuhr Fehsen fort, »hat gesehen, wie Sie sich an dem Toten zu schaffen machten.«

»Und wer soll dieser Zeuge sein?«

»Der Gastronom Salvatore Sensoni.«

»Sensoni ... Sensoni ... warten Sie mal«, tat Geyer, als grabe er ganz tief in seiner Erinnerung. »Da klingelt was bei mir. Wird der Toto genannt?«

Fehsen nickte, Geyer lachte kurz auf.

»Dann würde ich mir das mit dem Zeugen noch einmal überlegen. Toto Sensoni ist Gastronom, sagten Sie? Ist er nicht eher eine etablierte Unterweltgröße? Einer der wichtigsten Helfer eines Typen namens Sadik?«

»Sie wirken gut informiert. Woher wissen Sie das?«

»Ich bin in dieser Stadt aufgewachsen, und seit ein paar Jahren lebe ich wieder hier. Sternelokale und teure Italiener kann ich mir nicht leisten, und in den Kneipen, in denen ich mein Bier trinke, treffe ich Leute, die so etwas wissen. Da schnappt man dann das eine oder andere auf.«

»Sehr schön. Vielleicht sollten wir Sie als Spitzel beschäftigen?«

Geyers Kinnlade klappte nach unten, dann machte er Anstalten, vor Fehsen auszuspucken. Aglaia Bommers legte ihm blitzschnell die Hand an die Kehle.

»Nein«, sagte sie nur.

Ronnie Geyer schluckte den Speichel hinunter, und sie nahm die Hand wieder weg.

»Sie hat mich tätlich angegriffen!«, polterte er los und zeigte auf die Kommissarin.

»Ich habe nichts gesehen«, sagte Fehsen.

# 12

Werner Holt kam auf demselben Weg in die Lagerhalle zurück, auf dem er sie vorhin verlassen hatte, und wieder beobachtete ihn niemand dabei. Das lag diesmal allerdings auch daran, dass die Polizisten abgezogen waren.

»Waren sie noch lange da?«, fragte er Roman Vanten.

»Nein, sie haben wohl nicht gefunden, was sie suchten. Und bei dir hat alles geklappt?«

»Natürlich. Die Polizei hat Geyer auch schon mitgenommen.«

»Gut. Jetzt müssen wir uns noch um diesen Brodtbeck kümmern.«

»Darüber habe ich auch schon nachgedacht, Boss. Wie wollen wir es anstellen, dass ich ihn heute Nacht aus dem Weg schaffe, ohne dass die anderen Fahrer etwas davon mitbekommen?«

Vanten grinste.

»Wir sorgen dafür, dass kein anderer Fahrer hier sein wird, wenn Brodtbeck um halb drei eintrifft.«

»Aber … wir müssen doch unsere Ware ausliefern.«

»Genau, deshalb klemmen wir uns jetzt ans Telefon und informieren unsere Kunden, dass wir heute früher liefern, und den Fahrern geben wir ebenfalls Bescheid. Wir sorgen dafür, dass ab Mitternacht hier nichts mehr los ist.«

»Fahren wir fort«, sagte Fehsen zu Ronnie Geyer, der inzwischen etwas gesprächiger geworden war. »Sie kennen also Sadik und Toto Sensoni.«

»Kennen ist zu viel gesagt, aber die Namen habe ich schon mal gehört. Und wenn die rechte Hand dieses Clanchefs sich als Zeuge ausgibt und behauptet, mich mit einem Toten gesehen zu haben, sollten Sie vielleicht mal kurz nachdenken. Ein Gangster will mir was anhängen – das ist doch ein Trick, eine falsche Fährte, um von sich und seiner Schuld abzulenken.«

»Falsche Fährte, das ist ein gutes Stichwort.«

Geyer musterte ihn, aber Fehsen lächelte nur.

»Doch dazu später mehr«, fuhr er fort. »Sie wissen, dass das Lokal, dessen Koch ermordet wurde, genau diesem Sadik gehört?«

Ronnie Geyer zuckte mit den Schultern.

»Wieso sollte Toto Sensoni, als dessen rechte Hand Sie ihn bezeichnen, ausgerechnet den Koch seines Chefs töten?«

»Keine Ahnung, vielleicht schuldet Sadik ihm Geld, oder die haben sich wegen irgendetwas zerstritten. Was weiß ich, was unter Gangstern so abgeht.«

Er verschränkte die Arme vor der Brust.

»Sie haben vorhin erwähnt, dass Sie checken werden, ob Sie am Tatort Spuren von mir gefunden haben. Wenn dieser Sensoni bezeugen will, dass er mich in dieser Grillbude gesehen haben will, muss er ja selbst dort gewesen sein. Also hat er dort selbst Spuren hinterlassen, vermutlich als Täter. Also sollte er nicht mich beschuldigen, sondern endlich mal zu dem stehen, was er selbst getan hat.«

»Anders als damals, als er ungeschoren davonkam?«

Geyer schluckte.

»Vor zwanzig Jahren, als Ihr Vater Wirt des *Pik Ass* war und ein Kollege von mir eine junge Frau als Bedienung in die Kneipe eingeschleust hatte. Wir wissen das alles, und wir wissen auch, dass sich das *Pik Ass* genau dort befand, wo jetzt im *Shqipëria* ein Mann ermordet wurde.«

Ronnie Geyer senkte den Blick.

»Haben Sie den Erpresserbrief an Toto Sensoni geschrieben?«

Geyer hob den Kopf und presste die Lippen zusammen.

»Was hätte er denn Ihrer Meinung nach gestehen sollen?«, fragte Fehsen. »Was von damals und was von heute?«

Keine Antwort.

»Stehen Sie bitte mal auf, Herr Geyer«, sagte Fehsen und stand auf. »Ich will Ihnen den großen Gangster Toto Sensoni zeigen, die rechte Hand von Sadik, dem Albaner, der Ihrer Behauptung nach den Koch des *Shqipëria* mit bloßen Händen ermordet und ihn danach in den Dönergrill gehängt haben soll.«

Ronnie Geyer zögerte.

»Den haben Sie hier?«, fragte er. »Wieso halten Sie mich dann noch fest? Stecken Sie diesen Verbrecher hinter Gitter und fertig!«

»Kommen Sie bitte?«

Aglaia Bommers stand ebenfalls auf und stellte sich so neben Geyer, als würde sie ihn jeden Moment packen und hochzerren. Langsam erhob er sich, Fehsen ging ihm ins Nachbarbüro voraus. Nun konnte Geyer die Gesichter der Neuankömmlinge sehen. Eine attraktive Frau um die dreißig saß da, daneben ein schlanker Mann im selben Alter, es folgte ein älteres Paar. Die Frau mochte um die sechzig sein, sie hielt mit einer Hand die Hand des Mannes neben ihr und strich mit der anderen unablässig darüber. Sie sah ihn mit verheulten Augen an, er hielt ihre leidende Miene kaum aus.

Der alte Mann an ihrer Seite war Toto Sensoni, auch wenn er ihn vitaler in Erinnerung hatte. Der starre Blick ging ins Leere, er wirkte, als könne er jeden Moment kraftlos von seinem Stuhl sinken. Dass die Frau seine Hand streichelte, schien er nicht zu bemerken. Der Mund war leicht geöffnet, aus einem Mundwinkel hing ein Speichelfaden, der bis zur Brustpartie seines Hemdes reichte, wo sich schon ein dunkel schimmernder Fleck gebildet hatte.

Auf diesen Mann deutete Kommissar Hanns Fehsen jetzt mit großer Geste.

»Gestatten, Toto Sensoni, Ihrer Meinung nach einer der gefährlichsten Verbrecher der Stadt.«

Ronnie Geyer konnte den Blick nicht lassen von diesem Alten, der sabbernd vor ihm saß und nicht zu dem Bild passte, das er sich von Sensoni gemacht hatte. Der auch nicht zu dem alten, aber doch rüstig wirkenden Mann passte, der am Samstag gegen vier Uhr früh wie geplant im *Shqipëria* auftauchte und dort seine Spuren hinterließ.

»Vorgestern Nacht sah er besser aus«, rechtfertigte sich Geyer murmelnd, und es dauerte einen Augenblick, bis er begriff, was er damit gerade zugegeben hatte. Seine Schultern sackten nach unten.

»Frau Sensoni«, sagte Fehsen fürsorglich und legte ihre eine Hand auf die Schulter, »vielen Dank für Ihr Kommen, Sie können Ihren Mann jetzt gern wieder nach Hause bringen.«

Sie stand auf und bot Toto ihren Arm als Stütze an. Der reagierte erst gar nicht, dann sah er sie an, als habe er keinen Schimmer, wer diese Frau war. Ronnie Geyer wandte sich ab und trottete in das andere Büro zurück. Fehsen grinste hinter seinem Rücken und nickte Toto zu. Dessen Blick und Miene wirkten nun wieder hellwach, er zwinkerte Fehsen zu, stellte sich aber vorsichtshalber mit seinen Bewegungen sehr umständlich an, bis ihn seine Frau nach draußen geführt hatte.

Der Avvocato hatte sich auf Als Bitte hin auf den Stuhl direkt neben ihm gesetzt. Die wichtigsten Leute waren versammelt. Von den Jungs waren drei gekommen, darunter der Fabrikant, der diesmal seinen Fahrer mit auf das Hausboot gebracht hatte. Johann lehnte entspannt auf seinem Platz und wirkte etwas gelangweilt, in Wirklichkeit musterte er die Anwesenden und schätzte ihre Eignung für eine körperliche Auseinandersetzung ab. Er kam zu dem Schluss, dass ihm am Ende nur zwei Männer eine Hilfe sein würden: Sadik, der offenbar selbst häufig in seinem Box & Gym trainierte, und dieser Italiener, der wie ein Profi wirkte, worin auch immer. Mit diesen beiden musste er sich nachher unbedingt noch abstimmen. Und dass der Italiener, der sich Avvocato nennen ließ, die Führung der Aktion beanspruchte, ging aus seiner Sicht in Ordnung. Der Mann wusste, wovon er sprach, er eierte nicht herum und verteilte klare Anweisungen.

Dass diese Anweisungen auch die Bitte enthielten, alle Beteiligten sollten sich unbedingt gleich nachher für ein paar Stunden aufs Ohr legen, um gegen eins, halb zwei auch wirklich wach ihre Posten beziehen zu können, ließ Johann schmunzeln.

Hanns Fehsen schickte Ronnie Geyer voraus. Er selbst wartete noch, bis das Ehepaar Sensoni die Tür hinter sich zugezogen hatte, dann betrat er sein Büro. Bommers und Maigert hatten links und rechts von Geyer Platz genommen, und Fehsen tat so, als habe er nicht bemerkt, dass ihm Camilla und Peppino in den Raum gefolgt waren. Er setzte sich eine Armlänge von Geyer entfernt auf die Kante seines Schreibtischs.

»Es tut mir sehr leid, was Ihrem Vater passiert ist«, sagte er mit ruhiger Stimme. »Ich bin wie Sie der Meinung, dass sein Absturz damit begann und letztlich auch davon ausgelöst wurde, dass sein Lokal als Spitzelkneipe in Verruf kam und er in gewissen Kreisen verdächtigt wurde, selbst mit der Polizei zusammenzuarbeiten. Der Kommissar, der damals die Bedienung als Spion auf die Gäste Ihres Vaters ansetzte, musste seinen Dienst quittieren.«

»Na toll, bei vollen Bezügen vermutlich oder mit einer schönen Pension. Mein Vater ist tot, verstehen Sie?«

»Wie gesagt, das tut mir leid. Und darauf, dass wir die Umstände seines Todes nicht aufklären konnten, ist sicher niemand von uns stolz. Das ist ein Schandfleck für unsere Behörde und wird es bleiben, aber so etwas kommt vor.«

»Jaja. Wie heißt es? Eine Krähe pickt der anderen kein Auge aus.«

»Gut, dass Sie das mit den Krähen erwähnen.«

Ronnie Geyer sah ihn irritiert an.

»Stand unserer Ermittlungen ist im Moment, dass Sie im *Shqipëria* waren, was Sie ja gerade zugegeben haben, dass Sie den Koch ermordet und ihn mit Kabelbinder am Dönerspieß befestigt haben.«

Geyers Kiefer mahlten, aber er schwieg.

»Ich möchte Ihnen nicht zu nahetreten, aber so kräftig, dass Sie das allein geschafft haben, wirken Sie auf mich nicht.«

Schweigen, die Lippen ein schmaler Strich.

»Aber Sie werden Ihren oder Ihre Komplizen natürlich nicht verraten – Sie wissen schon, die eine Krähe und die andere.«

»Damit habe ich euch Bullen gemeint!«

»Geschenkt. Sie nehmen also alles auf sich. Das ist sehr ehrenwert, aber letztendlich nicht so wahnsinnig clever, wenn man es auf das Strafmaß bezieht, das Ihnen droht.«

Geyer zog eine höhnische Grimasse.

»Sie sagen es ja selbst: Ich kann den Toten gar nicht allein in den Dönerspieß gehängt haben. Und ermordet habe ich ihn auch nicht, das war ein anderer.«

»Und von dem verraten Sie weder Namen noch die Adresse, unter der wir ihn finden können, richtig?«

»Schnellmerker.«

Da klingelte Fehsens Handy.

Die Chefin des *Antakya Grills* kämpfte einige Minuten mit sich, dann wählte sie die Handynummer von Kommissar Fehsen. Er hatte auf sie fair gewirkt, als er sie früher am Tag zu den Fleischspießen befragt hatte, die ihr in der Nacht aufgezwungen worden waren. Er schien ihr zu glauben, dass sie diese Ware nicht hatte verwenden wollen, und überhaupt machte er nicht den Eindruck, als wolle er ihr irgendwie schaden. Ihm wollte sie die Information weitergeben, die sie soeben bekommen hatte – obwohl sie grundsätzlich nicht gern mit der Polizei zu tun hatte.

Fehsen meldete sich. Im Hintergrund waren leise Stimmen zu hören. Sie nannte ihren Namen und fragte: »Störe ich gerade?«

»Nein, kein bisschen. Haben Sie eine Information für mich?«

»Ich wurde gerade von diesen Leuten angerufen, die uns dieses Billigfleisch aufgedrängt haben. Heute Nacht soll wieder eine Lieferung kommen, diesmal aber nicht am frühen Morgen, wie ursprünglich angekündigt, sondern schon gegen Mitternacht.«

»Aha, danke.«

»Hilft Ihnen das irgendwie?«

»Ja, auf jeden Fall. Vielen Dank für Ihren Anruf.«

Fehsen sah einen Moment lang nachdenklich aus, dann hellte sich seine Miene auf, und er kritzelte etwas auf einen Zettel. Die Notiz gab er Maigert und Bommers.

»Auch recht, oder?«, fragte er die beiden.

»Ja, vielleicht sogar noch besser.«

Fehsen nickte, dann wandte er sich wieder Ronnie Geyer zu.

»Sie sind also loyal und halten zu Ihren Komplizen. Dann hätten Sie sich andere Mitstreiter suchen sollen, solche, die es mit der Loyalität und Verschwiegenheit so halten wie Sie.«

Geyer stutzte.

»Sie wissen, wie wir Sie gefunden haben?«

»Irgendein Trottel hat ausgerechnet in der Tiefgarage unter mir versucht, zwei Nobelkarossen zu klauen. Da habe ich einfach Pech gehabt.«

»Trottel, Pech gehabt, hm«, machte Fehsen. »Jochen,

erzähl ihm doch mal, was unsere Techniker von dieser Einschätzung halten.«

Jochen Maigert grinste breit, was Geyer noch etwas mehr verunsicherte.

»Die Steuerung des Tiefgaragentors wurde sehr geschickt geknackt«, berichtete Maigert. »Wer so etwas kann, für den stellen auch Alarmanlagen von Autos kein Problem dar.«

»Und?«

Geyer blickte vom einen Kommissar zum anderen.

»Na ja«, fasste Fehsen zusammen, »da überwindet also ein Profi das Garagentor, und dann ist er zu blöd, ein Auto so zu knacken, dass er damit flüchten kann?«

Seine Miene verriet, für wie wahrscheinlich er das hielt. Geyer wurde nachdenklich.

»Und warum kratzt er am einen Auto nur so lange am Schloss herum, bis der Alarm ertönt, schlägt danach am anderen Wagen die Scheibe ein, wieder bis der Alarm losgeht, und verschwindet dann, ohne eines der Fahrzeuge auch wirklich mitzunehmen? Wenn das mein Autoknacker wäre, würde ich ihn rausschmeißen.«

»Sie meinen also«, sagte Ronnie Geyer nach kurzem Überlegen, »dass einer meiner Komplizen das alles nur veranstaltet hat, um mich Ihnen ans Messer zu liefern?«

»Sehen Sie, jetzt wissen wir schon mal, dass Sie mehr als einen Komplizen haben.«

Geyer winkte ärgerlich ab, er wollte seinen Gedanken noch loswerden.

»Da vergessen Sie eines«, sagte er und setzte eine sehr überlegene Miene auf. »Meine Komplizen hätten Schlüssel zum Haus und zur Tiefgarage, warum also sollten sie sich mit dem Steuerkästchen des Garagentors abmühen, wenn sie einfach auf den Öffner drücken könnten?«

»Damit es wie ein Einbruch aussieht, wie der gescheiterte Versuch, ein Auto zu klauen, und damit Sie nicht glauben, dass Sie hintergangen wurden.«

Das saß. Geyer schluckte, aber tapfer versuchte er dennoch ein Lächeln.

»Das würden die nie tun«, behauptete er. »Schon weil sie befürchten müssten, dass ich sie am Ende der Polizei verrate, um selbst besser wegzukommen.«

»Das müssten sie befürchten«, stimmte Fehsen ihm zu. »Nur, was könnten Sie uns denn über sie verraten? Haben Sie mehr als einen Rufnamen? Wissen Sie, wo wir Ihre Komplizen finden, Ihre Adresse, Ihren vollen Namen, Ihre Telefonnummer?«

Mit jeder Frage sank Geyer ein bisschen tiefer in sich zusammen.

»Ich glaube, jetzt haben Sie es verstanden«, stellte Fehsen fest. »Und wenn Sie nicht als Einziger den Kopf für den Mord an dem Koch hinhalten wollen, sollten Sie uns alles sagen, was Sie über die anderen wissen, so wenig es auch sein mag.«

Hinter Geyers Stirn konnte man es förmlich arbeiten sehen.

»Sie sind der Meinung, dass Toto Sensoni vor vielen Jahren ungeschoren davonkam, während Ihr Vater als Unbeteiligter an der Spitzelgeschichte zerbrach. Das macht Ihnen noch heute zu schaffen – soll es jetzt wieder so laufen?«

Ronnie Geyer fuhr sich mit der Hand über die Stirn. Fehsen ließ nicht locker, und er hoffte, dass dem anderen seine etwas schiefe Argumentation nicht auffiel.

»Soll wieder ein Geyer den Kopf hinhalten, und andere kommen einfach so davon?«

Der andere hob den Blick und sah Fehsen an, der eine besorgte Miene aufsetzte und einen Schuss ins Blaue versuchte.

»Zumal Sie den Koch womöglich gar nicht selbst getötet, sondern nur dabei geholfen haben, die Leiche an den Grill zu binden. Und dafür wollen Sie lebenslänglich riskieren? Und die anderen lachen sich ins Fäustchen, lassen Sie einfahren und suchen sich den nächsten Dummen?«

Auf Geyers Miene wechselten sich Zweifel, Ärger und Verunsicherung ab, am Ende gewann Wut die Oberhand.

»Okay«, sagte er. »Den Koch hat Werner getötet, ein Muskelprotz, der dem mit bloßen Händen das Genick gebrochen hat. Ich habe dem Mann nichts getan, habe nur den Kabelbinder aus dem Lieferwagen geholt und Werner geholfen, den Toten am Spieß zu befestigen. Dabei hat uns Toto Sensoni gesehen. Den hatte Werner zuvor angerufen und ihn zum *Shqipëria* bestellt, damit er dort Spuren hinterlässt und selbst unter Verdacht gerät. In diesem Telefonat hat er sich Wenne genannt und sich als alten Kumpan von Sensoni ausgegeben.«

»Gut, und der andere?«

»Den nannte Werner immer nur Boss, und getroffen habe ich den nie. Werner hat mit ihm telefoniert, einen direkten Kontakt zwischen uns gab es nicht.«

»Sonst wissen Sie nichts von den beiden?«

Geyer presste die Lippen aufeinander und schüttelte den Kopf.

»Damit wäre Ihr Versuch, uns zu helfen und sich damit Pluspunkte zu verschaffen, auch schon am Ende«, sagte Fehsen.

Ronnie Geyer nickte, dann fiel ihm etwas an der Formulierung des Kommissars auf.

»Wäre? Wieso wäre?«

Das breite Grinsen in Fehsens Gesicht verwirrte Geyer mehr als alles zuvor.

»Zum Glück sind wir nicht ausschließlich auf Information von Ihnen angewiesen. Wir glauben zu wissen, wo Werner und der Boss sich befinden. Und wir vermuten auch, wann wir sie dort antreffen können.«

Geyer stutzte, dann senkte er den Blick.

»Na toll, dann brauchen Sie mich nicht mehr, und das bisschen, das ich Ihnen sagen konnte, hilft mir am Ende doch nicht.«

»Falsch, Herr Geyer. Wir rechnen Ihnen den Versuch, uns zu helfen, durchaus an. Und noch mehr Pluspunkte können Sie sich heute Abend verdienen.«

Und dann erklärte Fehsen ihm, was er vorhatte und welche Rolle Geyer in diesem Plan spielen würde.

Der Avvocato war gerade fertig damit, allen ihre Aufgaben zuzuweisen, da klingelte sein Handy. Er sah die Nummer auf dem Display und hob kurz die Hand.

»Scusi, da muss ich rangehen«, sagte er. »Könnte wichtig sein für heute Nacht.«

Als er Peppino namentlich begrüßte, hörten Al und einige andere aufmerksam zu, aber mehr als die Antworten und Kommentare des Avvocato konnten sie nicht erlauschen.

»Sind Sie gerade mit Al Poner und Sadik zusammen?«, fragte Peppino.

»Ja.«

»Sie können allen absagen, es wird um halb drei keine Aktion geben, die Bernd Brodtbeck nur unnötig in Gefahr bringen würde.«

»Warum?«

Peppino erzählte ihm von der Befragung Ronnie Geyers und von deren Ergebnis.

»Die Polizei wird schon früher zu der Lagerhalle fahren.«

»Wann?«

»So gegen elf Uhr.«

»Gut.«

»Falls also die einstigen Ganoven und Sadiks Gang für halb drei irgendetwas planen, sagen Sie ihnen bitte, dass sie einfach in ihren Betten bleiben sollen.«

»Ist das alles?«

»Einstweilen ja.«

»Vielen Dank«, sagte der Avvocato und trennte die Verbindung.

»Und«, meldete sich Al ungeduldig zu Wort, »gibt's was Neues?«

»Peppino war dran, der Sohn von Toto Sensoni. Die Polizei weiß, dass Brodtbeck gegen halb drei in die Lagerhalle kommen wird. Und sie weiß, dass wir ihm heute Nacht zur Seite stehen wollen. Sie werden auch da sein.«

»Und die sind damit einverstanden, dass wir Brodtbeck absichern?«

»Sieht ganz so aus.«

Al Poner war überrascht, aber wenn die Polizei mit ihnen zusammenarbeiten wollte, war ihm das auch recht.

»Und jetzt würde ich Sie alle bitten, bald schlafen zu gehen«, sagte der Avvocato. »Gegen eins treffen wir uns hier auf dem Boot, und dann geht's los. Bis später also.«

Im Hinausgehen fing er einen fragenden Blick von Sadik auf, den er mit einem dünnen Grinsen quittierte. Kurz darauf standen er, Sadik und Johann ein Stück abseits der Gangway beisammen. Sie hatten sich eine Stelle gesucht, die von dort, wo Azi im Wagen auf seinen Chef wartete, nicht einsehbar war.

»Die Polizei kreuzt schon um elf Uhr vor der Lagerhalle auf. Wenn Sie beide einverstanden sind, lassen wir Al Poner und seine Jungs schlafen, und wir drei machen für die Polizei das Back-up. Sie, Sadik, können ja vielleicht noch Ihren Fahrer dazunehmen.«

Dagegen hatte keiner Einwände. Sie verabredeten sich für halb zehn einen Block von Terminal vier entfernt, und dann verließen sie das Hausboot und machten sich an letzte Vorbereitungen.

Nicht alle Fahrer, die für diese Nacht eingeplant gewesen waren, konnten den früheren Termin einrichten, aber das bereitete Roman Vanten keine allzu großen Sorgen. Er fütterte das Programm, mit dem er die Streckenplanung erledigte, mit den neuen Gegebenheiten, und wenig später standen die geänderten Touren fest. Die gesamte Ware, die heute Nacht ausgeliefert werden sollte, ließ sich problemlos auf die verbliebenen Fahrer verteilen.

Die ersten trafen an diesem Abend gegen neun Uhr ein und begannen mit dem Verladen, doch so richtig turbulent ging es in der Lagerhalle erst kurz nach zehn Uhr zu. Die Fahrer waren selbst dafür verantwortlich, die Ware in ihre Kühltransporter zu schaffen, nur zwei Aushilfen gingen ihnen dafür zur Hand, karrten mit Gabelstaplern gefrorene Krabben, Dönerspieße und Lachsfilets in Thermobehältern heran.

Roman Vanten stand in seinem Büro und beobachtete das Treiben unten in der Halle. Werner Holt hatte wie üblich zwei seiner Schläger mitgenommen und den Wachschutz übernommen. Ab und zu sah er die drei einzeln in einiger Entfernung patrouillieren und mit ihren Stabtaschenlampen in die dunklen Ecken des Stadthafens leuchten. Und immer mal wieder meldeten sie sich über ihre Funkgeräte bei ihm.

»Alles in Ordnung«, hieß es dann stets, oder: »Nichts Auffälliges, Boss.«

So ging das eine ganze Weile, bis eines der Funkgeräte wieder knackte und eine Männerstimme etwas anderes durchgeben wollte.

»Hier stimmt was nicht, Boss, hier …«

Damit verstummte der Mann, und kurz darauf wurde auch sein Funkgerät ausgeschaltet.

»Wer war das?«, fragte Vanten.

Keine Antwort.

»Kann bitte mal jemand von euch nachsehen, was da los ist?«

Werner Holt meldete sich.

»Ich kümmere mich drum, Boss.«

Vanten schaute hinaus, eine der Taschenlampen wurde hin und her bewegt, als winke ihm jemand zu. Das war dann wohl Werner. Der Mann mit der Taschenlampe huschte aus Vantens Blickfeld, dann war es wieder still. Mit den Augen suchte Roman Vanten die Umgebung ab, aber er konnte nichts Verdächtiges sehen. Angestrengt starrte er in die Nacht, in der sich dunkle Stellen mit dem grellen Licht der Straßenlaternen abwechselten. Keine weitere Meldung von Werner oder seinen Männern. Drohte Gefahr? Musste er das Verladen stoppen und die Fahrer wegschicken?

Einen Moment lang war er noch unschlüssig, dann verflogen die letzten Zweifel. Einen Block entfernt leuchtete das Bremslicht eines Wagens auf. Er kniff die Augen zusammen, dann erkannte er den Polizisten, der neben das Fahrzeug trat und sich von dem Fahrer die Papiere zeigen ließ. Wenn dort Autofahrer kontrolliert wurden, war das Gebiet um das Terminal womöglich abgeriegelt, und vielleicht stand ein Zugriff unmittelbar bevor.

Er wandte sich der Halle zu und hatte den Finger schon fast auf dem Knopf der Sprechanlage, dann entschied er sich anders. Sie taten hier nichts Illegales, zumindest nichts, was die Polizei ohne großen Aufwand als illegal enttarnen konnte. Er würde die Fahrer weiter ihre Fahrzeuge beladen und die Aushilfen mit den Gabelstaplern rangieren lassen. Jetzt war es wichtiger, sich selbst aus dem Staub zu machen.

Die wichtigsten Unterlagen hatte er aus Gewohnheit stets gepackt, er schnappte die Aktentasche und den Laptop und lief zur Treppe. Auf dem Weg nach unten versuchte er möglichst gelassen zu wirken. Eine der Aushilfen schaute zu ihm hinauf, er winkte lächelnd und ging weiter. Falls es jemandem seltsam vorkam, dass der Boss mit Aktentasche und Laptop zu den Waschräumen ging, sagte zumindest niemand etwas.

Unterwegs musste er kurz warten, weil ihm ein Fahrer aus einer der Toiletten entgegenkam. Er wechselte ein paar belanglose Sätze mit ihm, tat so, als müsse er selbst austreten, aber sobald der andere in die Halle gegangen war, eilte er zügig weiter in Richtung des Nebeneingangs, durch den Werner heute schon raus- und reingeschlichen war.

Sie hatten ihre Dienstwagen versteckt abgestellt und waren das letzte Stück bis zu ihren Beobachtungsposten zu Fuß gegangen. Uniformierte Beamte und Kollegen in Zivil lagen auf der Lauer und hatten alle Ausgänge der Lagerhalle sowie das Terminal samt Schiffsanleger im Blick. Ein Lastkahn lag vor Anker, er schien aber verlassen zu sein.

Hanns Fehsen wartete, bis Maigert und Bommers wieder zurückkamen. Er hatte sie losgeschickt, die Umgebung der Halle daraufhin zu überprüfen, ob die Betreiber des Terminals Wachen aufgestellt hatten.

»Drei Männer, die vor allem durch die Hinterhöfe und um die Schuppen der Umgebung ihre Runde drehen«, meldete Aglaia Bommers. »Die Straße lässt sich vermutlich vom Büro aus überwachen.«

»Gut«, sagte Fehsen. »Dann nehmen wir zuerst die Wachen fest. Holt ihr euch Verstärkung?«

»Geht klar«, antwortete sie, und schon huschten die beiden davon.

Doch als sie drei Gruppen gebildet hatten und sich durch die Schatten rund um die Lagerhalle vorarbeiteten, erlebten sie eine Überraschung.

Peppino und Camilla hatten darauf bestanden, die Polizei in den Stadthafen begleiten zu dürfen. Fehsen hatte sie aber inständig gebeten, sich ein Versteck zu suchen, in dem sie seinen Leuten nicht im Weg sein würden. Und so hockten die beiden zwischen Lagerhalle und ankerndem Frachter, duckten sich neben Containern in den Schatten und lauschten. Aus der Halle drangen Geräusche, die darauf schließen ließen, dass Transporter beladen und Waren mit Gabelstaplern bewegt wurden. Sonst war nichts zu hören. Gut möglich, dass sie sich für die einzige Stelle entschieden hatten, an der nichts passieren würde.

Werner Holt kannte die Umgebung der Lagerhalle wie seine Westentasche. Er hatte mit seiner Taschenlampe noch schnell dem Boss ein Zeichen gegeben, wo er sich befand und dass er auf dem Weg war, die Sache mit dem verstummten Wachmann zu klären. Dann hatte er das Licht gelöscht, bewegte sich sicher durch die Schatten, die schwere längliche Lampe fest in der Hand, um sie jederzeit als Schlagwaffe benutzen zu können.

Die abgebrochene Meldung hatte er mit angehört, und weil er die Stimme erkannt hatte und die Runden kannte, die jeder von ihnen absolvierte, wusste er, wohin er sich wenden musste. Doch dort, wo er den Kollegen vermutet hätte, war niemand. Er machte vorsichtig einen Schritt auf die nächste Gebäudeecke zu, noch einen, dann blieb er stehen und beugte sich langsam vor, bis er den nächsten Hinterhof überblicken konnte. Auch hier war niemand, und er schob sich um die Mauerkante und an der Wand entlang bis zu einem Container voller Verpackungsabfall, der ihm die nächste Deckung bieten würde. Er war gerade in den Schatten eingetaucht, den der Container warf, da hörte er ein leises Knirschen rechts vor sich. Er erstarrte mitten in der Bewegung, lauschte und war bald sicher, aus welcher Richtung und aus welcher Entfernung das Knirschen gekommen war. Wenn er sich nicht täuschte, lauerte jemand auf der anderen Seite des Containers. Holt lauschte erneut, und was er nach kurzem Warten zu hören bekam, stufte er als Reiben von Kleidung an Metall ein. Der andere drückte sich offenbar fester an den Container heran, näherte sich vielleicht auch der Kante, die ihn vor den Blicken seines Gegners schützte. Ganz vorsichtig steckte Holt den klobigen Griff der Stablampe in seinen Hosenbund und hielt stattdessen nun ein Messer in der Hand.

Bommers und Maigert waren zusammen mit einem uniformierten Kollegen auf der Suche nach den drei Wächtern, dazu jeweils drei Uniformierte in zwei weiteren Gruppen. Sie setzten jeden ihrer Schritte mit Bedacht, und doch wäre Aglaia Bommers fast über den Mann gestolpert, der da sorgsam verschnürt und geknebelt vor ihnen auf dem Boden lag. Jochen Maigert konnte sie gerade noch zurückhalten, bevor sie mit der Schuhspitze unter seinem Oberschenkel eingefädelt hätte. Bommers ging in die Hocke, der Mann war benommen, aber nicht bewusstlos. Sie packte ihn unter den Achseln und stellte ihn auf, Maigert hielt ihn mit der Waffe in Schach. Dann entdeckte er den Zettel, der dem anderen in die Brusttasche seines groben Hemdes gesteckt worden war. Er zog den Zettel heraus, las ihn und hielt ihn dann verblüfft der Kollegin hin.

»Wache 1/3«, stand darauf.

»Wie aufmerksam«, ätzte Maigert leise, »von wem auch immer.«

Bommers gab Fehsen durch, worauf sie gerade gestoßen waren.

»Okay, dann bringt den Kerl mal her. Hoffentlich bauen unsere unbekannten Helfer keinen Mist.«

Bommers grinste.

»Na, wenn sie uns alle Wachen so sauber verschnürt vor die Füße legen, will ich mich nicht beschweren.«

Werner Holt schlich ganz langsam am Container entlang, und als er die Ecke so gut wie erreicht hatte, hinter der sich sein Gegner verbarg, wischte er mit der linken Hand in Kopfhöhe durch die Luft und streckte sie für einen Augenblick aus der Deckung. Wie er erwartet hatte, konnte er den anderen damit täuschen, und ein Holzprügel sauste an der Kante vorbei. Der Schlag ging ins Leere, die Hand hielt den Prügel fest umklammert, bis die Bewegung des dazugehörenden Unterarms mit einem hässlichen Geräusch in der Klinge des Messers endete, das Werner Holt nach oben gestoßen hatte.

Nun riss Holt am Arm des anderen, und die Gestalt, die jetzt in sein Blickfeld taumelte, erkannte er als Azi, einen der Handlanger des Albaners Sadik. Ihn hatte er mehrmals gesehen, als er das *Shqipëria* ausgekundschaftet hatte, und wenn dieser Azi hier war, konnte sein Chef nicht weit sein.

Tatsächlich tauchte Sadik in diesem Moment aus dem Schatten auf, trat nach ihm und schaffte es, Werner Holt nach hinten stolpern zu lassen. Azi war dadurch freigekommen, er biss die Zähne zusammen und zog das Messer aus seinem Unterarm. Offenbar hatte Holt keine Ader getroffen, die Wunde blutete zwar, aber nicht so stark, dass sich Azi sofort darum kümmern musste. Und so drangen die beiden Männer gemeinsam auf ihn ein. Azi war zäh und kein schlechter Kämpfer, aber behindert durch seine Wunde. Und Sadik konnte einige Treffer landen, die Holt beinahe zu Fall gebracht hätten, aber dann gelang es ihm, ein paar Tüten und Styroporgebilde aus dem Container neben sich zu zerren und sie ihnen vor die Füße zu werfen. Das brachte ihm kaum eine halbe Sekunde Zeitgewinn, aber das reichte ihm, sich eilends davonzumachen. Kurz hörte er noch die Schritte der beiden Verfolger, dann ein Stöhnen, und schließlich blieben die beiden offenbar stehen, um Azis Wunde zu versorgen.

Er rannte, hielt kurz inne, horchte und wollte gerade wieder losrennen, da hörte er Geräusche nicht weit vor sich. Lautlos huschte er in den nächsten Schatten und suchte Deckung.

Die uniformierten Beamten waren ausgeschwärmt und schlichen aus drei Richtungen auf die Stelle zu, wo sie kurz zuvor leise Schritte gehört hatten. Inzwischen war es still geworden, also bemühten sich die Polizisten noch mehr, jedes Geräusch zu vermeiden. Sie waren sich inzwischen so nah, dass sie sich mit Gesten verständigen konnten, und als sie links und rechts an randvoll mit Schrott gefüllten Gitterboxen vorbeispähten, sahen sie den Rücken eines Mannes, der sich hinter eine hüfthohe Mauer duckte und sich suchend umsah. Alle drei Polizisten traten im gleichen Moment aus ihrer Deckung, der Mann an der Mauer hörte sie kommen, und in einer einzigen schnellen Bewegung drehte er sich um, erhob sich und zog ein Messer aus einem Etui an seinem Oberschenkel. So stand er ihnen gegenüber, breitbeinig, mit gezückter Waffe und leicht nach vorn gebeugt.

»Das würde ich bleiben lassen«, sagte ein vierter Beamter.

Er trat aus dem Schatten eines Schuppens und drückte dem Messermann seine Dienstwaffe in den Rücken. Zwei weitere Kollegen waren plötzlich neben ihm und legten ihm Handschellen an.

Werner Holt wartete, bis die sechs Polizisten seinen Mitarbeiter weggebracht hatten, dann schlich er weiter. Er musste durch den Nebeneingang in die Halle und nach dem Boss sehen. Für den Fall, dass Roman Vanten noch nicht mitbekommen hatte, was hier los war, musste er ihn warnen und ihm helfen, zusammen mit ihm abzuhauen. Sie würden sich zu seinem Wagen durchschlagen und verschwinden. Was sonst zu tun war, würde ihm Vanten schon sagen.

Diese Gedanken gingen Holt durch den Kopf, als er entlang der Hallenwand von Deckung zu Deckung huschte. Er war nur noch wenige Schritte vom Nebeneingang entfernt, da schwang die Stahltür auf, und Roman Vanten streckte den Kopf heraus. Er sah sich nach allen Seiten um, und als er in Holts Richtung schaute, hob der die Hand, um auf sich aufmerksam zu machen. Doch Vanten sah ihn nicht erleichtert an, sondern entsetzt.

Und dann spürte Werner Holt auch schon das kalte Metall an seinem Hals.

Johann, der Chauffeur des Fabrikanten, hatte sich in der Nähe des Nebeneingangs versteckt, und als gleichzeitig einer der Wachleute an ihm vorbeischlich, ohne ihn zu bemerken, und ein anderer Mann die Stahltür öffnete und ins Freie trat, zückte er sein Messer und war im Nu hinter dem Wachmann.

Der verharrte, als er ihm die Klinge gegen den Hals drückte, und der Mann, der gerade durch den Nebeneingang gekommen war, sah entsetzt zu ihnen her.

»Jetzt ganz langsam näher kommen«, kommandierte Johann. »Und ich will Ihre Hände sehen.«

»Sie haben mir gar nichts zu befehlen«, schnauzte ihn der Mann an.

»Na ja, ich habe Ihren Kompagnon in meiner Gewalt, und wenn Sie nicht tun, was ich sage, schneide ich ihm die Kehle durch.«

Der andere zuckte die Schultern.

»Nichts für ungut, Werner, ich muss los.«

Damit warf sich der andere herum und wollte gerade davonspurten, als sich ihm ein Mann im Anzug in den Weg stellte.

»Wenn das dort Werner ist, sind Sie der Boss, richtig?«, sagte der Avvocato.

Roman Vanten musterte ihn kurz, und als er sah, dass der andere unbewaffnet war, rannte er los und wollte seinen Gegner mit einem kräftigen Rempler beiseitestoßen. Doch der Avvocato wich aus und landete einen krachenden Treffer auf Vantens Wangenknochen. Der ging auch tatsächlich zu Boden, rollte sich aber noch im Fallen ab, bekam irgendwie einen Holzstock zu fassen, der dort herumlag, und schlug ihn mit voller Wucht gegen einen Unterschenkel seines Kontrahenten. Das Holz zersplitterte, aber auch das Schienbein hatte wohl etwas abbekommen, denn dem Avvocato sackte ein Bein weg. Und so schnell er auch wieder auf die Füße kam, Vanten hatte die Zeit genutzt, zurück in die Lagerhalle zu hasten.

»Da siehst du mal, wie sehr sich dein Boss um deine Gesundheit sorgt«, sagte Johann zu Werner Holt, nahm die Klinge von dessen Hals und schlug ihm mit dem Knauf des Messergriffs wuchtig gegen die Schläfe. Holt sank zu Boden wie ein gefällter Baum. Dann rannte Johann Vanten hinterher. Der Avvocato nickte ihm zu, dann humpelte er eilig um die Halle herum, um Vanten den Weg abzuschneiden, falls der in Richtung Terminal fliehen wollte.

Camilla war es etwas langweilig geworden, deshalb hatte sie ihre direkte Umgebung nach einem Gegenstand abgesucht, der womöglich als Waffe benutzt werden konnte. Sie fand ein dickes Brett, das sich gut mit beiden Händen umfassen und mit einer Länge von etwa einem Meter vielleicht als eine Art Schlagstock einsetzen ließ. Peppino beobachtete ihre Suche amüsiert, und als sie ihm die Holzplanke zeigte und dazu ein grimmiges Gesicht machte, hätte er fast laut auflachen müssen. So blieben sie still, grinsten breit und langweilten sich weiter.

Das hatte ein Ende, als sich Schritte näherten. Irgendjemand schien an der Außenwand der Lagerhalle entlangzurennen, wobei derjenige verletzt sein musste, die Fortbewegung stellte den Geräuschen nach zu urteilen ein schnelles Humpeln dar.

Im gleichen Augenblick wurde die Tür zur Lagerhalle aufgerissen, und ein Mann stürmte ins Freie heraus. Camilla und Peppino kannten den Mann nicht, aber dass sie ihn nach Möglichkeit aufhalten mussten, schien klar zu sein. Peppino duckte sich etwas tiefer in seine Deckung, Camilla umfasste das Holz fester und drückte sich gegen den Container hinter sich.

Der Unbekannte rannte sehr schnell, und als Peppino ein Bein in seinen Laufweg streckte, um ihn zu Fall zu bringen, sprang er geistesgegenwärtig darüber hinweg und gönnte sich trotz der Eile ein Grinsen, wie leicht er diesem Hindernis entgangen war.

Das Grinsen endete in einem lauten Schlag. Camilla

hatte mit der Holzplanke ausgeholt und sie mit aller Kraft gegen den Fliehenden geschwungen. Er rannte mit seinem Gesicht genau in ihren Schlag, und während sein Kopf von der Wucht des Aufpralls nach hinten geschleudert wurde, schienen seine Beine noch ein, zwei Schritte zu machen, bevor sie sich vom Boden hoben und der Mann rücklings in Richtung Steinboden flog.

Peppino hatte sich nach seinem Fehlversuch aufgerappelt und wollte dem anderen gerade hinterhereilen, als dessen Oberkörper auf ihn zustürzte, ihn mit sich riss und auf der Brust des fallenden Peppino viel weicher landete als auf dem harten Straßenbelag. Noch bevor sich der Fliehende auch nur zur Seite rollen konnte, hatte Peppino seinen linken Arm um dessen Hals geklammert, hielt den Arm mit seiner rechten Hand fest und drückte zu. Ein paarmal bäumte sich der Mann in Peppinos Griff auf, dann ließ seine Körperspannung nach, und Peppino nahm schnell seinen Arm weg, um den anderen nicht noch aus Versehen zu erdrosseln.

Plötzlich kam wieder Leben in den Fliehenden, er rammte Peppino einen Ellbogen in die Seite, dass dem die Luft wegblieb, und wuchtete sich hoch. Camilla hatte das Holzbrett fallen lassen und versuchte, einen Holzsplitter, den sie sich durch den Schlag in die Hand getrieben hatte, herauszuziehen. Deshalb merkte sie zu spät, dass der Mann wieder zu fliehen versuchte, wenn er dabei auch ein wenig schwankte und eher stolperte als rannte.

Und auch damit hatte es ein Ende, als sich der Avvocato humpelnd in den Weg stellte, seine Handgelenke packte und ihn in einer fließenden Bewegung herumwirbelte. Auf Camilla wirkte es, als würde der Italiener einen Teigstrang zu einer Brezel schlingen. Für den anderen war danach jedenfalls nicht mehr an Flucht zu denken. Der Griff des Avvocato ließ ihm die Gesichtszüge vor Schmerz entgleisen.

In diesem Moment kam durch die Tür Chauffeur Johann aus der Halle geflitzt, der Avvocato stieß einen lauten Ruf aus, und kurz darauf waren Fehsen, Bommers und Maigert, einige Uniformierte sowie Sadik und Azi zwischen Halle und Terminal versammelt.

Maigert und Bommers schüttelten den Kopf, als sie sahen, wer hier alles mitgeholfen hatte, Vanten und seine Handlanger festzunehmen. Fehsen dagegen grinste zufrieden.

»Abführen«, sagte er zu zwei Uniformierten.

## 13

Die Polizeiarbeit ging an diesem Abend noch einige Stunden lang weiter.

Fehsen hatte eigentlich geplant, Vanten und Holt in der Lagerhalle mit Ronnie Geyer zu konfrontieren, aber die Ereignisse hatten sich anders entwickelt, und so saß Geyer untätig im Fond von Fehsens Dienstwagen, bewacht von einem uniformierten Beamten, der ihn trotz des Durcheinanders um ihn herum kaum einmal aus den Augen ließ.

Als einige Polizisten auf seinen Wink hin Werner Holt und Roman Vanten zum Heck seines Wagens gebracht hatten, ließ er auch Ronnie Geyer aussteigen. Dass der Uniformierte, der auf ihn achtgegeben hatte, direkt hinter ihm stand, erwies sich als gute Entscheidung. Kaum hatte Geyer die anderen beiden gesehen, da wollte er sich auch schon auf Holt stürzen, obwohl er gegen diesen Mann in einer Schlägerei wohl keine Chance hatte. Der Polizist packte Geyer an den Schultern, riss ihn zurück und hielt ihn fest. Nun flogen die Schimpfwörter und Flüche nur so hin und her zwischen Geyer und Holt, und Vanten musste tatenlos mit anhören, wie sich die beiden in Rage redeten und dabei mehr ausplapperten, als eine noch so geschickte Befragung ans Licht gebracht hätte.

Die Lieferfahrer, die in ihrem Arbeitseifer von den Kämpfen und Verfolgungsjagden nichts mitbekommen hatten, wurden darüber informiert, dass sie heute nichts mehr auszuliefern hatten. Ihre Personalien wurden aufgenommen, sie mussten alle Waren wieder ausladen und zurück in die Kühlcontainer und sonstigen Thermobehälter bringen. Die beiden Aushilfen konnten sich nicht ausweisen und wurden deshalb von einer Streife mit aufs Revier genommen, wo ihre Identität geklärt werden sollte. Dann rückten die Kriminaltechniker an, die mit der Lagerhalle samt Büro und Waschräumen sowie mit dem Terminal und dem davor ankernden Lastkahn reichlich zu tun haben würden.

Von den Sanitätern, die sich vorsorglich sechzig, siebzig Meter von der Lagerhalle entfernt bereitgehalten hatten, wurde Azis Stichwunde versorgt. Für den Avvocato konnten sie vor Ort nicht mehr tun, als den Bruch des Schienbeins festzustellen. Fehsen war überrascht, dass er sich, ohne zu zögern, ins Krankenhaus bringen ließ, und er sprach den Avvocato auch darauf an.

»Commissario, mit meinen Papieren ist alles in Ordnung, und der Knochen sollte möglichst bald gerichtet werden.«

»Ich dachte nur, Sie würden es vorziehen, nach Italien zurückzukehren, ohne hier registriert zu werden.«

»Das ist kein Problem, Commissario. Ich bin in Ihrem Land als ganz normaler Geschäftsmann unterwegs. Und ich hoffe doch, mir wird daraus, dass ich Ihnen ein wenig behilflich sein konnte, von der Polizei kein Strick gedreht.«

»Keine Sorge und vielen Dank.«

Der Ellbogencheck von Vanten hatte Peppino Sensoni zum Glück keine Rippe gebrochen, das konnten die Sanitäter schnell ausschließen. Aber ihm war übel, und die Prellung würde noch eine Zeit lang schmerzen. Doch im Gespräch mit Camilla Brown tat alles nur noch halb so weh. Nur lachen war keine gute Idee, deshalb verkniff sich Camilla nach einem ersten Scherz alle weiteren.

Auch sie hatten noch etwas zu tun, und Sadik und Chauffeur Johann wollten ihnen dabei helfen. Sie gingen zu Al Poners Hausboot, stiegen die Gangway hinauf und klopften gegen die Tür. Es dauerte eine Weile, bis im Inneren des Boots eine Bewegung auszumachen war. Der Fabrikant kam und öffnete ihnen die Tür. Seine verbliebenen Haare standen wirr in alle Richtungen, und am anderen Ende des großen Raums blinzelte Al Poner, der in seiner üblichen Position im Sitzen geschlafen hatte.

»Ist es schon so weit?«, fragte er und gähnte.

Er sah auf die Uhr, es war noch nicht einmal Mitternacht.

»Wollten wir uns nicht erst um eins hier treffen?«

»Es gab eine Planänderung«, erklärte Peppino. »Die Polizei wollte nicht riskieren, dass Brodtbeck in Gefahr gerät, deshalb haben sie schon kurz nach zehn Uhr begonnen, die Lagerhalle und das Terminal zu umstellen. Dann ging alles recht schnell. Inzwischen sind die Typen, die dort drüben ihre Geschäfte machen, festgenommen und werden im Kommissariat verhört.«

»Das heißt ... Das heißt, wir haben die ganze Action ... verschlafen?«

Al sah sehr enttäuscht aus, auch der Fabrikant wirkte, als würde er gleich vor Wut aufstampfen. Dann wandte er sich aufgebracht an seinen Chauffeur.

»Und Sie haben da mitgemacht und haben mich nicht geweckt?«

»Glauben Sie mir, Chef, es war besser so.«

»Besser so? Sind Sie noch ganz dicht? Ich bin Ihr Chef, und Sie haben meinen Anweisungen zu folgen! Und ich wollte dabei sein, wenn diese Typen überwältigt werden!«

Er funkelte den Chauffeur an, der den Blick aber gelassen erwiderte.

»Sie sind entlassen!«

»Wenn Sie meinen.«

»Fristlos, Johann!«

»Na ja, wenn ich entlassen bin, müssen Sie mich nicht mehr Johann nennen.«

»Was? Wie?«

»Sie nennen alle Ihre Fahrer Johann, aber ich bin ja nicht mehr Ihr Fahrer. Also bitte ab sofort: Harry. Oder noch besser: Herr Groß.«

Er deutete eine Verbeugung an.

»Ich empfehle mich.«

Dann wandte er sich ab und schlenderte grinsend die Gangway hinunter. Der Fabrikant starrte ihm mit offenem Mund hinterher.

»Ach menno«, stöhnte Al Poner, »und ich wollte so gern dabei sein.«

Camilla und Peppino sahen sich an, dann nickten sie sich lächelnd zu.

»Wir hätten Ihnen etwas als kleine Entschädigung anzubieten«, sagte sie zu Poner.

Ein paar Tage später trafen sich alle im *Camilla's*. Das vegane Restaurant war noch geschlossen, Camilla hatte allerdings die Wiedereröffnung für das bevorstehende Wochenende angekündigt. Und dieser Abend würde die Generalprobe in geschlossener Gesellschaft darstellen. Die Küchenbrigade des *Camilla's* hatte sich fast vollständig eingefunden, nur der Saucier fehlte. Er hatte mitbekommen, dass Donatella nicht mehr für ihn, sondern für einen smarten Unbekannten aus Italien schwärmte. Und in seinem Liebesleid nahm er kurzfristig das lukrative Angebot eines Sternelokals in der Nachbarstadt an.

Nach und nach trafen die Gäste ein, und Camilla und Peppino begrüßten alle und plauderten mit ihnen.

Fehsen, Bommers und Maigert kamen zusammen, auch fast ein Dutzend Beamte, die ihren Dienst uniformiert versahen, setzten sich ins *Camilla's*, an diesem Abend aber natürlich in ziviler Kleidung.

»Roman Vanten, der die Niederlassung dieser Food-Logistik-Firma leitet, hat den Mord an Sadiks Koch in Auftrag gegeben«, erklärte Fehsen, als Camilla und Peppino sich kurz zu ihm setzten. »Werner Holt hat sich für ihn in der Stadt umgehört, bevor das Terminal in Betrieb genommen wurde. Er traf Ronnie Geyer, der sofort bereit war, sich als Handlanger Holts ein paar Euro zu verdienen, und ihm nach ein paar Bier in einer einschlägigen Kaschemme vom Schicksal seines Vaters vorjammerte. Der Umstand, dass Sadik seinen Imbiss genau dort eröffnen wollte, wo Ronnies Vater früher eine Kneipe hatte, passte wunderbar, und einen Dönerbräter zu töten, um die anderen potenziellen Kunden gefügig zu machen, spielte Vanten genau in die Karten. Holt wollte dem Koch eigentlich nur Angst einjagen, aber Vanten schilderte ihm so eindrücklich, dass ein lebender Zeuge ihn auf jeden Fall bei der Polizei verraten würde, dass Holt schließlich überzeugt war. Sagen wir es mal so: Holt ist durchtrainiert, aber sein bester Muskel sitzt nicht zwischen seinen Ohren. Vanten wiederum brachte ihn dazu, Ronnie einzureden, dass sie das ihm zuliebe alles nur machen würden, um endlich Toto Sensoni ans Messer zu liefern, der doch damals, als der Absturz von Ronnies Vater begann, als einer der wenigen ungeschoren davonkam. Das hat Ronnie Geyer gereicht, er ist Vanten nur zu gern auf den Leim gegangen. Er hat als Unterschlupf eine Wohnung ausgekundschaftet, deren Eigentümer gerade im Urlaub war …«

»Ach, der auch?«, entfuhr es Peppino.

»Wieso, wer noch?«

Peppino winkte ab. Von Kai Semmler musste sein Kollege nichts wissen. Und als Fehsen nicht aufhörte, ihn fragend anzusehen, schenkte er ihm etwas Wein ein und prostete ihm zu. Seufzend stieß der Kommissar mit ihm an.

Al Poner wuchtete sich in den Gastraum, schwer auf einen Gehstock gestützt, den anderen Arm auf den alten Ole gelegt, der ihm aber mit seiner schwächlichen Statur keine große Hilfe war. Der Fabrikant hatte sich bei seinem Chauffeur entschuldigt, und nachdem er ihm eine Gehaltserhöhung versprochen hatte, lenkte auch Harry Groß ein, ließ sich wieder Johann nennen und saß nun neben seinem Dienstherrn.

Am Nebentisch hatten Toto Sensoni und Donatella Platz genommen. Sie unterhielt sich angeregt mit dem Avvocato, der ihr inzwischen im Vertrauen seinen wirklichen Vornamen verraten hatte. Sie belohnte ihn mit einem umwerfenden Lächeln, behielt den Namen aber für sich und sprach ihn vor den anderen weiterhin als Avvocato an.

Sadik und Azi waren gekommen, sie fanden Platz neben Fleischermeister Schachner und Bekim, dem jüngeren Bruder des ermordeten Kochs. Er sollte das *Shqipëria* nun ohne seinen Bruder Sevian betreiben, durfte als Verstärkung aber seine junge Ehefrau aus Albanien nachkommen lassen. Sie würde in wenigen Tagen eintreffen, und Sadik freute sich darauf, endlich seinen eigenen Bistrogrill erleben zu können. Bekim hatte ihm sogar die seltsamen Öffnungszeiten ausreden können. Nun würde das *Shqipëria* um zehn Uhr vormittags aufmachen und mindestens bis zwanzig Uhr geöffnet bleiben, solange eben Gäste da waren.

»Döner wollen wir übrigens nun doch nicht anbieten«, verriet Sadik, als er Peppino auf dem Weg zur Toilette traf und niemand sonst ihn hören konnte. »Davon habe ich erst mal genug. Außerdem liegt Griechenland viel näher an Albanien, wir nutzen den sauteuren Drehgrill deshalb für Gyros. Bekim wird jeden Morgen die Schnitzel schichten, und dann haben wir neben albanischen Spezialitäten noch etwas anzubieten, das in dieser Straße keiner hat.«

Im Restaurant herrschte ausgelassene Stimmung, die Gespräche flogen munter hin und her, und Sadik war ein paarmal kurz davor, Azi anzusprechen, weil er die Nase voll davon hatte, in diesem Trubel nur mit Gesten und Textnachrichten zu kommunizieren. Aber dann wurde das Essen aufgetragen, und das Geplaudere war plötzlich nicht mehr so wichtig.

Es gab ein herrliches veganes Büfett, und damit auch wirklich der Geschmack aller sicher getroffen wurde, brachten Gina Sensoni und Donatella einige große Schüsseln mit fleischhaltigen Pastagerichten von der Trattoria herüber. Horst Schachner prostete der Hausherrin zu und wünschte ihr alles Gute für die anstehende Wiedereröffnung des *Camilla's*. Danach folgte ein Trinkspruch auf den nächsten, und als Schachner etwas später am Büfett stand und sich von Camilla einige der veganen Gerichte erklären ließ, stellte er seine Zwischenfragen schon mit ziemlich schwerer Zunge.

Irgendwann gegen Ende des Abends, als die meisten Schüsseln schon geleert und schon zweimal Wein und Grappa als Nachschub aus der Trattoria geholt worden waren, lehnten Camilla und Peppino nebeneinander am Tresen, hielten ein Glas Rotwein in der Hand und ließen ihre Blicke über die bunt gemischte Gesellschaft gleiten.

»Das wird gut werden mit deinem veganen Restaurant«, sagte Peppino. »Ich wünsche dir auf jeden Fall viel Erfolg.«

»Danke, das wünsche ich dir auch. Es wäre schade um eure Trattoria, und ich hoffe, dass du deinen Eltern noch lange hilfst.«

Sie stießen an und lächelten.

»Das Dumme an der Gastronomie«, gab er zu bedenken, »ist halt nur, dass es so schwer ist, einen Partner zu finden, der die Arbeitszeiten hinnimmt.«

»Du wirst schon jemanden finden«, sagte sie und zwinkerte ihm zu.

Ihr breites Grinsen hätte ihn um ein Haar dazu gebracht, alle rauszuwerfen, um das Lokal ganz allein für sich zu haben. Und seine Wirtin.

ENDE

# REZEPTANHANG

## VEGAN ODER TRADITIONELL?

Camilla Brown schwört für ihr Restaurant auf vegane Zutaten, während Peppino Sensoni und seine Familie in ihrer Trattoria nicht nur Fleisch und Speck verarbeiten, es muss meistens sogar unbedingt der für das jeweilige traditionelle Gericht passende Speck sein. Kein Wunder, dass die beiden in kulinarischen Dingen schnell aneinandergeraten.

Doch diesmal beweist Camilla als Aushilfe im *Salento*, dass sie durchaus auch mit Fleisch und Wurst arbeiten kann, während Peppino zum Büfett für das Krimifinale unter anderem eine vegane Leckerei beisteuert.

Zusätzlich zu den Rezepten aus dem veganen Restaurant *Camilla's* und aus der traditionellen Trattoria *Salento* gibt es auch noch eine albanische Spezialität aus Sadiks Bistrogrill *Shqipëria*, in dem sich zu Beginn des Krimis der Mord ereignet. Als ich die Rezepte ausprobiert habe, fand ich es sehr schade, dass die beiden Lokale und der Imbiss frei erfunden sind.

Allen, die einige der folgenden Rezepte nachkochen oder – noch besser – sich von ihnen zu eigenen Gerichten inspirieren lassen möchten, wünsche ich viel Spaß und guten Appetit.

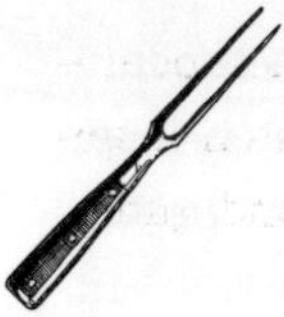

## SADIKS OSHMARE KORÇE

Sadik will in seinem neuen Bistro *Shqipëria* die traditionelle albanische Küche anbieten. Und weil es ihm frühmorgens noch nicht nach den anderen, teils sehr deftigen Spezialitäten auf der *Shqipëria*-Speisekarte ist, freut er sich auf Oshmare Korçe, eine Art Schmarrn aus dem Südosten Albaniens, der herzhafter als der aus Österreich bekannte Kaiserschmarrn ist, auch etwas weniger fluffig – aber nicht weniger lecker. Sadik muss auf das Oshmare verzichten, weil ihm leider ein Mord in die Quere kommt. Da haben wir es besser. Und wer kein Maismehl zur Hand hat: Mit Weizenmehl gelingt das Gericht ebenso, aber es fehlt ein wenig der süßliche und leicht nussige Eigengeschmack des Originals.

### ZUTATEN (FÜR 4 PERSONEN)

400 g Maismehl
200 g Butter
1,2 kg Joghurt
Saft einer Zitrone
1 EL Salz

### ZUBEREITUNG

Mehl in einer Pfanne ohne Fett bei gut mittlerer Temperatur unter ständigem Rühren leicht rösten. Das Mehl soll nur etwas Farbe annehmen, danach in einer Schüssel beiseitestellen. Joghurt in die Pfanne geben, Zitronensaft und Salz einrühren und alles zum Kochen bringen, bis der Joghurt eindickt. Die Temperatur etwas herunterschalten. Nun unter ständigem Rühren das Mehl einarbeiten, damit es nicht klumpt. Auch danach weiterrühren – diesmal geht es darum, dass die allmählich stockende Masse nicht anbrennt. Fertig ist sie, wenn sie an einem hölzernen Rührlöffel kleben bleibt.

Butter in einem Topf schmelzen und etwas braun werden lassen.

Mit einem Esslöffel Nocken aus der Masse stechen und auf einem Teller anrichten.

Die gebräunte Butter über die Nocken geben, sofort servieren.

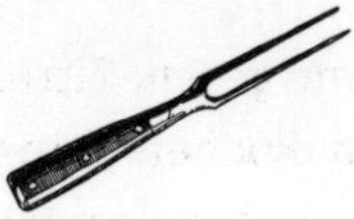

## GINAS SPAGHETTI ALLA PUTTANESCA

Als Peppino zum pensionierten Kommissar Julius Maigert fährt, um ihn zu befragen, springt Camilla in der Küche des *Salento* ein. Sie stellt sich gut an, kommt mit den traditionellen Familienrezepten zurecht, und Gina ist sogar damit zufrieden, wie die vegane Köchin die Spaghetti alla puttanesca zubereitet. Darüber, wie dieses Gericht zu seinem Namen kam, gibt es zahllose Anekdoten, die sich widersprechen – aber alle versuchen zu erklären, warum hier so viele deftige Zutaten verarbeitet werden.

### ZUTATEN (FÜR 4 PERSONEN)

500 g Spaghetti
400 g geschälte Tomaten
100 g getrocknete Tomaten
1 Zwiebel (gern rot)
2 Knoblauchzehen
6 Sardellenfilets
100 g schwarze Oliven
2 EL Kapern
1 Chilischote (oder 1 EL Chiliflocken)
1 EL Tomatenmark
½ Bund Petersilie
Olivenöl
Salz, Pfeffer, Oregano

## ZUBEREITUNG

In einem Topf Wasser zum Kochen bringen, salzen und darin die Spaghetti al dente kochen. Eine Tasse Nudelwasser entnehmen, Nudeln abgießen und beiseitestellen.

Geschälte Tomaten aus der Dose in ein Sieb schütten, Flüssigkeit auffangen. Wer mit frischen Tomaten arbeiten will: Tomatenhaut über Kreuz einritzen, mit heißem Wasser übergießen, Haut abziehen, Tomaten halbieren, grünen Stielansatz entfernen.

Tomaten stückeln.

Getrocknete Tomaten grob stückeln. Zwiebel schälen und grob würfeln. Knoblauch schälen und in feine Scheiben schneiden. Oliven entkernen und nach Belieben in Stücke oder Scheiben schneiden. Kapern zerkleinern.

Petersilie waschen, Stängel entfernen, Blätter hacken.

Chilischote längs aufschneiden, Kerne entnehmen, Schote fein hacken. Die Kerne können später zugegeben werden, um mehr Schärfe zu erreichen.

In einer Pfanne Olivenöl erhitzen, darin Zwiebelwürfel und Sardellen anschwitzen. Knoblauch, getrocknete Tomaten, Tomatenstücke und Tomatenmark dazugeben. Alles anziehen lassen, bis die Sardellen zu zerfallen beginnen. Chili und Oliven einrühren, kurz darauf mit der Tomatenflüssigkeit ablöschen, mit Oregano, Salz und Pfeffer abschmecken, etwas einkochen lassen. Eine Tasse Nudelwasser zugeben, wieder etwas einkochen lassen.

Nun die Kapern und die Petersilie unterheben und umrühren, Spaghetti untermischen, sofort servieren.

## CAMILLAS ORECCHIETTE MIT BROKKOLI (VEGAN)

Im ersten Krimi um unsere beiden Gastronomen fand sich Peppinos Rezept für Orecchiette mit Brokkoli im Anhang. Hier folgt Camillas Version, die sie in der Küche des *Salento* zaubert, während Peppino mit seinen Kripokollegen Hanns Fehsen und Aglaia Bommers den aktuellen Fall diskutiert. In der Szene im Buch muss es schnell gehen, deshalb kocht Camilla getrocknete Nudeln. Hier haben wir mehr Zeit, also gibt es obendrein noch das Rezept für hausgemachte Orecchiette.

### ZUTATEN (FÜR 4 PERSONEN)

*… für die Pasta:*
400 g Hartweizengrieß
200 ml Wasser
½ TL Salz

*… für die Soße:*
1 Brokkoli
1 Zwiebel
1 Knoblauchzehe
½ Zitrone (unbehandelt)
100 ml Weißwein
1 EL Tomatenmark
Olivenöl
Salz, Pfeffer
Pinienkerne

## ZUBEREITUNG

Für die Pasta den Grieß auf die Arbeitsfläche häufen, eine Vertiefung hineindrücken, das Salz hineingeben. Dann nach und nach das Wasser einkneten – mit der Küchenmaschine (Knethaken) oder mit den Händen. Der Teig ist fertig, wenn sich die Zutaten miteinander verbunden haben. Er sollte am Ende noch ein wenig elastisch sein und nicht mehr kleben.

Den fertigen Teig zur Kugel formen, in Frischhaltefolie einwickeln und eine Stunde ruhen lassen.

Danach den Teig portionsweise in die gewünschte Form bringen, im Fall der Orecchiette benötigt man dazu kein Nudelholz. Ein Stück vom Teig abteilen, den Rest wieder mit der Folie umschließen, damit er nicht trocken wird.

Das Teigstück auf der Arbeitsfläche zu einem etwa fingerdicken Strang rollen, davon ein gut 1 cm langes Stück abschneiden, das Messer (die gezackte Seite eines kleines Brotmessers verwenden oder die stumpfe Rückseite eines Obstmessers) mit etwas Druck so über das Teigstück streichen, dass es sich aufrollt. Das Teigröllchen auf den Daumen legen und umstülpen – fertig ist die Öhrchen-(Orecchiette)-Pasta. Wiederholen, bis erst der Teilstrang und schließlich der gesamte Teig verarbeitet sind. Das geht mit zunehmender Übung immer schneller von der Hand, und wenn die Form nicht ganz gelingt, tut das dem Geschmack keinen Abbruch.

Die Orecchiette können nun sofort in kochendem Salzwasser gegart werden – sie sind fertig, sobald sie oben schwimmen. Oder sie können getrocknet aufbewahrt und dann gekocht werden.

*Getrocknete Nudeln*: jetzt Wasser ansetzen, salzen und Nudeln darin gar kochen.

*Frische Nudeln* müssen erst ins gesalzene Kochwasser, wenn die Brokkoliröschen blanchiert werden.

Wenn die Pasta gar ist, eine Tasse vom Nudelwasser auffangen und Nudeln abgießen.

Zwiebel schälen und fein hacken. Knoblauchzehe schälen und in hauchdünne Scheiben schneiden. Zitronensaft pressen, einen Teil der Schale abreiben.

Brokkoli in Röschen teilen und waschen. Auch den Stiel putzen, den Anschnitt knapp fingerbreit abschneiden, Blätter entfernen.

Röschen in dem heißen Wasser kurz blanchieren. Die Röschen sollten danach noch so fest sein, dass man mit einer Gabel nur schwer hineinstechen kann. Röschen abgießen, etwas Kochwasser auffangen. Wer mag und die Zeit dazu findet, taucht die Röschen kurz in eine Schale mit Eiswasser, der grünen Farbe wegen.

Stiel in grobe Stücke schneiden und in einem Topf mit Salzwasser köcheln lassen, bis sie weich sind. Stielstücke aus dem Wasser heben und in eine hohe Schüssel geben, mit etwas Kochwasser und einem Spritzer Zitronensaft pürieren.

Öl in einer Pfanne erhitzen, darin Zwiebeln anschwitzen. Den glasig und weich gewordenen Zwiebeln Tomatenmark und Knoblauch beigeben, alles unter Umrühren anbraten. Mit Weißwein ablöschen, einkochen lassen, mit Nudelwasser erneut ablöschen. Brokkoliröschen dazugeben, Brokkolipüree unterheben, alles unter ständigem Rühren zu einer sämigen Soße verbinden lassen, mit Salz und Pfeffer abschmecken. Dann die Pasta zugeben, umrühren und sofort servieren.

Dazu Pinienkerne, den restlichen Zitronensaft und

den Schalenabrieb reichen, das können die Gäste nach Geschmack über die Pasta geben.

Und wer es nicht zwingend vegan braucht, kann auch noch hauchdünn geschnittene Parmiggiano-Flocken darüberstreuen.

## TOTOS MINESTRONE SPECIALE

Toto Sensoni hat viele Rezepte für die Speisekarte der Trattoria *Salento* selbst entwickelt. Während er sich für Klassiker wie Spaghetti carbonara, Tagliatelle al ragù oder Penne all'arrabbiata weitgehend an die Überlieferung hielt, experimentierte er für viele andere Gerichte gern, und manche Speisen schmeckten schon zu seinen guten Zeiten nicht jeden Tag gleich. Dass ihm in diesem Krimi ein Eintopf mit Gemüse und Speck gründlich misslingt, weil er sich nicht mehr an sein eigenes Rezept erinnern kann, ist schade – umso mehr, als Totos Minestrone speciale zwar selten zweimal gleich, aber immer wunderbar schmeckte. Das hier hätte aus seinem Kochversuch werden sollen.

### ZUTATEN (FÜR 4 PERSONEN)

300 g Nudeln oder Reis vom Vortag
(sonst frisch abkochen)
2 mittelgroße Zucchini
3 Tomaten
2 Kartoffeln
1 Zwiebel
2 Knoblauchzehen
200 g weiße Bohnen aus der Dose
250 g geräuchter Schweinebauch
2 EL Chiliflocken
2 EL Tomatenmark

100 ml Rotwein
Olivenöl
Basilikum, Oregano, Thymian, Rosmarin
Salz, Pfeffer, Zucker

### ZUBEREITUNG

Zucchini waschen und abtrocknen, Enden abschneiden, Zucchini grob würfeln.

Tomaten halbieren, grünen Stielansatz entfernen, Rest grob würfeln.

Dosenbohnen in ein Sieb geben, Flüssigkeit auffangen.

Schwarte vom Schweinebauch entfernen, Speck grob würfeln.

Zwiebel schälen und grob würfeln. Knoblauch schälen und fein würfeln.

Kartoffeln schälen, eine in Würfel (1 cm) schneiden, die andere durch die Reibe passieren.

Öl in einer hohen Pfanne erhitzen, Zwiebelwürfel darin glasig anschwitzen. Speck-, Zucchini- und Kartoffelwürfel dazugeben und scharf anbraten.

Auf mittlere Hitze zurückschalten.

Tomatenmark und Knoblauch untermischen und brutzeln, bis der Knoblauch zu riechen ist. Tomaten, geriebene Kartoffel, Bohnen dazugeben, mit Rotwein ablöschen und alles verrühren. Wer mehr Speckaroma möchte (wie Toto), lässt ab jetzt die Schwarte mitschmoren.

Flüssigkeit einkochen lassen, Chiliflocken einstreuen, Bohnenwasser nachgießen und gründlich umrühren.

Nudeln oder Reis unterheben und im Eintopf erwärmen.

Alles wieder ein wenig einkochen lassen, mit Kräutern, Salz, Pfeffer und einer Prise Zucker abschmecken. Falls die

Masse zu trocken wird, noch etwas Bohnenwasser einrühren.

Heiß servieren, dazu Brot reichen, eventuell einen salzigen, herzhaften Käse darüberreiben.

## CAMILLAS DIM SUM MIT PILZEN (VEGAN)

Für das abschließende Büfett, mit dem nach der Auflösung des Falls im *Camilla's* gefeiert wird, hat Hausherrin Camilla natürlich mehrere vegane Spezialitäten beigesteuert. Eine der Leckereien lehnt sich an die kantonesische Küche an und besteht aus lecker gefüllten Teigtaschen. Traditionell gibt es Dim Sum auch in anderen Ausführungen, und eigentlich steht der Begriff (frei übersetzt etwa »berührt das Herz«) vor allem dafür, dass die wunderbaren Kleinigkeiten herrlich schmecken. Es kann auch jede andere Füllung versucht werden, mit Nüssen etwa oder herzhaften Gemüsesorten. Hier wird eine Version mit Pilzen beschrieben.

### ZUTATEN (FÜR 4 PERSONEN)

*für den Teig:*
200 g Mehl
130 ml Wasser
1 TL Salz

*für die Füllung:*
1 kg aromatische Pilze
(zB Kräuterseitlinge, Steinpilze, Shiitake)
1 Zwiebel
2 Knoblauchzehen
½ EL Chiliflocken
1 EL Misopaste

½ Bund Petersilie
1 Bund Koriander
2 EL Portwein oder Sherry
Sonnenblumen- oder Distelöl
Salz, Pfeffer

### ZUBEREITUNG

Mehl und Salz vermischen, Wasser erhitzen und dazugeben, mit Teigschaber verrühren, bis die Mischung nicht mehr heiß ist, danach mit den Händen gut durchkneten. Den glatt gewordenen Teig zu einer Kugel formen und abgedeckt für mindestens eine Stunde beiseitestellen.

Pilze putzen und grob zerteilen. Zwiebel und Knoblauch schälen und fein hacken. Kräuter waschen, trocken schütteln und klein schneiden.

Zwiebeln in etwas Öl glasig dünsten, Knoblauch und Pilze zugeben, bei gut mittlerer Hitze garen, bis die Pilze weich sind und die entstandene Flüssigkeit eingekocht ist. Mit Portwein oder Sherry ablöschen, Misopaste, Kräuter und Chiliflocken unterrühren und erneut einkochen lassen. Mit Salz und Pfeffer abschmecken. Die Masse aus der Pfanne nehmen und auf ein Schneidebrett streichen, dort alles noch einmal in kleinere Stücke hacken und etwas abkühlen lassen.

Den Teig auf einer leicht bemehlten Arbeitsfläche (oder einem Backbrett) auf knapp 2 mm Stärke ausrollen. Mit einem Glas runde Teigstücke ausstechen, den Rand mit etwas Wasser befeuchten, in die Mitte des Teigstücks 2 TL der Pilzfüllung geben. Den Teig zu einem Halbmond zusammenklappen und die Ränder mit den Fingerspitzen gegeneinanderdrücken und zu kleinen Wellen zusammenschieben.

Den verbleibenden Teig erneut durchkneten und ausrollen und das Ganze wiederholen, bis der gesamte Teig verbraucht ist.

Wasser in einem Topf zum Dampfen bringen, Herd danach auf mittlere Hitze stellen. Wer einen Garkorb hat, der auf den Topf passt, gibt nun die Teigtaschen hinein und dämpft sie etwa acht Minuten, bis der Teig ein wenig durchsichtig wird. Ohne Garkorb tut es auch ein Sieb oder der Dämpfeinsatz des Topfs – wichtig ist nur, dass die Teigtaschen nicht im heißen Wasser zu liegen kommen, sondern nur durch den aufsteigenden Dampf gegart werden.

Die fertigen Dim Sum werden in Sojasoße oder süß-saure Soße gedippt.

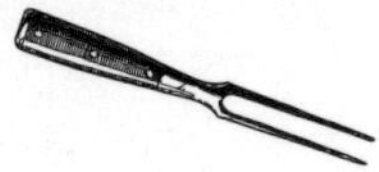

## PEPPINOS BRUSCHETTE

Das Büfett, mit dem am Ende des Krimis gemeinsam gefeiert wird, enthält raffinierte und einfache Gerichte, die eines gemeinsam haben: Sie sind unglaublich lecker. Das gilt auch für das simpelste Gericht, das dort aufgetischt wird, die Bruschette. Diese Tomatenbrote sind im Handumdrehen gemacht und immer ein Genuss.

### ZUTATEN (FÜR 4 PERSONEN)

8 Scheiben Weißbrot
4–6 Tomaten (je nach Größe)
2 Knoblauchzehen
4 EL Basilikumblätter
Olivenöl, Salz

### ZUBEREITUNG

Tomaten waschen, halbieren, grünen Stielansatz und Kerne entfernen.

Tomatenfilets in etwa 1 cm große Würfel schneiden, Basilikum grob hacken, beides vermischen.

Knoblauch schälen und längs halbieren.

Öl in einer Pfanne erhitzen, kräftig salzen und darin die Brotscheiben auf einer Seite goldgelb anbraten.

Brotscheiben mit der gebratenen Seite nach oben auf Tellern anrichten, mit Knoblauch einreiben.

Tomatenstücke darauf verteilen, sofort servieren.

# DANKSAGUNG

Als Buchautor hat man die wunderbare Möglichkeit, sich in anderen Welten als der eigenen, in fremden Branchen und Lebensverhältnissen umzusehen und für die Dauer des Schreibens zumindest gedanklich darin zu leben. Und wenn mich das, wie im Fall der Krimis um die beiden ungleichen Köche Camilla Brown und Peppino Sensoni, in ein Metier führt, das mich ohnehin fasziniert, macht es umso größere Freude – auch wenn ich selbst nur als Amateur mit Töpfen und Pfannen hantiere. Allen, die mir dieses Buchprojekt ermöglicht und mir dabei geholfen haben, möchte ich deshalb herzlich danken – vom Verlag bis zu all denen, die ich mit meinen Fragen behelligen durfte.

Allen Leserinnen und Lesern wünsche ich viel Vergnügen mit den Fällen von Camilla und Peppino, natürlich auch mit ihren Rezepten. Und wer am Nachkochen Freude hatte, mit hoffentlich leckerem Ergebnis, darf mir gern Fotos davon mailen an *hallo@tim-berger.de* – ich freue mich über jede Zuschrift.

Ihr Tim Berger